Christiane Zwengel

Polnisch mit Sahne

Roman nach einer wahren Begebenheit

Bibliografische Informationen der Deutschen Bibliothek: Die Deutsche Bibliothek verzeichnet diese Publikation in der Deutschen Nationalbibliografie; detaillierte Dateien sind im Internet über http://dnb.ddb.de abrufbar

Impressum:

Verlag u. Herstellung: www.Verlag-Kern.de
Lektorat: Sabine Greiner – www.texte-und-co.de
Satz und Druckvorstufe: www.winkler-layout.de
Printed in Germany
ISBN 978-3-939478-28-7

Christiane Zwengel

Polnisch mit Sahne

Roman nach einer wahren Begebenheit

Der Himmel hat den Menschen als Gegengewicht gegen die Mühseligkeiten des Lebens drei Dinge gegeben:
Die Hoffnung, den Schlaf und das Lachen.
(Immanuel Kant)

Für Jürgen, Michelle und Joanna

Inhalt

Wer ist eigentlich „ich“?

Darf ich mich vorstellen? Mein Name ist Koslowski, Christiane Koslowski, geb. Zwengel.
Vor circa 53 Jahren wurde ich in einer der schönsten Städte Deutschlands geboren, nämlich in Mainz am Rhein. Dort wuchs ich auf und verbrachte die ersten 23 Jahre meines Lebens.
Nur bin ich die Einzige in meiner Familie, die dort geboren wurde. Mein Vater stammte aus Schlesien, genauer gesagt aus Breslau, und meine Mutter kam aus Tilsit in Ostpreußen.
Nach dem Krieg verschlug es die beiden zuerst nach Bayern, wo auch mein Bruder Paul geboren wurde. Eineinhalb Jahre zuvor erblickte meine Schwester Erika das Licht der Welt auf der Flucht von Tilsit nach Scheyern in Krappenroth bei Lichtenfels.
Irgendwann Anfang der 50er Jahre bekam mein Vater durch die Vermittlung seiner Schwester ein Stellenangebot in Mainz. Dieses nahm er an und so zog die ganze Familie mit Sack und Pack ins schöne Mainz.
Nachdem meine beiden Geschwister aus „dem Gröbsten raus waren“, geschah es: Ich meldete mich an. Zehn Jahre nach meinem Bruder wurde ich „Nachzügler“ geboren.
Als „Nesthäkchen“ hatte ich es im Gegensatz zu meinen großen Geschwistern natürlich immer etwas leichter und konnte meinen Dickkopf meist durchsetzen. Was ich haben wollte, bekam ich auch.
Zum Leidwesen meiner Eltern entwickelte ich mich zu einem chaotischen Teenager, der die ganze Palette der 70er voll auslebte. Von A bis Z machte ich alles mit. Und bis heute bereue ich nichts. Es war eine superschöne Zeit;

wir alle waren Revoluzzer, praktizierten die freie Liebe und rauchten Joints zur Musik von Deep Purple oder Pink Floyd.

Mitte der 70er starb meine Mutter überraschend im Alter von 53 Jahren. Es war das erste Mal, dass ich mit dem Tod eines geliebten Menschen konfrontiert wurde. Ich war ein typisches „Mamakind“ und hatte schwer mit dem Verlust zu kämpfen. Aber irgendwie schaffte ich es doch, damit umzugehen. Das Leben ging trotzdem weiter.
Meine Schwester war damals schon verheiratet und hatte drei Kinder, auch mein Bruder war verheiratet, allerdings noch ohne Nachwuchs. So musste ich als Jüngste allein mit meinem Vater leben. Anfangs ein sehr schweres Unterfangen, denn er versuchte, seinen Schmerz im Alkohol zu ertränken. Doch bereits nach zwei Jahren entschloss er sich, sein Witwerleben aufzugeben und erneut zu heiraten. Er hatte in Hera eine ideale Partnerin gefunden, gab seinen Wohnsitz in Mainz auf und zog zu seiner neuen Frau in die Eifel.
Also war ich von nun ab auf mich allein gestellt. Ich konnte mich nach Herzenslust austoben, schlafen, wo und mit wem ich wollte. Und das alles ohne Vorwürfe und Kontrollen seitens meines Vaters. Also der Himmel auf Erden.
Ich machte eine Ausbildung zur Kinderkrankenschwester und irgendwann lernte ich Wolfgang kennen. Tja, und bei ihm konnte ich meinen Kopf nicht so durchsetzen, wie ich wollte und so kam diese ganze Geschichte ins Rollen.

„Aus Ihnen wird nie was!“ Dieser Satz ist mir sehr oft durch den Kopf gegangen. Hat er in meinem Leben irgendwann eine Bedeutung gehabt? Hat er irgendetwas mit meinem Schicksal zu tun gehabt? Hat dieser Satz mein Leben beeinflusst? Nein, ich glaube nicht. Solche Sätze dürfen keine Bedeutung haben, am besten beachtet man sie nicht. Jeder ist doch für sein Leben selbst verantwortlich, jeder ist für sein Glück selbst verantwortlich. Jeder kann einfach nur das Beste daraus machen, das Glas ist immer halbvoll, nie halbleer. Aber ich glaube, das muss man erst lernen.

Heute, mit meinen 53 Jahren, im Frühling des Alters, sehe ich vieles anders, ich habe viel gelernt, viele Erfahrungen gesammelt. Fehler hab‘ ich keine gemacht; nur gute und schlechte Erfahrungen. Und trotz allem, das Leben ist schön; O. k., die eine oder andere Erfahrung hätte nicht unbedingt sein müssen; aber das ist nun mal so, man kann sich nicht immer alles aussuchen, nur immer das Beste draus machen, aus jeder Lebenssituation das Beste und Positive herausholen. Zugegeben, das ist häufig leichter gesagt als getan, aber man wächst ja mit seinen Aufgaben, heißt es. Und was wäre das Leben ohne Probleme? Richtig! Es wäre furchtbar langweilig.

Hört nicht darauf, was andere Leute sagen. „Aus Ihnen wird nie was!“ hatte für mein Leben keine Bedeutung.

Im ersten Kapitel wird der Leser erfahren, wer diesen Satz gesagt hat. Die Person konnte mich nicht leiden; ich sie allerdings auch nicht. Aber, was noch viel wichtiger ist; aus mir ist doch was geworden! Ich hatte bis jetzt ein schönes Leben, mit allen Höhen und Tiefen; die ganze Palette. Ich habe viel gelacht, geweint, gehadert mit dem Leben; bin hingefallen und wieder aufgestanden, hatte Spaß und Ärger, habe geliebt und gehasst, wurde geliebt

und gehasst. Habe gelernt zu kämpfen, nie aufzugeben. Und ich bin glücklich.
Das Leben ist schön.

Blut ist dicker als Wasser? Nein, das stimmt nicht! Freunde kann man sich aussuchen, Familie nicht. So einfach ist das. „Aus Ihnen wird nie was!“ So, so.
Nach der Ausbildung wurde ich nicht übernommen und das war wahrscheinlich auch gut so, denn sonst hätte ich all das nicht erlebt.
Und Wolfgang? Welche Rolle spielte Wolfgang? Der konnte sich zwischen Mimi und mir nicht entscheiden. Aber ... Es gibt immer einen Ausweg und meiner? Der hieß: Koffer packen, Auto starten und weg. Anfangen, ein neues Leben beginnen. Mit 22 Jahren steht einem doch die Welt offen! Sonst hätte ich ja nichts, worüber ich heute hätte schreiben können.
„Das gibt's doch gar nicht!“
Diese Aussage ist genauso unsinnig wie die Behauptung, Mainz 05 könnte Bayern München nicht schlagen. Also, es gibt nichts, was es nicht gibt!

Lasst euch überraschen und glaubt mir, hinterher ist man immer viel schlauer. Ich hoffe, es gelingt mir, euch zu unterhalten und zu zeigen, dass Probleme da sind, um gelöst zu werden. Es gibt immer eine Lösung und einen Weg. Verliert nie den Glauben an Euch selbst!

1. Aufbruch

„Aus Ihnen wird nie was“, sagte Frau Deubel zu mir. Es war während meiner Examenswache und Frau Deubel war meine Schulschwester. Die Examenswache war ein Teil der Prüfung, die zum Examen einer Kinderkrankenschwester gehörte. Sie bestand aus der Pflege eines einzelnen Kindes und war in drei Schichten gegliedert. Sie begann in der Regel mit dem sechsstündigen Frühdienst, danach waren acht Stunden frei. Um 19 Uhr begann die 6-stündige Nachtwache, dann wieder acht Stunden frei und nochmals sechs Stunden Dienst.

Warum dieser Satz während der Nachtwache fiel, war mir nicht klar. Warum sagte sie so etwas? Dass sie mich nicht besonders gut leiden konnte, war nicht zu übersehen. Während der bisher zweieinhalb-jährigen Ausbildung hatte ich ja auch einiges an Blödsinn verzapft. Naja, vielleicht hatte ich ja auch nicht alles immer so ernst genommen und den ganzen Kurs öfter etwas aufgemischt. Aber eine gute Portion Spaß gehörte auch in der Ausbildung irgendwie mit dazu, fand ich. Man kann doch nicht alles immer so furchtbar ernst nehmen! O. k., mitten in den Examensvorbereitungen „Heute Nachmittag fällt der Unterricht aus“ an die Tafel zu schreiben, war vielleicht keine so gute Idee, aber es hatte Spaß gemacht und alle hatten sich über einen freien Nachmittag gefreut. Trotz allem hielt ich mich für eine halbwegs gute Schwesternschülerin. Versuchte immer, meine kleinen Patienten aufzumuntern und zum Lachen zu bringen, was ja mit Ausnahme der Frühchen und Säuglingen ganz gut klappte.

Mag sein, dass ich bei Hygiene und Putzen nicht die Beste war und immer noch nicht bin, doch im Großen und

Ganzen ... egal, Frau Deubel mochte mich eben nicht. Aber „Aus Ihnen wird nie was“, so etwas sagt man in der Zeit vor dem Staatsexamen einfach nicht! Was, wenn ich ein Sensibelchen gewesen wäre? Ich hätte mir den Satz ja zu Herzen nehmen und eine Neurose entwickeln können! Ja – schlimmsten Falls hätte ich die Prüfung vermasseln können oder, was noch schlimmer wäre, mein Selbstbewusstsein hätte Schaden nehmen können!

Aber Gott sei Dank war ich weder sensibel noch hatte ich ein zerstörtes Selbstwertgefühl, ich war hart im Nehmen, besaß eine ordentliche Portion Humor und nahm das ganze Leben eh nicht so bitter ernst. Also ignorierte ich den blöden Satz, beendete meine Examenswache, schrieb meinen Bericht darüber und bestand auch, zwar mittelmäßig, aber bestanden ist bestanden.

Was machte man wohl, wenn man gerade einen Teil des Examens hinter sich gebracht hatte? Richtig, man ging feiern, Party machen, bis der Arzt kommt. So jedenfalls habe ich es gehandhabt. Die weiteren Examensvorbereitungen wurden bis auf Weiteres auf Eis gelegt; „Mut zur Lücke“ war immer meine Devise. Egal, nur bestehen war wichtig; später würde sowieso keiner mehr nach meinen Noten fragen. Und um zu bestehen, war noch Zeit genug zum Lernen.

Also zog ich erst mal mit meiner Freundin Cora los. Sie hatte schon seit drei Jahren ihr Examen und ermutigte mich immer dazu, auch mal eine Lernpause einzulegen.

Die nächste Nacht gehörte uns und Wiesbaden und unsere Stammdisco wurden unsicher gemacht. Die Cocktails flossen in Strömen und ich war mal wieder froh, dass „Jonas von Hubbel der 1.“, mein heißgeliebter Käfer, den Weg nach Mainz fast allein fand.

Bitte nicht nachmachen, das mit dem Alkohol und Auto fahren ... ich glaube, damals gab es noch nicht so viele Autos und die Polizei war auch irgendwie noch toleranter, oder irre ich mich da?
Und Zeit bis zum schriftlichen Examen hatte ich ja auch noch genug, mindestens vier Wochen.
Freundschaften müssen schließlich gepflegt werden und außerdem durfte ich meine beiden besten Freunde Wolfgang und Erich auch nicht vernachlässigen. Zum Thema Wolfgang ... Kennt ihr das Lied von Klaus Lage: „*1000 mal berührt, 1000 mal ist nichts passiert, 1000 und eine Nacht, und es hat ZOOM gemacht*“? So ähnlich könnte man die Freundschaft zwischen Wolfgang und mir beschreiben. Wann und wo wir uns kennen lernten, weiß ich nicht mehr. Und wann Erich, Wolfgangs Freund, auf der Matte erschien, ist mir auch entfallen. Auf jeden Fall waren wir drei unzertrennlich. War ich nicht mit Cora unterwegs, dann mit den beiden. Jedes Weinfest, jedes Konzert, egal wo was los war, wir waren dabei. Skatabende mit einem Kasten Bier, auch in der Zeit, in der Erich seine Bundeswehrzeit hier in Mainz absolvierte, wir waren ein tolles Team und hatten Spaß ohne Ende.
Ja und irgendwann hatte Wolfgang eine Freundin. Also nicht so eine wie mich, mit der man Bier trinkt und feiert, sondern so eine, mit der man auch Sex hat!
Ich war entsetzt! He, die Tussi war fünf Jahre jünger als er! Wolfgang, kurz vor seinem Jura-Staatsexamen, kam mit so einer daher, die noch zur Schule ging, gerade mal 18 Jahre alt und somit ganze vier Jahre jünger als ich. Damals hatte man ja als Frau das Gefühl, dass man mit 22 Jahren schon stark auf die 30 zugeht. Sie war Papas Tochter und hörte auf den albernen Namen Mimi. Irgendeine Abkürzung für

irgendeinen Namen. Ich war einfach nur fassungslos! Ein absolut „No go“!
„He Nane, du bist ja eifersüchtig!” Cora kriegte sich vor Lachen kaum ein. Ich und eifersüchtig? Im Leben nicht! Oder doch? Meine Güte, wir kannten uns schon ewig und jetzt sollte Amor seine Pfeile auf mich abgeschossen haben? *Was mach ich denn jetzt nur?*
Also Wolfgang war tatsächlich fest mit Mimi zusammen. Da werden Weiber zu Hyänen und es half nur eines: Ich musste ihn verführen!
Selbstverständlich gelang mir das auch problemlos. Und so hatten wir Sex! Wir hatten guten Sex! Wir hatten auf einmal ein Dreiecksverhältnis. Das war nicht ganz das, was mir vorgeschwebt hatte, aber besser als gar nichts. Und was noch besser war, ich wusste von Mimi, aber Mimi wusste nicht, dass ich ebenfalls mit Wolfgang schlief. Eine Erkenntnis, die für mich außerordentlich befriedigend war. Vielleicht nicht ganz fair, aber das Leben ist oft ungerecht, und im Krieg und in der Liebe ist schließlich alles erlaubt. Oder etwa nicht?
Eineinhalb Jahre hielt diese Dreiecksgeschichte und schlussendlich war das auch der Hauptgrund, warum ich später meine Heimatstadt verlassen sollte. Doch dazu kommen wir noch.

Neben all der Lernerei und Feierei musste ich mir auch noch Gedanken darüber machen, was nach dem Examen werden sollte. Erst einmal bewarb ich mich natürlich um Übernahme an der Uni-Kinderklinik in Mainz. Große Hoffnungen konnte ich mir allerdings nicht machen, ihr wisst schon, meine Lieblingsschulschwester würde mit Sicherheit ihren Einfluss geltend machen. Wo könnte ich

noch hin? Ja, eine Bewerbung ans Vincenzkrankenhaus könnte ich auch noch schreiben.
Wollte ich überhaupt hier in Mainz bleiben? Familie hatte ich schließlich keine hier. Meine Schwester Erika wohnte zwar mit ihrem Mann und den drei Kindern in einem kleinen Ort zwischen Bad Kreuznach und Bingen, also nicht sehr weit weg, aber da sie viel älter war als ich – immerhin knapp zwölf Jahre – und mit ihrer eigenen Familie hoffnungslos überlastet schien – beschränkte sich der Kontakt nur aufs Nötigste.
Nicht, dass wir uns nicht verstanden hätten, es war nur so, dass der Altersunterschied und die Interessen zu verschieden waren. Sie lebte ein anderes Leben als ich, hatte jung geheiratet und drei Kinder bekommen. Und ich, ein Kind der 70er, hatte eine ganz andere Lebenseinstellung und ein anderes Leben, andere Prioritäten als sie.
Dann waren da noch mein Bruder Paul und seine Frau Dorothea. Wir hatten zwar ein sehr gutes Verhältnis und Dorothea war für mich schon so etwas wie Freundin und große Schwester zugleich, aber auch da gab es einen Altersunterschied von zehn Jahren, berücksichtigte man mein jugendliches Alter von 22, wog dieser doch noch enorm. Außerdem war Paul, bedingt durch seinen Beruf – er begann zu dieser Zeit als Betriebswirt bei einem großen Pharmakonzern Karriere zu machen – auch nicht in der Nähe von Mainz, sondern in der Nähe von Lörrach.
Blieb nur noch mein Vater, aber dieser hatte nach dem Tod meiner Mutter drei Jahre zuvor wieder geheiratet und war zu einer neuen Frau in einen Ort in der Eifel gezogen, wo diese eine kleine Fremdenpension hatte.
Somit hielt mich außer meiner Liebe zu Wolfgang nichts in Mainz. Meine Familie lebte nicht hier, verwurzelt war

ich auch nicht, obwohl ich meine Heimatstadt wirklich mochte. Und ich war jung, neugierig und hatte eine ordentliche Portion Mut und Fernweh. So begann ich, ins Blaue hinaus Bewerbungen zu schreiben. Nach Köln, Bonn, Berlin, Wien, einige Städte in der Schweiz und was weiß ich wohin noch. Egal, einfach nur weit genug weg. Natürlich hatten meine Freunde und die Familie meine Bemühungen, nach dem Examen in die große, weite Welt zu ziehen, nicht ernst genommen, doch ich brauchte einen Job, und es wurde recht schnell zur Gewissheit, dass ich nach der Ausbildung zur Kinderkrankenschwester an der Uniklinik nicht würde übernommen werden. Also blieb mir nichts anderes übrig, als weiterhin Bewerbungen auch ins nahe Ausland zu schreiben. Wenigstens erst mal für ein Jahr und dann würde man weitersehen.
So zog sich also die Zeit bis zum Examen dahin. Ab und an lernen, Party feiern, das Leben genießen.
Die schriftliche Prüfung bestand ich auch halbwegs gut, befriedigend ist doch o. k., oder? Später fragt doch keiner mehr nach irgendwelchen Noten.

Tja, und dann passierte es; nach einer waren Flut von Absagen kam eines Tages tatsächlich die Einladung zum Vorstellungsgespräch von einem großen Spital in der Nähe von Basel.
Also damit hatte schon gar nicht mehr gerechnet. Mein absoluter Favorit! Ich hatte die Schweiz, dieses wunderschöne Land, vom ersten Tag an, als ich in Basel Schweizer Boden betreten hatte, geliebt. Es war wirklich Liebe auf den ersten Blick. Und daran waren Paul und Dorothea nicht ganz unschuldig. Sie hatten viele Jahre in Basel gelebt und mich sehr häufig in den Schulferien

eingeladen. So bekam ich durch sie die Möglichkeit, dieses kleine Land sehr gut kennenzulernen. Als „Flachländer“ war ich von der Landschaft, den Bergen, von der Mentalität und der witzigen Sprache absolut begeistert und jetzt sollte ich wirklich und wahrhaftig dort zum Vorstellungsgespräch erscheinen! Ich konnte mein Glück kaum fassen.
Also stieg ich irgendwann vor der mündlichen Prüfung in meinen kleinen Käfer und machte mich auf in ferne Lande. Unterwegs ein Zwischenstopp in Lörrach, um meine schwangere Schwägerin einzuladen, und dann ab in die Schweiz Richtung Basel.
Ich hatte keine Ahnung, was mich dort erwarten würde. Man hatte mir weder den genauen Standort des Spitals noch irgendwelche Informationen bezüglich der Station, auf der ich eventuell arbeiten sollte, mitgeteilt, sodass wir erst einmal ziemlich orientierungslos in der Gegend herumfuhren. Ein paar Kilometer außerhalb der Stadt hatten wir dann doch unser Ziel erreicht und ich war beim Anblick dieses Krankenhauses schlichtweg überwältigt.
So etwas hatte ich in Deutschland noch nicht gesehen. Es glich eher einem exklusiven Hotel denn einem Krankenhaus. Und hier sollte ich, durfte ich, vielleicht arbeiten? Ich war sprachlos und Dorothea fehlten zuerst auch die Worte.
Wir hatten bis zum Zeitpunkt des Vorstellungsgesprächs noch etwas Zeit und beschlossen daher, uns ein bisschen umzusehen und noch einen Kaffee zu trinken.
Alles hier schien so klar, so sauber, beim Beobachten des Pflegepersonals fielen uns die Ruhe und Gelassenheit auf. Auf der Kinder- und Wochenbettstation, die wir uns anschauten, herrschte im Gegensatz zu deutschen Kranken-

häusern keine Hektik, es schien, als hätte das Personal noch nie etwas von Pflegenotstand oder Überarbeitung gehört.
Kein Gerenne, keine Hektik, kein Stress. So etwas hatte ich noch nie gesehen. Ich kannte nur keine Zeit, Überstunden und zu wenig Personal.
Würde ich es auch so empfinden, wenn ich hier arbeiten sollte? Wenn ich diesen Job hier bekäme? Mein Gott, ich konnte mir in diesem Moment nichts Schöneres vorstellen, als hier zu arbeiten.
Ich wurde nervös, die Zeit für das Vorstellungsgespräch rückte näher; noch schnell einen Kaffee, eine Zigarette, ein bisschen Mundspray für den Atem und dann ließ ich eine mich beruhigende Dorothea in der Cafeteria zurück und machte mich auf in die Höhle der Oberschwester.
Auf einmal ging alles ganz schnell, das Gespräch verlief super, ich hatte keine feuchten Hände und stottern musste ich auch nicht.

Mein Bauch sagte mir, dass ich alles richtig gemacht hatte, und ich war optimistisch und voller Hoffnung auf eine Zusage.
Wir verblieben, dass ich nach bestandener Prüfung mein Diplom einschicken sollte und danach würde man sich wieder in Verbindung mit mir setzen.
Das war eigentlich schon mehr, als ich erwartet hatte, und glücklich und zufrieden machten Dorothea und ich uns auf den Heimweg nach Lörrach.
Ich wollte noch eine Nacht bei Paul und Dorothea bleiben und so feierten wir schon mal am Abend mit einer – oder auch zwei – Flaschen Sekt mein erstes Vorstellungsgespräch. Ab jetzt hieß es Daumen drücken.

Am nächsten Morgen machte ich mich wieder auf Richtung Heimat. Es gab noch viel zu tun, die mündliche Prüfung rückte näher.
Ich lernte weiterhin nach meinem bewährten Motto „Mut zur Lücke“, wobei die Lücke immer größere Dimensionen annahm. Egal, schriftlich war durch, Examenswache vorbei, durchfallen ging eigentlich nur noch, wenn ich mich besonders dämlich anstellen sollte. Na, und für dämlich hielt ich mich eigentlich nicht.
So weit, so gut.
Am Abend vor dem großen Tag erschien dann auch Cora, um mich mal wieder ins Wiesbadener Nachtleben zu entführen. „Lernen am letzten Abend bringt nix mehr, du musst mal wieder raus“ war ihr Kommentar auf meine Ausflüchte wie „Ich muss noch was für Augenheilkunde lernen, da sind noch ein paar Punkte, die ich noch wiederholen muss“. Ich hatte keine Chance gegen sie und so erlebte ich mal wieder einen sinnlosen Absturz in unserer Stammdisco.
Dass ich am kommenden Morgen nicht wirklich fit war, versteht sich von selbst, aber ich erschien mit Hilfe von literweise Kaffee und einer eiskalten Dusche kurz vor knapp mit Kopfschmerzen und Restalkohol, mit dem ich noch eine Party hätte feiern können, zur mündlichen Prüfung.
Alle waren furchtbar aufgeregt, einige Mädels hatten doch tatsächlich noch ihr Anatomiebuch aufgeschlagen auf ihrem Schoß liegen. Gott, wie dämlich! Ich war ruhig und gelassen und konzentrierte mich mehr auf das Hammermännchen in meinem Kopf als auf die Reihenfolge, in der wir zur Prüfung aufgerufen wurden.
Aber auch das überlebte ich, ich konnte alle Fragen

richtig beantworten und die Prüfungskommission schien zufrieden mit mir.
Jetzt war ich erst einmal entlassen, bis dann am Spätnachmittag die Ergebnisse vorliegen und wir über den Ausgang der gesamten Prüfung informiert werden würden.
Somit harrte ich denn auch aus, mir blieb ja auch nichts anderes übrig, mein Alkoholpegel sank und nach einem üppigen Spätmittagessen war ich auch wieder Herr/Frau meiner selbst.
Auch die schlimmste Wartezeit geht irgendwann einmal vorbei und endlich, so gegen 17.30 Uhr, war es so weit.
Alle Schwesternschülerinnen wurden einzeln in unseren ehemaligen Unterrichtsraum gerufen. Eine nach der anderen kam mit stolzgeschwelter Brust wieder heraus, das Diplom, das Zeugnis und die Schwesternbrosche in der Hand. Als die Reihe dann an mir war, zitterten meine Knie doch bedenklich. Ob es wirklich gelangt hatte? Doch all meine Gebete waren erhört worden, mit sofortiger Wirkung durfte ich mich jetzt offiziell Schwester Christiane nennen; ich war keine Schwesternschülerin mehr.
Das war bis dahin der schönste Moment in meinem Leben. Ab jetzt würde alles anders werden, ich war endlich richtig erwachsen!
Wie sich jeder vorstellen kann, gab es für unsere Gruppe nun kein Halten mehr. Die Noten interessierten niemanden, bestanden war bestanden. Es war zu der Zeit tatsächlich so, dass bei Bewerbungen kein Mensch das Zeugnis sehen wollte, das Diplom, aus welchem hervorgeht, dass man staatlich anerkannte Kinderkrankenschwester war, war ausschlaggebend.

Und wieder war Party angesagt. Wir feierten die ganze Nacht bis in den frühen Morgen hinein. Keine Kneipe in der Mainzer Altstadt wurde ausgelassen.
Aber das hieß auch, die schöne Schulzeit war nun endgültig und unwiderruflich vorbei. Nun gab es keinen mehr, der bei etwaigen Fehlern den Kopf für uns hinhalten würde. Selbst für den kleinsten Fehler beim Arbeiten lag die volle Verantwortung ab jetzt bei jedem einzelnen selbst.
Auch für unsere Gruppe, wir waren etwa 21 Mädels, kam dann nun bald die Zeit des Abschiednehmens. Einige blieben in Mainz, andere gingen in ihre Heimatstädte zurück und wieder andere heirateten schnell nach dem Examen.
Und ich? Theoretisch war auch meine Ausbildung am 1. April vorbei, da ich aber im ersten Ausbildungsjahr schwer erkrankt war – ich hatte mich während eines Südfrankreichurlaubs mit einem hartnäckigen Salmonellenstamm angefreundet – und für fast zwei Monate nicht hatte arbeiten dürfen, musste ich nachsitzen. Das hieß im Klartext, ich musste bis zum 6. Mai nacharbeiten.
Für mich war das allerdings auch ein Vorteil, musste ich doch noch mein Diplom zum Spital in die Schweiz schicken und auf eine Zusage hoffen. Somit konnte ich mich also beim Arbeiten mehr oder weniger lässig zurücklehnen und in Ruhe meinen Zukunftsträumen nachhängen.

Dann kam der Tag, an dem tatsächlich ein Brief von dem Schweizer Spital in meinem Briefkasten lag. Ich hielt das große Kuvert in den Händen, meine Beine fühlten sich auf einmal an wie Pudding und ich hatte Angst, den Umschlag zu öffnen. Sicher hatte man mir meine Bewerbungsunterlagen zurückgeschickt, dieser Gedanke schoss mir beim

Öffnen durch den Kopf. Oh mein Gott! Es war ein Arbeitsvertrag! Es war mein Arbeitsvertrag! Befristet auf ein Jahr, das war damals in der Schweiz so üblich; es gab für Ausländer zunächst eine Aufenthaltsbewilligung für nur ein Jahr. Das alles spielte keine Rolle, ich hielt meinen ersten Arbeitsvertrag in den Händen! Kein Traum, nein, Realität!

Ich konnte mein Glück kaum fassen, dass mein großer Traum in Erfüllung gehen sollte. Schon zum 1. Juni konnte ich als Gruppenleiterin auf der Wöchnerinnenstation mit meiner Arbeit beginnen.
Mein nächster Blick galt meinem Kalender – Panik! Wir hatten bereits den 20. April, das bedeutete, mir blieben nur noch sechs Wochen Zeit, um für meinen Umzug alles vorzubereiten. Wohnung kündigen, packen, Abschied nehmen, und so weiter.
Wolfgang! Abschied von Wolfgang? Auf einmal wurde mir bewusst, was er mir bedeutete. Wollte ich wirklich weg? Wollte ich mich wirklich von ihm trennen? Andererseits, so ein Dreiecksverhältnis war nicht wirklich das, was ich wollte. Ich musste mit ihm reden, wenn er mich liebte und mich bitten würde zu bleiben, wenn er sich von Mimi trennen und sich eine Zukunft mit mir vorstellen könnte, vielleicht sogar eine Heirat nicht ausschließen würde, ja, dann würde ich hier bei ihm bleiben.
Also setzte ich mich hin, um ihm einen Brief zu schreiben. Ich hatte nicht den Mut und auch Angst, ihm persönlich gegenüberzutreten, um ihn vor die Entscheidung zu stellen: Mimi oder ich.
Ich schrieb mir alles von der Seele, wie sehr ich ihn liebte und wie sehr ich unter unserem seltsamen Verhältnis litt.

Den noch nicht unterschriebenen Arbeitsvertrag vor Augen stellte ich ihn vor die Wahl: sie oder ich. Drei Tage wollte ich ihm für die Entscheidung Zeit geben, das müsste genügen, danach den Vertrag unterschreiben und zurück in die Schweiz schicken.
Unter Tränen schrieb ich diesen Brief, fuhr zu Wolfgang und warf den Brief eigenhändig in seinen Briefkasten.
Jetzt hieß es abwarten. Ich wollte nichts in Bezug auf meinen Weggang unternehmen, bevor die Frist für Wolfgang abgelaufen war. Ich wollte seine Entscheidung abwarten.
Also wartete ich. Wie lange sind eigentlich drei Tage? Zu lange. Die Stunden vergingen im Zeitlupentempo, ich traute mich aus Angst, er käme genau dann, wenn ich nicht da wäre, kaum noch aus meiner Wohnung. Telefon hatte ich keines und Handys gab es damals natürlich noch nicht.

Drei Tage. Kein Wolfgang. Ich beschloss, noch einen Tag dranzuhängen, dann noch einen und noch einen Tag.
Sechs Tage, kein Lebenszeichen von Wolfgang. Ich war enttäuscht, traurig und auch wütend. Zu ihm zu fahren traute ich mich nach diesem Liebesbrief natürlich nicht.
Nun konnte ich den Arbeitsvertrag auch nicht länger zurückhalten. Das Kantonsspital wollte meine Antwort. Schweren Herzens unterschrieb ich und brachte noch am gleichen Tag den Brief zur Post. Die Entscheidung war also gefallen. Mein Leben würde sich ändern. Wie sehr, sollte ich erst viel später erfahren.
Die nächsten Tage wurden zum wahren Fiasko. Es gab so viel zu erledigen, Papierkram, nebenbei noch arbeiten, meine Familie und Freunde von meinem Umzug

informieren. Dazu noch der Schmerz und die Gewissheit, Wolfgang endgültig verloren zu haben.
Jetzt erst recht, irgendwann schaltete mein Gehirn um und ich begann mich auf das Neue, auf das Unbekannte zu freuen. Ich würde ins Ausland gehen, damals schien selbst unser Nachbarland Schweiz für viele auf einem anderen Planeten zu liegen; auch für meinen Vater ein schier unmögliches Unterfangen. Seine kleine Tochter, fern der Heimat, ganz allein. Ich glaube, insgeheim trug er sich mit der Hoffnung, ich würde in seiner Nähe irgendwo einen Arbeitsplatz finden. Aber für mich war klar, das war das Letzte, was ich wollte.
Endlich frei und unabhängig sein, neue Leute kennen lernen. Dass der Vertrag nur für ein Jahr befristet war, störte mich nicht. Man würde weitersehen, wenn es denn so weit war. Ich malte mir aus, vielleicht nach dieser Zeit nach England zu gehen und das internationale Examen zu machen. Oder auf einem Schiff als Krankenschwester anzuheuern. Irgendetwas würde sich schon finden. So auf ein Jahr im Voraus wollte ich nicht denken. Nur das Heute zählte und die Zeit bis zur Abreise wurde immer kürzer.

Recht schnell erhielt ich aus der Schweiz die Einreisebewilligung mit sämtlichen Informationen, die ich als Ausländer benötigte. Wie und wo die grenzsanitäre Untersuchung stattzufinden hatte, wann und wo ich mich anmelden müsste, der Mietvertrag für meine Personalwohnung und vieles mehr.
Da ich absolut keine Ahnung hatte, wie ich mit der Vielzahl an Informationen für Ausländer umzugehen hatte, war ich auf die Hilfe von Dorothea und Paul angewiesen, die ja auch schon für einige Jahre in der Schweiz gelebt hatten.

Papierkrieg und Behördenkram waren noch nie mein Hobby und ich beschloss, irgendwann zu gegebener Zeit einfach abzureisen und die Dinge auf mich zukommen zu lassen. Irgendwann würde mir schon irgendjemand zu gegebener Zeit sagen, wann ich was zu tun hätte oder wann ich mich wo anzumelden hätte.
Wenn ich heute daran zurückdenke, muss ich sagen, dass ich damals recht blauäugig und unschuldig in die unbekannte Zukunft gestürzt bin. So alles auf sich zukommen lassen; heute fast ein Unding. Aber so war ich damals.
So weit, so gut.

Mitten in meinen Vorbereitungen kam, was kommen musste. Wolfgang stand vor meiner Tür, meinen Brief in der Hand, übernächtigt und bleich, bemühte er sich, die Fassung zu wahren. Er sei eben erst aus einem Skiurlaub zurückgekommen, habe den Brief von mir vorgefunden, gelesen und sei umgehend zu mir gefahren.
Ob ich den Vertrag schon unterzeichnet hätte, war seine erste Frage. Die zweite, ob ich den Vertrag wieder rückgängig machen könne. Ich solle bei ihm bleiben, wir könnten uns zusammen eine Wohnung suchen, Mimi sei unwichtig.
Zu spät! Zu spät! Ich schien ins Bodenlose zu stürzen, ich hatte ja keine Ahnung, dass er in den Urlaub fahren wollte, es sei eine kurzfristige Entscheidung gewesen, deshalb habe er sich nicht mehr von mir verabschieden können. Und jetzt das! Warum hatte ich ihn nicht schon viel früher um eine Entscheidung gebeten, mit ihm geredet, ihm von meinen Gefühlen erzählt? Nun war es zu spät, der Stein war ins Rollen gekommen, Wohnung gekündigt und so

weiter. Ich war nie ein Mensch, der auf einem einmal eingeschlagenen Weg stehen bleibt oder Entscheidungen rückgängig macht. Es war passiert, ich stand dazu, egal wie schwer es mir fiel. Es hat halt so sollen sein. Unsere Wege würden sich trennen müssen, Fernbeziehungen führte man damals noch nicht so wie heute.

Nur eine Woche bis zum 6. Mai blieb uns noch. Dann war meine Zeit an der Uniklinik in Mainz vorbei und mein Nachmieter sollte meine Wohnung übernehmen. Ein paar Tage wollte ich noch bei meiner Freundin Sissi und ihrem Mann Werner bleiben, bevor ich für weitere zehn Tage zu meinem Vater in die Eifel fahren wollte.
So hatte ich in dieser kurzen Zeit alle Hände voll zu tun, mein ganzes Hab und Gut, welches in einer kleinen 1-Zimmer-Wohnung untergebracht war, musste auf ein Minimum reduziert werden, sollte doch alles irgendwie in meinem VW-Käfer verstaut werden. Dieses Unterfangen stellte sich auch als äußerst schwierig dar. Am Schluss war das Auto so voll, das ich kaum noch hinter den Fahrersitz passte und durch das Rückfenster konnte man gar nichts mehr sehen. Ich glaube, ich fuhr den ersten tiefergelegten VW-Käfer überhaupt auf meinem Weg in die Schweiz.
Es gab viele Tränen beim Abschied. Sissi und Werner organisierten noch eine Abschiedsparty für mich und alle meine Freunde kamen. Ich hätte nie gedacht, dass mir der Abschied doch so schwer fallen würde. Am schlimmsten war es natürlich für Wolfgang. Eigentlich mussten wir uns wegen eines Missverständnisses trennen. Erich und er versprachen, mich so schnell wie möglich besuchen zu kommen. Es seien bald Semesterferien, da könne man kurzfristig in Urlaub fahren. Trotz allem war ich

todtraurig. Doch sobald ich im Auto eingeklemmt hinter dem Steuer saß, nahm die Vorfreude auf das Neue und Unbekannte überhand.
Auf geht's in die Eifel zum nächsten Abschied!
Mein Vater freute sich einerseits riesig, mich mal länger als ein Wochenende bei sich zu haben. Andererseits war er auch traurig, denn die Schweiz war ja so weit. Er sagte, ich müsse seine Angst und seine Sorgen verstehen, schließlich wäre ich ja mutterseelenallein in diesem fremden Land. Ich musste hoch und heilig versprechen, mich regelmäßig zu melden und mir ein Telefon anzuschaffen, nachdem er so oft vor Sorge fast umgekommen sei, weil ich in Mainz keines gehabt hatte und mich nur sporadisch gemeldet hatte.
Somit war die Zeit bei meinem Vater zwar schön, aber auch äußerst anstrengend. Gott sei Dank konnte ihn seine Frau Hera, mit der ich mich hervorragend verstand, allmählich beruhigen. Schließlich sei ich alt genug und stark mit eisernem Willen, außerdem hätte ich ein großes Mundwerk, ich würde meinen Weg schon gehen. Mich könne man nicht unterkriegen. Oh, wie Recht sie hatte! Mein Sturkopf bestand zu 99% aus Stahlbeton, ich nahm mir immer, was ich wollte und konnte auch meinen Willen zu fast 100% durchsetzen. Und niemals, noch nie in meinem Leben habe ich eine einmal getroffene Entscheidung bereut, ich stand und stehe noch heute immer dazu. Es war damals richtig, dass ich ins Ausland gegangen bin. Abgesehen davon, man macht im Leben niemals Fehler, nur positive und negative Erfahrungen. Auch heute sage ich: „Was mich nicht umbringt, macht mich nur noch härter“. Nimm das Leben, wie es ist, und mach aus jeder Situation das Beste.

Auch die Tage bei meinem Herrn Papa neigten sich langsam aber sicher dem Ende zu. Natürlich gab es auch hier wieder Tränen, die meinerseits schnell wieder trockneten, denn mit einem Tränennebel vor den Augen fährt es sich relativ schlecht Auto. Ich musste schließlich jetzt zu meiner letzten Abschiedsstation noch eine ordentliche Strecke fahren. Es ging nach Stuttgart, wo meine Freundin Cora derzeit bei ihrem Freund Marcus Urlaub machte und das eventuelle Zusammenleben übte.
Es war der 28. April und schon am 30. sollte ich in dem kleinen Ort in der Nähe von Basel eintreffen. So kurz davor wurde mir jetzt doch langsam etwas mulmig und meine Gedanken fingen an, Achterbahn zu fahren. War alles wirklich richtig, was ich tat? Konnte, wollte ich zurück? Nee, bloß nicht! Diese Blöße würde ich mir nie und nimmer geben. Nein, die Würfel waren gefallen!
Auf nach Stuttgart.
Außerdem freute ich mich auch, Cora wiederzusehen. Bei der Abschiedsparty in Mainz hatte sie nicht dabei sein können, da sie zu diesem Zeitpunkt bereits bei Marcus war.
Und es wurden noch zwei wunderschöne Tage. Wir lachten viel, tranken und weinten. Waren wir schließlich doch für ein paar Jahre richtig dicke Freundinnen gewesen, die sehr viel Spaß miteinander hatten. Aber was noch viel interessanter war, sie hatte Marcus eigentlich mir zu verdanken, denn ich hatte ihn seinerzeit quasi beim Knobeln an sie verloren. Wir hatten ihn bei einem gemeinsamen Urlaub in Südfrankreich auf einem Campingplatz kennengelernt. Leider hatten Cora und ich ihn gleichermaßen äußerst niedlich gefunden, und weil beste Freundinnen sich niemals um einen Mann prügeln,

hatten wir um ihn geknobelt. Ich hatte verloren, sie gewonnen. Heute sind Cora und Marcus verheiratet und haben vier Söhne. Was aus einer Urlaubsliebe so alles werden kann!
Und dann war es so weit. Der nächste, schlimmste Abschied stand vor der Tür. Und dieser fiel mir auch am schwersten. Von nun an gab es wirklich kein Zurück mehr. Nur noch ein paar Stunden trennten mich von meinem neuen Leben. Wenn ich damals gewusst hätte, was mich erwartete, doch, ich glaube, ich wäre wieder den gleichen Weg gegangen.
Ciao Cora! Ciao Marcus!
See you later!

Dann war ich weg, die letzte Etappe. Ich musste jetzt zuerst nach Basel. Die grenzsanitäre Untersuchung stand an. Alle Ausländer, die zum Arbeiten neu in die Schweiz einreisten, mussten sich dieser Prozedur unterziehen. Es ging eigentlich nur darum, den Nachweis zu erbringen, dass man nicht an Tuberkulose oder an einer anderen ansteckenden Krankheit litt. Leider genügte selbst bei Pflegepersonal eine Bescheinigung des Haus- oder Amtsarztes vom Wohnort nicht.
Doch bevor es so weit war, musste ich zuerst mit meinem hoffnungslos überladenen Auto die Schweizer Grenze passieren. Die Überraschung des Zöllners stand ihm im Gesicht geschrieben. Da kam doch so ein junges Mädchen, immer noch total verheult, im durch die Last tiefergelegten VW-Käfer, das noch zuletzt reingequetschte Bügelbrett im Nacken, an seinem Grenzposten an. Fassungslos fragte er, ob ich Ware anzumelden oder etwas zu verzollen hätte.
Meine Güte, er will doch jetzt nicht etwa, dass ich mein

Auto auspacke? Ich hielt ihm Ausweis und Arbeitspapiere unter die Nase und nach eingehender Aufklärung über mein überladenes Fahrzeug ließ er mich endlich doch weiterfahren.
Nach einigem Suchen und vielem Nachfragen traf ich dann auch noch rechtzeitig vor der Mittagspause bei der grenzsanitären Untersuchung ein. Nach erfolgreicher Anmeldung hieß es erst einmal, sich in Geduld zu üben, ich war ja nicht die Einzige, die an diesem Tag eingereist war.
Aber auch die längste Wartezeit ging irgendwann vorüber und so konnte ich mich denn auch am frühen Nachmittag auf den Weg zu meinem neuen Arbeitsort machen. Meinen Abschiedsschmerz hatte ich mit dem Grenzübertritt in Deutschland zurückgelassen. Jetzt war es geschafft, ich konnte mich in eine neue, ungewisse Zukunft stürzen. Ich fühlte mich stolz, dass ich diesen Schritt gemacht hatte, und gleichzeitig war ich ein leeres Blatt, das nur darauf wartete, endlich beschrieben zu werden.

Der Sprung ins Ungewisse war getan, ein neues, mein zweites Leben sollte beginnen!

2. Der Sprung ins Ungewisse – Beginn des zweiten Lebens

Nach meiner Ankunft im Spital meldete ich mich gleich bei der Pflegedienstleitung, welche mich sehr herzlich begrüßte. Ich bekam im naheliegenden Wohnheim für Angestellte ein kleines 1-Zimmer-Appartement zugewiesen und auch die ersten Informationen bezüglich Dienstplan, Arbeitsantritt für den nächsten Tag. Dann war ich erst einmal entlassen.
Zu tun hatte ich für diesen Tag noch genug, Auto auspacken, meinen Kram einräumen und auch noch ein bisschen was zu essen kaufen. Gesagt, getan. Und schon war es Abend. Ach ja, nicht vergessen, Zeit umstellen, damit ich am nächsten Morgen pünktlich zur Arbeit erscheinen konnte. Damals hatte die Schweiz noch nicht die Sommerzeit eingeführt. Langsam wurde ich auch müde, es war ein langer, anstrengender Tag mit vielen neuen Eindrücken. Aber ich war auch nervös, was würde mich morgen erwarten?

Der erste Tag.
Wie sich herausstellte, war ich nicht die einzige Neue, die am 1. Juni diesen Jahres hier zu arbeiten anfangen sollte. Aber ich war die einzige Deutsche! Demzufolge wurde der Einführungsvortrag natürlich nicht auf Hochdeutsch, sondern im Schweizer Dialekt gehalten. Also, ich verstand kein einziges Wort. Diese Sprache, obwohl nur ein Dialekt, schien mir einfach nur lustig, etwas für Leute, die permanent unter einer Halsentzündung litten. Es war schon komisch, in einem fremden Land zu sein, niemanden zu kennen und dann die Sprache nicht zu verstehen. Aber ich

war guter Dinge, dass sich das schnell ändern würde.
Wir bekamen das Spital gezeigt, vom Dach bis zum Keller und unsere Dienstausweise ausgehändigt, mit denen wir auch billig an der spitaleigenen Tankstelle tanken durften. Die Personalumkleiden, die Cafeteria, die OP-Räume, alles in einem exklusiven Zustand, so etwas hatte ich in Deutschland noch nie gesehen. Das ganze Spital wirkte tatsächlich mehr wie ein Hotel denn ein Krankenhaus.
Im Laufe dieses Tages hatte ich mich ein wenig mit einer anderen neuen Krankenschwester angefreundet, sie gab sich Mühe, mit mir Deutsch zu sprechen, und wir beschlossen, nach diesem Einführungstag gemeinsam noch etwas zu unternehmen.
Da sie auch fremd hier war, sie kam aus Bern, wollten wir uns in der Stadt ein wenig umschauen und dann gemütlich essen gehen.
Ich erfuhr, dass sie für den nächsten Tag auf der Chirurgischen Abteilung zum Frühdienst eingeteilt war, während ich auf der Wöchnerinnenstation meinem Einsatz entgegenfieberte.
Wir hatten einen amüsanten Abend, ich schüttelte mich häufig vor Lachen, weil ich mit dieser Sprache meine liebe Not hatte. Woher sollte ich wissen, dass „go poschte" nichts mit der „Post" zu tun hatte, sondern einfach nur „einkaufen" hieß? Aber auch nur hier im Kanton Aargau. Ein paar Kilometer weiter, im Kanton Basel, sagte man „kommisione mache".

Am nächsten Morgen stand ich pünktlich um 7.00 Uhr auf Station. Wie auch die nächsten Tage bemühte ich mich, mir alles rund um den Tagesablauf zu merken. Das war für mich nicht immer einfach, da ich mit der Sprache

Probleme hatte, die Medikamente nicht kannte, kurz, ich kam mir völlig hilflos und dumm vor.

Zu allem Übel machte ich auch gleich am zweiten Tag die Erfahrung, dass man als Deutscher in der Schweiz nur ein „cheibe Düütsche“ war. Ich wollte einer Patientin beim Aufstehen behilflich sein und wurde gleich mit „von ener cheibe Düütsche lan ich mich nöt pflege!“ zurechtgestutzt. Paff ...das war meine erste verbale Ohrfeige und ich bekam eine ganz kleine Vorahnung von dem, was mich hier in Zukunft als Ausländer erwarten würde. Und was lernte ich daraus? Richtig! Schwyzer Düütsch! So sog ich denn begierig die neue Sprache in mich rein.
Ich lernte, dass ein „Buschi“ ein Baby ist. Dass man dem Buschi einen Schoppen gibt – Schoppen? Also dort, wo ich herkam, war das ein Viertel Wein; nein, hier war das eine Flasche Milch. Ha, ha. Und „de Hafe go hole“ heißt auf Deutsch „den Topf holen“. Ein „Iklemmts“ oder „Chanape“ stellte sich als belegtes Brötchen heraus. Und „znüni“ ist die Frühstückspause. Eine „Stange“ ist ein Glas Bier. Ich weiß nicht mehr, wie oft mir in der Anfangszeit vor Lachen das Make-up verflossen ist, aber ich habe diese Sprache gelernt! Zwar mit Akzent, aber ich konnte perfekt auch ohne Halsweh „Chäsküechli“ und „Chuchichäschtli“ sagen.

Ansonsten waren eigentlich alle Schwestern und Ärzte auf der Station sehr nett. Das Arbeiten machte richtig viel Spaß, es war tatsächlich nicht so hektisch wie in Deutschland, nein, hier gab es genug Personal und man arbeitete langsamer und in Ruhe. So wie Schweizer eben sind.

Nur mit dem „neue Freunde finden“ hatte ich ein Problem. Als echtes „Määnzer Mädche“ war ich sehr aufgeschlossen und kontaktfreudig. Diese Eigenschaften teilten die Schweizer nicht unbedingt mit mir. Alle waren nett, aber auch nicht mehr. Man kam als Ausländer nicht näher an sie heran. Sie ließen keine „Usländer“ in ihre Kreise. Das sollte sich auch während meiner 16 Jahre in diesem Land leider auch nicht ändern.
Ich lernte Mary kennen. Sie war Schottin und arbeitete als Hebamme im Gebärsaal. Wir freundeten uns an und unternahmen ab und zu etwas gemeinsam. Manchmal schloss sich auch ihr Mann Charles an und zu dritt hatten wir viel Spaß, zumal beide nicht richtig Deutsch konnten und meine Englisch/Schottisch-Kenntnisse auch nicht perfekt waren. Aber durch die beiden wurde ich in die Geheimnisse des Whiskys eingeführt, Malt-Whisky und so weiter .... Ihr wisst schon.

Eines Tages stand dann, ohne dass wir Schwestern auf unserer Station darüber informiert worden wären, eine neue Kollegin mit der Pflegedienstleitung zum Frühdienst parat. Es wurde nur kurz mitgeteilt, dass sie ein polnischer Flüchtling mit wenig Deutschkenntnissen sei und wohl auch in ihrem Heimatland als Krankenschwester gearbeitet hatte. Wir sollten uns um sie kümmern und schauen, wie weit sie einsetzbar und arbeitsfähig sei.
Alles klar, nur, in welcher Sprache? Helena, so war ihr Name, konnte tatsächlich so gut wie kein Deutsch und verstand von Wochenbettpflege gemäss Schweizer Niveau etwa so viel wie ein Metzger vom Kuchen backen.
Trotzdem freundeten wir uns an. Mit Händen und Füßen erzählte sie von ihrer Heimat, ihren Freunden, ihrem

Mann Lukasz, von ihrer Flucht aus Polen und dass sie jetzt darauf warteten, den Status eines anerkannten Flüchtlings hier in der Schweiz zu bekommen.
Im Laufe der nächsten Wochen lernte Helena schnell, auch durch meine Mithilfe, mit der deutschen Sprache halbwegs klarzukommen und beim Arbeiten ihre Krankenpflegekenntnisse einzubringen.

An einem grauenhaften Samstagnachmittag im August, es war der 16., es regnete in Strömen und ich war müde vom Frühdienst, bat Helena mich, nachdem wir uns umgezogen hatten, mit den Worten „Du hier warten auf mein Mann, du nix vorhaben heute?“ noch mit in die Cafeteria zu kommen. Ich wusste zwar nicht, worum es ging und was das sollte, aber da ich nichts vorhatte und ein einsamer Abend in meinem kleinen Appartement auch nicht unbedingt reizvoll war, stapfte ich ihr tapfer hinter her.
So lernte ich Lukasz kennen, Helenas Mann. Ein Bär von einem Mann! Circa 185 cm groß, fast genauso breit, Vollbart und ein lustiges Lachen. Deutschkenntnisse, na ja, etwas besser als die von Helena, schließlich käme er aus Schlesien, dort spräche man noch ein bisschen Deutsch, erklärte er mir. Die beiden luden mich auf eine Party bei einem Freund ein, damit ich nicht einsam sein müsse. Wir müssten jetzt nur noch auf einen anderen Freund warten, der sich auf Parkplatzsuche befand.
Das hieß, noch schnell eine Zigarette rauchen und einen Kaffee trinken, um die Lebensgeister zu wecken. Und dann Party!
Zwar hatte ich keine Ahnung, wie, wo und in welcher Sprache – logischerweise hatte ich in Polnisch noch

weniger Kenntnisse als eine Kuh in Englisch – aber egal, es würde schon irgendwie gehen, Hauptsache nicht allein im Zimmer hocken.
Auf einmal gab es einen Schlag, Blitz, Donner, Erdbeben! Mir wurde Bartek vorgestellt!
Schicksal!
Bartek war der ehemalige Verlobte von Helena und mittlerweile gut mit ihr und ihrem Mann befreundet.
Nun sollten wir uns gemeinsam aufmachen und mit dem Auto zu einem anderen Freund fahren, der die Party organisiert hatte. So weit, so gut. Ich lernte noch Jazek und Margareta kennen, Jazek war Helenas Cousin und, wie alle anderen auch, in der Warteschleife, um politisches Asyl in der Schweiz zu bekommen.
Es wurde ein feucht-fröhlicher Abend, obwohl ich kein Wort verstand. Lukasz versuchte, mir auf Polnisch das Fluchen beizubringen und nach einigen Wodkas klappte das dann auch ganz gut. Und doch war Bartek der Einzige, der sich Mühe gab, eine Unterhaltung auf Deutsch mit mir zu führen. Ich war sehr dankbar dafür, denn sonst hätte ich mich schon ein bisschen verloren gefühlt. Wir verstanden uns auch prächtig, soweit man das mangels Sprachkenntnissen sagen kann. Unter viel Gelächter, mit Händen und Füßen, schilderten wir uns in Kurzfassung unsere Lebensläufe.
Irgendwann in der darauffolgenden Woche muss es dann passiert sein: Irgendwie instinktiv wusste ich, ich wollte Bartek heiraten. Warum? Wieso? Keine Ahnung. Ich wusste einfach, dass er der Richtige war. Ich war 23 Jahre alt, ich war nicht schwanger, ich konnte kein Polnisch, Bartek konnte kaum Deutsch, Wahnsinn, verrückt; wir kannten uns erst ein paar Tage. Trotzdem.

Am darauf folgenden Wochenende bekam ich zum ersten Mal Besuch aus der alten Heimat. Andy und Lisa, die ich durch meine Freundin Cora kennengelernt hatte, meldeten sich an. Ich freute mich riesig auf die beiden und hoffte, mit ihnen über meine Gefühle zu Bartek sprechen zu können. Andy und Lisa hatten auch erst kürzlich geheiratet; allerdings kannten sie sich schon eine Ewigkeit.

Nach ihrer Ankunft am Freitag und dem Pläneschmieden für das gemeinsame Wochenende wurde das Thema Heiraten auch ausführlich diskutiert.

Egal wie lang man sich kennt, ob man heiratet oder nur zusammen lebt; für eine Ehe oder Beziehung gibt es keine Garantie. Also spielt es auch keine Rolle, ob man nach drei Jahren oder nach drei Monaten heiratet. Mit dieser Erkenntnis konnte ich nun leben und diesen Entschluss feierten wir natürlich gebührend.

Am nächsten Morgen gesellte sich Bartek zu uns und wir beschlossen, einen Wochenendtrip nach Davos und St. Moritz zu machen. Es wurde ein wunderschönes Wochenende, wir vier genossen das schöne Wetter und die fantastische Landschaft der Schweiz. Und irgendwann, zwischen irgendwelchen Bergen, ich weiß noch genau, als ob es erst gestern gewesen wäre, wir fuhren mit einer Seilbahn auf irgendeinen Gipfel, da passierte es: Bartek machte mir einen Heiratsantrag. Ihr könnt es glauben oder nicht: Wir kannten uns gerade mal eine Woche! Und ja, ich sagte „Ja“.

Meine Güte, so rückblickend würde ich meinen, dass das ganz schön mutig war. Egal, ich wollte es und ich habe es mein Leben lang nicht bereut.

Andy und Lisa waren völlig aus dem Häuschen, als sie das mitbekamen. Aber sie waren begeistert, da sie sich trotz Sprachproblemen mit Bartek sehr gut verstanden.
Damals konnte ich nicht ahnen, dass dieses Wochenende unter anderem der Beginn einer lebenslangen, wunderbaren Freundschaft werden sollte.
Um den Antrag gebührend zu feiern, kauften wir später in einem der nächsten Dörfer ein paar Flaschen Bier und suchten uns einen schönen Parkplatz. Diesen wollten wir auch zum Übernachten benutzen, da wir alle nicht genug Geld hatten, um eines dieser teuren Hotels zu bezahlen. Es wurde eine feucht-fröhliche Feier – zu viert in einem kleinen Auto. Schlafen, na ja, Lisa und ich auf der Rückbank und Andy und Bartek auf den Vordersitzen. Aber was soll's, wenn man jung ist, übersteht man auch eine solche Nacht.

Nach diesem ereignisreichen Wochenende stand ich nun vor der schwierigen Aufgabe, meine Familie von meiner bevorstehenden Hochzeit zu informieren. Dass mein Vater mich am liebsten geteert, gefedert oder gevierteilt hätte, steht außer Frage.
Die Vermutung von meiner „Schwangerschaft", wieso sollte ich auch sonst heiraten wollen, stand ganz klar im Raum.
Mein Bruder Paul ging auf die Barrikaden, angestachelt auch von meinem Vater. Hera, die Frau meines Vaters, mit der ich mich eigentlich bis dahin immer gut verstanden hatte, ging sogar so weit, bei Andy und Lisa anzurufen, um Informationen über meinen Verlobten einzuholen.

Ein Hoch auf die liebe Familie!

Die Einzigen, die zu mir standen, waren meine Schwester Erika und Pauls Frau Dorothea. Sie versuchten zu vermitteln, schließlich sei ich mit 23 Jahren alt genug, um solch eine Entscheidung zu treffen. Doch auch sie hatten keinen Erfolg mit ihren Bemühungen, im Gegenteil, die beiden riskierten durch ihre Einmischung und Fürsprachen einen handfesten Ehekrach mit ihren Ehepartnern. Zum Davonlaufen, denn eigentlich wollte ich mich mit meiner Familie doch nicht überwerfen.
Im Oktober fuhr ich nach Mainz, denn ich benötigte für meine Heirat jede Menge Papiere: Ehefähigkeitszeugnis, Führungszeugnis, Geburtsurkunde.
Anschließend der schwere Gang in die Eifel zu meinem Vater.
Es war die Hölle. Wie ich es wagen konnte, jemanden zu heiraten, den ich kaum kannte, nicht zu reden vom Rest der Familie! Und dann noch einen Ausländer, einen Polen! Ob ich denn vergessen hätte, wo ich herkäme, den Zweiten Weltkrieg ... Schließlich seien meine Eltern ja von dort vertrieben worden!
Das Gerücht von meiner Schwangerschaft hielt sich weiter, mindestens die nächsten neun Monate noch.
Wie ich Jahre später von Dorothea erfuhr, war mein Vater sogar so weit gegangen, bei Konsulat und Botschaft anzufragen, ob man diese Ehe später annullieren könne.
Ich glaube, es ist unnötig zu erwähnen, dass meine Hochzeit von der gesamten Familie boykottiert wurde.
Mein Vater zog es vor, in den Urlaub nach Teneriffa zu fahren, mein Bruder verbot seiner Frau jeglichen Kontakt zu mir und meine Schwester legte sich eine Blasenentzündung zu.
Toll!

Ich war traurig und tief verletzt. Dieser Tag ist doch ein besonderer im Leben und jeder wünscht sich, sein eigenes Glück mit seiner Familie zu teilen.
Aber Bartek erging es auch nicht anders. Auch seine Familie wollte mit allen Mitteln die Hochzeit verhindern. Schließlich war ich eine Deutsche, war schuld am Zweiten Weltkrieg und noch vieles mehr.
Ein Pole heiratet einfach keine Deutsche. Beide Elternpaare waren sich mit dieser Meinung einig.
Doch Gott sei Dank waren damals die Grenzen noch zu und so konnten auch sie nicht zu unserer Hochzeit kommen.

Rechtzeitig zum 1. Dezember fanden wir auch endlich nach langem Suchen eine schöne große Wohnung für uns beide. Auf Dauer im Wohnheim in einem kleinen Zimmer war eh nicht unser Geschmack.
Bartek fand in einem kleinen Dorf nicht weit vom Spital entfernt eine 3-Zimmer-Wohnung, die er mit dem festen Versprechen zu heiraten, mieten konnte. Damals war das Zusammenleben ohne Trauschein in der Schweiz nicht üblich und wurde demnach von den meisten Vermietern auch nicht geduldet.
Meine Wohnungssuche war zu der Zeit aufgrund meiner Nationalität von Vorneherein zum Scheitern verurteilt. Heute unvorstellbar!

Und dann kam endlich der große Tag. Am 16. Januar 1981 war es dann endlich so weit. Unser Hochzeitstag! Die monatelange Wartezeit, das Suchen der richtigen Papiere, Beglaubigungen vom Notar, es war endlich vorbei.

Wir kannten uns auf den Tag genau fünf Monate.

Es wurde ein rauschendes Fest. Wir feierten von Donnerstag bis Sonntag durch, Freitag heirateten wir.
All unsere Freunde, soweit möglich und in der Schweiz vorhanden, kamen. Lisa und Andy aus Bingen, Cora und Marcus aus Stuttgart und auch meine allerbeste und älteste Freundin Sissi ließ es sich nicht nehmen und reiste mit ihrem Mann Werner aus Mainz an.
Lisa und Jazek waren unsere Trauzeugen.
Zwar heirateten wir nur standesamtlich, das Kirchliche wollten wir auf irgendwann einmal später verschieben, bis unsere Familien sich beruhigt hätten und teilnehmen könnten, trotzdem war es sehr feierlich und irgendwie auch spannend. Es war so weit, stolz setzte ich meinen neuen Namen unter die Trauurkunde. Jetzt hieß ich nicht mehr Christiane Zwengel, sondern Christiane Koslowski.
Unsere Hochzeit war ein klasse Fest. Mal was anderes, nicht in Weiß und ohne Familie.
Bartek und ich vollzogen noch am gleichen Tag unsere Ehe, nachdem wir unser Bett, das von unseren Freunden als „Hochzeitsüberraschung“ versteckt worden war, wiedergefunden und zusammengebaut hatten.
Es war uns beiden bewusst, dass der Tag kommen würde, an dem wir uns gegenseitig unseren Eltern vorstellen mussten, doch wir schoben diese Gedanken erst mal von uns. Wir waren glücklich und wollten uns unter keinen Umständen von unseren Familien auseinanderbringen lassen.

Als nächstes Ereignis stand dann meine Kündigung im Spital bevor. Ich litt unter der Diskriminierung als Ausländerin und wollte nur weg. Der Kanton, in welchem wir lebten, war damals als besonders ausländerunfreundlich bekannt und somit war mein Ziel die Stadt Basel.

Durch meine Heirat mit einem Asylanten war es mir auch möglich, mein auf ein Jahr befristetes Arbeitsverhältnis vorzeitig aufzulösen, ohne Angst zu haben, Aufenthalts- und Arbeitsbewilligung zu verlieren.
Nach einigem Suchen wurde ich schließlich fündig. Ein Spital mit einer speziellen Onkologiestation bat mich zum Vorstellungsgespräch.
Ich hatte zwar damals relativ wenig Ahnung von Onkologie; während unserer Ausbildung war dieses Spezialgebiet in der Kinderkrankenpflege zwar kurz umrissen worden, doch hatte ich von Onkologie in der Erwachsenenkrankenpflege so gut wie keine Ahnung, aber unbekümmert, optimistisch und hochmotiviert war mir das egal.
Also, neues Spiel, neues Glück.
Am 1. März sollte ich meine neue Stelle antreten.

Aber zunächst kamen die wichtigsten Tage im Jahr eines Mainzers: die Fastnachtstage. Die konnten trotz frischer Ehe nicht ohne mich stattfinden. Bartek wollte nicht mit, das sei nichts für ihn, aber ich könne getrost alleine fahren und feiern. Er vertraute mir, dass ich die tollen Tage nicht zum Fremdgehen ausnutzen würde. Das hatte ich auch nicht vor, ich war frisch verliebt und verheiratet.
Ich wollte nur feiern und Spaß haben, aber ich wollte auch endgültig mit Wolfgang abschließen. Ich musste für mich selbst sicher sein, dass dieses Kapitel für mich endgültig erledigt war.
Dass es so war, diese Erkenntnis bekam ich bei einem Besuch bei ihm zu Hause. Für mich war es vorbei. Allerdings nicht für ihn. Er war durch meine Mitteilung, ich wolle heiraten, furchtbar überrascht worden und konn-

te einfach nicht glauben, dass ich diesen Schritt ohne Schwangerschaft tun wollte.
Als ich dann nach einem langen Gespräch endlich gehen wollte, bat er mich für alles, was er mir angetan hatte um Verzeihung und auch darum, zu ihm zurückzukehren.
Tja, mein Lieber, das hättest du dir früher überlegen sollen. Jetzt war es zu spät.
Ich verlebte anschließend noch wunderbare Tage in Mainz, Feiern ohne Ende mit meinen Freunden bis Aschermittwoch.
So wie auch die darauf folgenden Jahre kehrte ich krank – ich erkältete mich fürchterlich und litt auch unter dem Verlust meiner Stimme -, aber glücklich und ausgepowert nach Hause zurück.

Von Barteks polnischen Freunden wurde ich als seine Frau auch recht gut aufgenommen – so dachte ich zumindest viele, viele Jahre lang – und mit den Sitten und Gebräuchen ihrer Heimat vertraut gemacht. Wir feierten ständig irgendwelche Partys, tranken literweise Wodka; der einzige Wermutstropfen waren meine nicht vorhandenen Sprachkenntnisse.
Deutsch sprach, mit wenigen Ausnahmen, niemand mit mir. Also musste ich notgedrungen irgendwie versuchen, Polnisch zu lernen. Sprachschulen gab es keine, welche Möglichkeiten hatte ich also noch? Tja, selbst ist die Frau, learning by doing. Für uns Deutsche kein leichtes Unterfangen. Zuerst einmal musste ich lernen, einzelne Wörter zu unterscheiden. Am Anfang hört sich ein polnischer Satz wie ein einziges Wort an. Man hört das Ende eines Wortes nicht. Und dann kommt das Sprachtempo dazu. Das ist so ähnlich wie „Bahnhof,

Koffer klauen und Zug ist weg“. Ihr versteht, was ich meine? Katastrophe pur!
Ich nahm mir Barteks Deutschbücher, die Deutsch-Polnisch aufgebaut waren, und versuchte damit zu lernen. Aufgrund meines recht guten Sprachgehörs konnte ich auch irgendwann einzelne Worte verstehen und selbst Sätze bilden. Allgemeines Gelächter entmutigte mich schon hin und wieder, doch eines Tages viele Monate später, hatte ich die Schnauze voll und ich war es leid, mich ständig wegen meiner Aussprache und fehlender Grammatikkenntnisse zum Gespött zu machen. „Ich muss hier in der Schweiz kein Polnisch mit euch sprechen können, aber ihr müsst alle Deutsch lernen, wenn ihr hier leben wollt. Ich tue das nur euch zuliebe. Wenn ihr alle in der Relation so gut Deutsch reden könntet wie ich Polnisch, dann hätte keiner mehr was zu lachen und wir könnten uns problemlos unterhalten!“
Es hat sich nie wieder jemand über meine Sprachkenntnisse beschwert. Und im Laufe der Jahre lernte ich, auf Polnisch eine normale Konversation zu führen; die Grammatik lassen wir mal außen vor, die ist irre schwer.

Über Ostern fuhren wir in die Eifel, um meinen Vater zu besuchen.
Wer von uns beiden mehr Angst hatte, weiß ich nicht mehr. Aber da mussten wir durch.
Zur allgemeinen Überraschung verstanden sich Bartek und mein Vater auf Anhieb sehr gut. Bartek hatte eine Art, jeden von sich einzunehmen. Man musste sich einfach mit ihm verstehen. Er überrumpelte meinen Herrn Papa bei der Begrüßung gleich mit den Worten: „Hallo Vati, ich freue mich, hier zu sein“. Meinem Vater wurde somit

gleich der Wind aus den Segeln genommen und nach ein paar Schnäpschen und mehreren prüfenden Blicken auf meinen nicht vorhandenen Bauch wurde eine lebenslange Freundschaft besiegelt.
So, dieses Problem war also Vergangenheit, die erste Hürde überwunden und meinen Bruder, dessen Meinung mir immer sehr wichtig war, würde ich auch noch beschwichtigen können.

Im Laufe des kommenden Sommers wollte ich meinen Mann dann noch mit meiner restlichen Familie bekannt machen. Wir besuchten meine Kusine und ihren Mann in München. Und da alle Bayern bekanntlich äußerst trinkfest sind, konnte Bartek sich auch dort sogleich gut in diesen Teil der Familie integrieren.
Der Besuch bei meinem Bruder Paul stand als Nächstes auf dem Programm. Vor ihm hatte ich noch mehr Schiss als vor meinem Vater. Ich liebte meinen Bruder wirklich von ganzem Herzen und wir verstanden uns immer sehr gut, trotzdem behandelte er mich sehr lange noch wie ein kleines Kind – o.k., er war schließlich doch 11 Jahre älter als ich -, und somit war er für mich auch so etwas wie eine Autoritätsperson. Aber auch diese Runde ging an Bartek, er eroberte erst Dorotheas Herz und nach einiger Zeit und vielen Gläsern Wodka wurden er und Paul doch Freunde fürs Leben. Irgendwann stellte ich meinen Mann auch meiner Schwester Erika vor und wie hätte es anders sein können, sie verstanden sich prächtig.
Blieb nur noch Barteks Familie übrig. Nicht in 1.000 Jahren konnte ich damals ahnen, welch schreckliche Last, welches Horrorszenario am Ende auf mich zukommen sollte. Heute bin ich schlauer, zu spät!

Auf der Onkologiestation in Basel hatte ich mich mittlerweile auch gut eingelebt. Die Arbeit machte sehr viel Spaß. Das Personal war anders als im Kanton Aargau. Es gab wesentlich mehr ausländische Kollegen und auch die Patienten waren netter und Deutschen gegenüber zugänglicher. Und wieder lernte ich neue Schweizer Worte kennen. Ging man im Aargau zum Frühstück, sagte man zum „znüni", in Basel hieß es auf einmal „zmörgele". Witzige Sprache.
Da Helena sich in dem Spital, in dem ich vorher gearbeitet hatte, auch nicht so recht wohlfühlte, konnte ich ihr in Basel auch zu einem neuen Arbeitsplatz verhelfen.

So ging der Sommer ins Land, der Herbst zog ein. Und mit ihm meine Schwiegereltern. Leider bekamen sie eine Ausreisebewilligung für einen 6-wöchigen Besuch bei uns. Es heißt immer, Mädchen verstehen sich nicht mit ihren Schwiegermüttern. Nun gut, ich wollte mit diesem „alten Zopf" brechen und nahm mir vor, die liebe Schwiegertochter zu sein. Mir war allerdings nicht bewusst, wie lange sechs Wochen sein können.
Mein Schwiegervater war klasse, er trank gern seinen Wodka und gab sich viel Mühe, Konversation mit mir zu machen. Und es war ihm völlig egal, wie schlecht mein Polnisch war. Der gute Wille war da und das zählte schließlich. Er war ein lustiger und fröhlicher Zeitgenosse. Meine Schwiegermutter? Ein Jammerlappen. Immer schlich sie auf leisen Sohlen durch die Gegend und mehr als einmal erschrak ich mich fürchterlich, als sie plötzlich hinter mir stand. Sie lief nur mit jammervollem Gesicht herum, brach bei jeder Gelegenheit in Tränen aus und konnte nicht verstehen, dass ich ihre Sprache nicht

verstand. Auch verwöhnte ich ihren „Jungen“ nicht genug und erlaubte mir auch noch, nach einem anstrengenden Arbeitstag müde zu sein.
Naja, wie ich später erfahren habe, konnte sie mich nicht leiden (ich sie aber auch nicht), außerdem war ich sowieso nicht die richtige Frau für ihren „Bartusz“.
Ich muss noch schnell hinzufügen, dass damals alle polnischen Besucher der Meinung waren, die Schweiz sei das Land, in dem Milch und Honig in Litern flossen. Außerdem, der Bancomat gab immer was her. Und wir alle hatten supertolle, große Wohnungen, Farbfernseher, Auto usw. Alles Dinge, die es in Polen damals nicht gab. Also gingen all die lieben Besucher davon aus, dass wir Geld im Überfluss hatten. Sie konnten und wollten nicht verstehen, dass wir fast alle riesige Kredite aufgenommen hatten, um unsere Wohnungen einzurichten. Und diese mussten zurückgezahlt werden. Ach ja, und Steuern mussten wir natürlich auch zahlen.
Ihr könnt euch sicher vorstellen, dass somit ein Schwiegerelternbesuch von 6 Wochen auch an unserem Geldbeutel nagte. Ich verdiente zwar sehr gut als Krankenschwester, doch mein neues Auto (ein neuer Golf, auf den ich mächtig stolz war) musste auch irgendwie abbezahlt werden. Bartek, der in Polen den Abschluss als Elektrofachingenieur gemacht hatte, arbeitete hier bei einer Firma mangels Sprachkenntnisse nur als einfacher Arbeiter.
Meine liebe Schwiegermutter hat das nie begriffen. Sie kaufte auf unsere Kosten ein, als ginge es ums Überleben. Bartek traute sich nicht, sie zu bremsen, schließlich war sie seine Mutter. Er stöhnte mir nur immer die Ohren voll. Somit war gegen Ende des Besuchs meine Laune ver-

ständlicherweise denn auch grenzwertig. Wir stritten nur noch miteinander und ich konnte meine Wut und meinen Zorn vor meinen Schwiegereltern kaum noch zügeln. Demzufolge lief die Schwiegermutter nur noch heulend in der Gegend rum, denn sie konnte ja nicht verstehen, was ich sagte und warum ich sauer war.
Wären damals meine Freunde Charles und Mary nicht gewesen, ich glaube, ich hätte mich von Bartek getrennt oder meiner Schwiegermutter den Hals herumgedreht.
Gott sei Dank gingen auch diese schrecklichen Wochen endlich zu Ende und ich konnte die Fahrt zum Zürcher Flughafen kaum erwarten. Somit gab ich mir wieder ein bisschen Mühe, meine liebenswürdige und freundliche Seite in dieser Schlussphase zum Ausdruck zu bringen.
So gut gelaunt gestimmt steuerten wir denn auch dem Check-In-Schalter entgegen. Doch wir hatten die Rechnung ohne den Wirt gemacht. Das Abflugdatum stimmte nicht mit dem jenes Tages überein. Nein, sie hatten den Flug nicht verpasst; im Gegenteil, wir waren zwei Tage zu früh am Flughafen! Das hieß im Klartext, Bartek und ich mussten die zwei wieder mit nach Hause nehmen und noch mal zwei Tage ertragen.
Ich probte den Zwergenaufstand! Wurde fast hysterisch! Aber den Flug umzubuchen kam natürlich aus finanziellen Gründen ebenso wenig in Frage, wie die zwei in ein Hotel zu stecken. Das hieß also, in den sauren Apfel beißen, wieder nach Hause fahren und in zwei Tagen nochmals antraben.

Heute weiß ich nicht mehr, wie ich die zusätzlichen Tage überstanden habe. Vermutlich bin ich zu Charles und Mary geflüchtet. Doch alles hat irgendwann mal ein Ende und beim zweiten Anlauf klappte das mit dem Flug dann auch tatsächlich.

Bartek und ich waren wieder allein und ich konnte mein nächstes Ziel ansteuern. Ich wollte endlich schwanger werden. Mittlerweile sah meine Familie auch endlich ein, dass ich nicht die Schwangerschaftsdauer eines Elefanten hatte. Also konnte ich diese Sache in Absprache mit meinem Mann in Angriff nehmen.
Gesagt, getan. Pille abgesetzt. Aber schwanger werden war leichter gesagt als getan. Wir übten mittlerweile schon tapfer einige Monate lang, aber nichts passierte. Auf Anraten meines Frauenarztes begann ich, regelmäßig jeden Morgen Temperatur zum Ermitteln des Eisprungs zu messen.
Dieses Protokoll sprach ich denn auch häufig mit meiner Freundin Mary durch, die ja schließlich als Hebamme genügend Erfahrung damit hatte.
Aber es passierte weiterhin nichts. Da ich auch nie eine regelmäßige Periode hatte, konnte mir selbst das sorgsam geführte Protokoll nicht wirklich weiterhelfen.
Damals konnte man einen Schwangerschaftstest nicht wie heute bereits nach zwei überfälligen Tagen machen. Nein, mindestens zwei Wochen Wartezeit musste man einkalkulieren. Selbst dann gab es über eine eventuelle Schwangerschaft noch keine Sicherheit.

Ich glaube, es war kurz vor Weihnachten. Zwei Wochen Wartezeit waren vorbei – wobei das bei meiner unregelmäßigen Periode eigentlich nichts zu sagen hatte. Ich wagte einen erneuten Test und bat das Labor unserer Onkologiestation um Hilfe.

Die Wartezeit bis zum Ergebnis zog sich zwei Stunden hin. Dann endlich, ja, der Test war positiv! Natürlich ohne Gewähr, aber das interessierte mich nicht, das wollte ich nicht wahrhaben. Hurra, ich war endlich schwanger!
Stolz machte ich sofort bei meinem Frauenarzt einen Termin, schließlich wollte ich hundert Prozent sicher sein, bevor ich mich der Welt mitteilte.
Einen Tag später saß ich aufgeregt mit meinem Temperaturprotokoll beim Arzt im Sprechzimmer. Er sah sich dieses in Ruhe an, blickte zu mir und meinte dann mit ernster Miene: „Sie sind nicht schwanger, Sie hatten jetzt und die letzten Monate keinen Eisprung. Eine Schwangerschaft ist demnach völlig ausgeschlossen“.
Ich war platt, das konnte ich nicht glauben, denn irgendwie fühlte ich mich schwanger. Also beschloss ich, noch ein paar Tage abzuwarten und dann mit Mary zu reden. Mary war damals schon eine sehr gute und erfahrene Hebamme. Ich vertraute ihr fast mehr als meinem Arzt und kurz nach Weihnachten erklärte sie sich schließlich nach langem Hin und Her bereit, mich zu untersuchen, obwohl dies in einem frühen Stadium einer Schwangerschaft nicht ganz ungefährlich ist. Es drohte das Risiko einer Fehlgeburt. Ihr Befund viel positiv aus! Ich war wirklich schwanger! Kein Eisprung, aber schwanger! Endlich! Auch Barteks Freude war riesengroß.

Bevor ich jedoch meinem Vater die Botschaft über das fünfte Enkelkind überbringen wollte – meine Schwester hatte bereits drei Kinder mein Bruder Paul eines – rief ich bei Dorothea an. Sie sollte als Erste von unserem Nachwuchs erfahren. Nachdem ich sie also überschwänglich von meiner Schwangerschaft in Kenntnis gesetzt hatte, kam

kurz und knapp lachend ihr Kommentar: „Hey, gratuliere, aber ich bin auch wieder schwanger!“ Was für eine Überraschung! Ich hatte ja nicht gewusst, dass sie und mein Bruder auch am Üben für das zweite Baby waren.
Nun begann für uns also der Wettlauf um die Geburt. Wir hatten fast am gleichen Tag Termin und wir alle waren uns einig, dass es sehr spannend werden würde. Schlussendlich sollte aber ich dieses Rennen gewinnen. Auch mein Vater freute sich und war nun auch restlos davon überzeugt, dass meine Ehe mit Bartek gutgehen würde.

Nach den anfänglichen Schwierigkeiten, mit denen sich fast alle werdenden Mütter plagen müssen, wie Übelkeit und Heißhunger – ich aß auf einmal für mein Leben gern Marmeladenbrot mit Senf, sauren Heringen und Gurke zum Frühstück –, ging es mir nach den ersten drei Monaten eigentlich recht gut. Mal abgesehen davon, dass ich meinen Mann im wahrsten Sinne des Wortes nicht mehr riechen mochte. Ich konnte sein und auch mein Lieblingsrasierwasser nicht mehr riechen, mir wurde schlecht davon.
Als überaus positiver Aspekt sei zu bemerken, dass ich auch von einem auf den anderen Tag einen Ekel auf meine heißgeliebten Zigaretten bekam. Ja, es ist richtig, bis zum Ende des dritten Monats hatte ich unbekümmert weiter geraucht.
Des Weiteren vergrößerte sich zeitweise auch unsere kleine Familie, wir mussten wieder zusammenrücken, denn Barteks Kusine Brigitta und ihr Mann Tomek waren aus Polen geflüchtet und wir mussten sie aufnehmen. Dies stellte sich allerdings nicht als großes Problem heraus, da beide etwa in unserem Alter waren. Sie konnten außerdem

beide etwas Englisch und bemühten sich aufrichtig, uns nicht auf die Nerven zu gehen.
Nach zwei oder drei Monaten war auch dieser Spuk vorbei, die beiden fanden aufgrund ihrer sehr guten Ausbildung schnell Arbeit und auch eine kleine Wohnung in unserer Nähe.

Meine Schwangerschaft nahm ihren Lauf. Zwischenzeitlich musste ich noch einen Abstecher nach Mainz machen, denn es war mal wieder Fastnacht und die durfte trotz Schwangerschaft nicht ohne mich stattfinden.
Danach lief erst einmal alles normal weiter. Ich arbeitete weiter und wir begannen, fleißig unser Kinderzimmer einzurichten.
Ab der 20. Schwangerschaftswoche fingen meine Probleme an. Ich bekam Frühwehen und durfte nicht mehr arbeiten. Ab sofort sollte ich das Sofa hüten und viel liegen. Na toll, und das mir, die ich doch immer so hibbelig war. Ruhig liegen und nichts tun war nun wirklich nicht mein Ding. Für mich bedeutete eine Schwangerschaft doch keine Krankheit. Aber mir blieb nichts anderes übrig, wollte ich doch unser Baby nicht gefährden. Da zu dieser Zeit gerade die Fußball-Weltmeisterschaft stattfand, kaufte Bartek für mich einen Videorekorder, damit ich die Spiele, die ich nicht live sehen konnte, auf Video aufnehmen und später anschauen konnte.
Also hatte ich wenigstens für ein paar Wochen Abwechslung. Danach hatten sich die Wehen wieder etwas beruhigt und ich durfte das Sofa verlassen, aber nicht mehr arbeiten gehen.
Die Rumhockerei zu Hause hatte den wesentlichen Nachteil, dass ich essenstechnisch alles Mögliche in mich

hineinstopfte. Irgendwie war meine Satt-sein-Grenze etwas verwischt und im Laufe der Monate ging ich auseinander wie ein Hefekuchen. So Ende siebten Monats war ich kugelrund wie eine Tonne. Bartek neckte mich ständig: „Über dich drüber zu springen ist einfacher, als um dich herumzulaufen."

Zugegeben, ein ganz klein wenig beleidigt war ich ja schon. Allerdings hatte ich Bartek gegenüber den großen Vorteil, dass ich nach der Geburt einen Teil meines Gewichts verlieren würde. Er dagegen, der aus lauter Sympathie auch einiges an Kilos zugelegt hatte, würde diese wohl nicht so schnell wieder loswerden.

Der Geburtstermin rückte immer näher. Dorothea und ich telefonierten fast täglich um zu prüfen, wer wohl als Erster den langersehnten Nachwuchs zur Welt bringen würde.

Aber nichts geschah.

Mary kam fast täglich vorbei, um mich zu untersuchen und zu schauen, ob alles noch in Ordnung sei. Ich war sehr froh zu wissen, dass sie die Geburt leiten würde.

Bartek ließ sich von meiner Nervosität anstecken und erklärte sich nach monatelanger Diskussion auch dazu bereit, mir bei der Geburt beizustehen. Ein Fehler übrigens, Mädels, nehmt eure Männer nicht mit zur Geburt, es sei denn ihr habt einen „Frauenversteher" zum Mann.

Dann war es eines Nachts doch endlich so weit. Blasensprung, ab ins Krankenhaus, aber keine Wehen.

Ich bekam ein leichtes Schlafmittel gespritzt und sollte mich entspannen. Es könne noch Stunden dauern und später müsse ich fit für die Geburt sein. Bartek wurde heimgeschickt und da lag ich nun, Kreuzschmerzen ohne Ende. Ich war überzeugt, mir würde der Rücken auseinanderbrechen.

Auf einmal ging alles ganz schnell. Eine Hebamme untersuchte mich und stellte fest, dass die Geburt nun zügig losging.
Ich hatte wohl meine Wehen im Rücken und nicht im Bauch gehabt. Die wochenlange Schwangerschaftsgymnastik war also umsonst gewesen.
Schnell wurde Mary informiert und Bartek kam auch kurze Zeit später wieder zurück.
So hatte ich mir das alles nicht vorgestellt. Ich fluchte und tobte, ich verdammte die ganze Welt. Ich wollte nach Hause, schwor mir, nie wieder Sex haben zu wollen, schimpfte meinen Mann einen Hurensohn, weil er mir immerzu sagte, ich solle mich nicht so anstellen, so schlimm könne eine Geburt ja wohl nicht sein.
Männer! Ich hätte ihn umbringen können.
Dank meiner wunderbaren Mary hatte ich es nach zwei Stunden – es kam mir viel länger vor – doch endlich geschafft.

Michelle war da!

3. Michelle ist da!

Im Nachhinein kann ich sagen, dass ich durch Mary eine wunderbare und schnelle Geburt hatte. Alles ging glatt, keine Komplikationen.

Danach feierten Bartek, Mary und ich bei einem Glas Sekt die Ankunft des neuen Familienmitglieds. Gerade mal 3.200 Gramm schwer und 49 cm groß. So frisch gewaschen ein richtig niedliches kleines Baby.
Eigentlich wollte ich so schnell wie möglich wieder heim, aber Bartek bestand darauf, mich mindestens drei Tage im Krankenhaus verwöhnen zu lassen. Es war damals nicht üblich, sofort nach der Geburt nach Hause entlassen zu werden.
Also harrte ich die paar Tage aus und kam dann am darauf folgenden Montag endlich heim.
Klar tat mir anfangs noch alles weh und ich musste mich an einen neuen Tagesablauf gewöhnen, der weitgehend von Michelle bestimmt wurde. Doch sie war ein perfektes Bilderbuchbaby, schlief bereits im Alter von sechs Wochen jede Nacht durch und benötigte auch tagsüber kaum Beschäftigung.
Dies kam mir in Anbetracht meines körperlichen Aussehens sehr gelegen. Zu meinem Leidwesen sah ich nämlich nach der Geburt genauso aus wie vorher. Oh Graus! Das hieß, irgendwie 19 Kilo abzuarbeiten. Ich wollte unbedingt so schnell wie möglich meine alte Figur wiederhaben. Ich fand mich hässlich und fett und gutes Aussehen war mir schon immer enorm wichtig.
Also fing ich schon ein paar Tage nach der Geburt auf Marys Anraten hin mit der Rückbildungsgymnastik an,

verzichtete auf meine geliebten Süßigkeiten – eine Diät konnte ich wegen des Stillens nicht machen – und ließ keinen Tag Gymnastik aus. Der Erfolg stellte sich dann auch recht schnell ein, zwei Monate später passte ich wieder in all meine alten Jeans.
Natürlich blieb nach der Geburt des ersten Enkelkindes für Barteks Eltern der Besuch nicht aus.
Wieder sechs Wochen der reinste Horror!

Natürlich machte ich nichts richtig, ich war ja auch nur gelernte Kinderkrankenschwester, stillte mein Kind zu den falschen Zeiten, ernährte mich falsch und hatte auch viel zu schnell abgenommen. Leider passte ich nicht mehr in die Nachthemden, die mir meine Schwiegermutter vorsorglich mitgebracht hatte. Größe 46, denn nach der Geburt braucht eine Frau ja nicht mehr schlank zu sein. Dumm nur, dass meine Konfektionsgröße bis heute immer nur 34 bis 36 ist. Egal, die Fummel von ihr haben sich noch gut zum Putzen geeignet.
Auch Michelles Namen musste bemäkelt werden, wie konnten wir unsere Tochter nur Michelle nennen. Das sei schließlich kein polnischer Name. Dort würden alle Mädchennamen mit „a“ und nicht mit „e“ enden. Deshalb wurde aus der armen Michelle flugs eine Michella. Bis heute geht sie die Decke hoch, wenn sie so angesprochen wird, beziehungsweise reagiert nicht auf diesen Namen.
Mein Vater hätte sich zwar auch einen deutschen Namen gewünscht, hielt sich mit seinen Äußerungen aber zurück und freute sich einfach über das nächste Enkelkind.

Übrigens, Dorothea hatte sich noch sieben Tage Zeit gelassen, um dann endlich Mattias zur Welt zu bringen.

Für Weihnachten hatten wir einen gemeinsamen Urlaub mit unseren Freunden Jazek und seiner Frau Margareta geplant. Wir wollten Skiurlaub in den Schweizer Bergen machen.
Ich freute mich riesig darauf, denn wir hatten keine Hochzeitsreise machen können, und zwei Wochen Urlaub waren doch eine tolle Sache.
Endlich hatte ich mich auch dazu bereit erklärt, Ski fahren zu lernen. Ich hatte zwar panische Angst davor, aber was tut man nicht alles seinem Mann zuliebe. Dieser Versuch ging allerdings komplett in die Hose. Zwei Tage lang gab sich Bartek alle erdenkliche Mühe, mich in die Geheimnisse des Benutzens von einem Paar Ski einzuweihen. Von Ski fahren keine Rede! Danach war seine Geduld zu Ende.
Jazek erklärte sich nun dazu bereit, den Unterricht fortzusetzen. Ebenso erfolglos.
Am vierten Tag dann entschloss ich mich, es mit einem professionellen Skilehrer zu versuchen. Nachdem ich aber immer wieder aus dem Skilift für Kinder purzelte, ich konnte diesen komischen Teller nicht zwischen den Beinen halten, empfahl mir der überaus nette und geduldige Skilehrer, es doch mit Schlittenfahren oder einem anderen Sport zu versuchen.
Soviel zum Thema Skifahren. Ich hab es nie wieder versucht. Die restlichen zwei Wochen verbrachte ich dann lieber mit meiner kleinen Tochter, während die anderen drei die Skipisten unsicher machten.
Im Großen und Ganzen war es ein schöner Urlaub. Für mich, die noch nie richtigen Urlaub gemacht hatte – mit meinen Eltern war ich nie irgendwohin gefahren, dafür war kein Geld da – war es schon ein kleines Erlebnis.

Nach unserer Rückkehr fing ich wieder recht intensiv mit Sport an, denn ich wollte meine gute Figur unbedingt behalten.
Und so ging ich einmal wöchentlich mit Brigittas Mann Tomek zum Schwimmen und noch zusätzlich mit Margareta Squash spielen.
Schnell kursierten im „Polenclan“ die Gerüchte um mein angebliches Verhältnis mit Tomek.
Wenn die alle gewusst hätten, wie sehr wir die gemeinsamen Abende mit Schwimmen und anschließendem Lästern genossen. Es gibt nichts Schöneres, als mit einem Mann richtig abzulästern und sich über die Gerüchteküche zu amüsieren.
Schon zu dieser Zeit kristallisierte sich heraus, dass in dieser großen polnischen Familie jeder mit jedem schlief und auch irgendwann geborene Kinder nicht unbedingt zum richtigen Vater „Papa“ sagten. Mir war das eigentlich immer ziemlich egal, zwischen Bartek und mir herrschte ein unglaublich großes Vertrauensverhältnis, dieses hätte ich nie brechen können.

Irgendwann stand dann auf Drängen beider Großeltern die Taufe von Michelle zur Debatte.
Streng katholisch, wie beide Familien nun mal waren, kam es gar nicht in Frage, ein Kind ungetauft groß werden zu lassen. Diese Frage hatte sich mir nie gestellt, wir waren ja auch nicht kirchlich verheiratet, warum ein Kind taufen? Das Kind sollte später selbst entscheiden, ob es das wollte.
Um des lieben Friedens willen willigte ich dann doch ein und vereinbarte ein Gespräch mit unserem zuständigen Pfarrer. Es stellte sich heraus, dass das nicht so einfach

sein sollte. Der Kommentar des Pfarrers, „Wie wollen Sie Ihr Kind im christlichen Glauben erziehen, wenn Sie selbst mit Ihrem Mann nicht verheiratet sind und in wilder Ehe leben?“, zog mir fast den Boden unter den Füßen weg. Was konnte denn mein Kind dafür?
Übrigens ist der gleiche Pfarrer ein Jahr später mit der Gemeindekasse abgehauen!
Am liebsten hätte ich die Taufe Taufe sein lassen. Das war natürlich nicht möglich, also redete ich auf den Gottesmann ein und erklärte, dass es noch nicht möglich gewesen wäre, kirchlich zu heiraten, weil wir die Großelternpaare noch nicht hatten zusammenbringen können.
Schlussendlich nahm er mir das Versprechen ab, schnellstmöglich die Hochzeit nachzuholen, und erklärte sich dann bereit, unser kleines Mädchen in der kommenden Osternacht zu taufen.
Das waren noch fünf Wochen. Das hieß, zügig Einladungen an die Großeltern und Taufpaten schicken. Apropos Taufpaten. Wir hatten beschlossen, meinen Bruder Paul und Barteks Kusine Brigitta als Paten zu benennen.
Zu meinem größten Bedauern bekamen auch meine Schwiegereltern erneut eine Ausreisebewilligung aus Polen. Zu dieser Zeit fing im gesamten Ostblock die ganze „Solidarnosz“- und „Glasnost“-Epoche an.
Es sollte das erste Zusammentreffen unserer beiden Elternpaare werden. Zu unserem Erstaunen verstanden sich die beiden Opas prächtig. Mein Vater konnte aus seiner Kindheit noch ein paar Brocken Polnisch und nach etlichen Schnäpschen sprachen die beiden etwas langsamer, lauter und undeutlicher, hatten aber keine Kommunikationsprobleme mehr. Im Gegensatz zu ihren Frauen. Hera, meines Vaters Frau, zog zwar immer ein

langes Gesicht, sagte aber zu den Schnapsorgien nicht viel. Meine Schwiegermutter brach spätestens nach einer Stunde in Tränen aus und verschwand unter dem Vorwand müde zu sein ins Bett.
Naja, so störte sie wenigstens nicht.
Es wurde trotzdem ein tolles Familienfest. Und alle waren glücklich und zufrieden.
Der Einzige, der die feierliche Zeremonie noch zu stören wusste, war mein kleiner Neffe Mattias. Er brüllte die ganze Zeit in der Kirche, sodass Paul dann mehr oder weniger fluchtartig mit dem Baby das Geschehen verließ.

Für den kommenden Sommer plante ich, meine Arbeit wieder aufzunehmen. In der Schweiz gab es damals keinen Mutterschutz und so hatte ich kurz vor der Geburt an meiner Arbeitsstätte kündigen müssen. Doch auf mein Nachfragen hin bot man mir meinen alten Arbeitsplatz gern wieder an.
Zu dieser Zeit war ich bereits seit etwa acht Monaten mit dem Baby daheim. Irgendwann war ich es leid, auf dem Spielplatz mit den anderen Müttern über das Zähnekriegen, Einkaufen, Windeln wechseln und andere blödsinnigen Dinge zu reden. Meine Arbeit fehlte mir!
Ich hatte außer diesen nicht wirklich tiefsinnigen Themen nicht mehr viel zu erzählen, wenn Bartek abends von der Arbeit heim kam. Ich hatte das Gefühl zu verblöden. Bis heute kann ich nicht nachvollziehen, wie frischgebackene Mütter jahrelang in dieser Rolle aufgehen können. *Egal, nicht mein Problem.*
Ich war und bin immer noch der Meinung, dass eine hundertprozentige Fünfzigprozent-Mutter viel besser ist für ein Kind als eine fünfzigprozentige Hundertprozent-

Mutter. Ihr versteht, was ich meine? Lieber weniger daheim und glücklich und zufrieden als immer daheim und unzufrieden und griesgrämig.
Auf jeden Fall war Bartek über meinen Entschluss, wieder zu arbeiten, natürlich nur Teilzeit, überglücklich. Unsere Ehe hatte ziemlich gelitten und auch das zusätzliche Einkommen würde uns guttun.
Zu dieser Zeit fing auch Bartek langsam an, innerhalb seiner Firma Karriere zu machen. Er hatte einen anderen Polen aus der Abteilungsleiterebene kennengelernt und konnte, nachdem seine Diplome ins Deutsche übersetzt und anerkannt wurden, als Sachbearbeiter in derselben Abteilung einsteigen.
Er blühte richtig auf, wenn man das von einem Mann sagen kann, denn als Elektroingenieur in der Werkstatt zu arbeiten war schon etwas frustrierend für ihn. Auch sein Deutsch wurde stetig besser. Nur seinen Akzent behielt er trotz fleißigem Lernen bis zum Schluss bei.
Vor meiner Arbeitsaufnahme wollte ich noch ein paar Tage Urlaub bei meinem Bruder und seiner Familie machen. Da ich mich Dorothea mal wieder so richtig von Frau zu Frau austauschen wollte, fuhr ich also allein mit Michelle im Schlepptau mit dem Zug Richtung München, wo sie damals kurzzeitig lebten. Paul war auf Geschäftsreise und Bartek sollte uns am darauf folgenden Wochenende wieder abholen.

Ich ahnte damals nicht, dass die folgende Episode, die ich dort erleben sollte, für meinen Bruder der Anfang vom Ende sein sollte. Erst Jahre später erzählte Dorothea mir, dass dieser Zwischenfall zwar der erste, aber nicht der letzte seiner Art gewesen war.

Die ersten Tage so ganz ohne unsere Männer genossen Dorothea und ich in vollen Zügen.
Mit unseren drei Kindern, Katja, die Erstgeborene, war gerade mal zwei Jahre, Mattias und Michelle unternahmen wir viele Ausflüge in die wunderschöne Gegend. Wir alle hatten viel Spaß und abends saßen wir zwei großen Mädels gemütlich beim Wein zusammen und lästerten ausgiebig über unsere Familien.
Dann kam der Tag, an dem Paul heimkommen sollte. Er war noch nicht richtig zur Tür drin; Katja stürmte schon aufgeregt herbei, um ihren Papa zu begrüßen, da brach Paul auch schon bewusstlos zusammen. Nach Dorotheas aufgeregtem Schrei begann ich sofort mit den Reanimationsmaßnahmen, denn er atmete schon nicht mehr. Sie rief schnell den Notarzt und scheuchte dann die zu Tode erschrockene Katja ins Wohnzimmer zu den anderen Kindern zurück.
Der Notarzt kam, stabilisierte meinen Bruder, und ab ging der Transport ins Krankenhaus.
Da Dorothea mit fuhr, blieb mir nichts anderes übrig, als mich um die aufgeregten Kinder zu kümmern, Katja beruhigen, die beiden Babys versorgen. Ich selbst war so erschüttert, mir zitterten die Knie, ich konnte nicht realisieren, was da eben passiert war.
So wie jeder andere wahrscheinlich auch ging ich davon aus, dass mein Bruder durch die anstrengende Geschäftsreise einen Kreislaufkollaps erlitten hatte. Eine andere Erklärung hatte ich nicht. Damals jedenfalls nicht.
Erst später erzählte Dorothea mir, was wirklich geschehen war. Paul hatte keinen Kreislaufkollaps aufgrund von Stress, nein, er war zusammengebrochen, weil er sturzbetrunken war und eine Alkoholvergiftung hatte.

Noch heute fällt es mir immer noch schwer zu glauben, dass damals alles anfing. Doch Dorothea erzählte mir irgendwann einmal, dass diese Episoden regelmäßig stattfanden und fast zwei Jahrzehnte anhielten, bis Paul schließlich daran starb.
Ein äußerst erfolgreicher Geschäftsmann, zerstört vom Alkohol und doch niemals etwas dazu gelernt.
Meine Hochachtung vor Dorothea, die diese Krankheit so viele Jahre aushielt und sehr lange vor ihren Kindern und der ganzen Familie erfolgreich verheimlichen konnte.
Paul konnte bereits einen Tag später das Krankenhaus wieder verlassen und so hatten wir, nachdem auch Bartek eingetroffen war, noch ein paar gemütliche Tage.

Ich nahm meine Arbeit auf der Onkologiestation in Basel wieder auf, nachdem ich eine gute Kinderbetreuung organisiert hatte. Da ich nur noch freitagnachmittags, nachts Bereitschaftsdienst und samstags Dienst hatte, musste ich Michelle nur freitags in einer Kindertagesstätte abgeben. Bartek holte sie nach seiner Arbeit wieder ab und samstags war er sowieso zu Hause. Also alles bestens organisiert. Und geschadet hat es meiner Kleinen auch nicht. Im Gegenteil, sie schien sich bei all den anderen Kindern pudelwohl zu fühlen.
Es ging uns richtig gut. Unsere Ehe war super, unsere Kleine gedieh prächtig und auch finanziell kam langsam der Aufschwung. Bartek verdiente mittlerweile sehr gut und seine Kompetenz brachte ihm langsam aber sicher erhebliches Ansehen in seiner Firma.
Wir fingen an, über eine Vergrößerung unserer Familie nachzudenken und auch eine großzügigere Wohnung zu suchen.

Weil wir uns über Besuch aus Deutschland und Polen nicht beklagen konnten, bot es sich an, aus der kleinen 3-Zimmer-Wohnung auszuziehen.
Durch Zufall fand Bartek im gleichen Ort ein fantastisches Doppelhaus zum Mieten, 5 ½ Zimmer mit großem Garten. Ich war begeistert. Genau das Richtige für unsere kleine Familie.
So konnten wir zum 1. Oktober einziehen. Wir fühlten uns damals wie kleine Könige, erst 1 ½ Jahre verheiratet und wir hatten es schon so weit gebracht.
Auch der ganze Krach um unsere Hochzeit damals, keiner aus meiner Familie sprach mehr darüber.
Mein Vater kam uns regelmäßig besuchen, immer von Freitag bis Montag. Er ließ sich nie dazu bewegen, länger zu bleiben. Sein Motto war stets „Besuch ist wie Fisch, nach drei Tagen stinkt er". Er hatte ja Recht. Wenigstens er war vernünftig, im Gegensatz zur polnischen Sippe.
Meine Schwiegermutter war entsetzt, dass ich so schnell wieder arbeiten ging, und bot sich selbstlos als Babysitter an. Ich verzichtete dankend.
Bartek und ich waren sehr stolz darauf, dass wir uns alleine so gut organisieren konnten und lehnten auch weiterhin jegliche Hilfe ab. Das hatte den riesengroßen Vorteil, nie „Danke" sagen oder sich rechtfertigen zu müssen.

Und so begannen wir, unsere Übungen zur Produktion von neuem Nachwuchs zu intensivieren. Ich muss gestehen, dass ich ein ganz klein wenig nachgeholfen und, was die Verhütung angeht, etwas geschludert hatte. Natürlich erst nach Absprache mit meinem Mann, der allerdings nicht damit rechnete, dass der Schuss so schnell ins Ziel gehen würde.

Ihr könnt es glauben oder nicht, ich wusste noch währenddessen: Es hatte geklappt. Ich war mir zu tausend Prozent sicher.
Und ich hatte Recht. Es war der 30. November 1983 und ich war wieder schwanger. Joanna war in Produktion gegangen!

Der Stress ging los!

4. Und dann kam Joanna

„Schon wieder ein Mädchen?“ Mit diesen Worten kommentierte mein Schwiegervater die Geburt unseres zweiten Kindes. Kein Glückwunsch, keine Gratulation an die stolzen Eltern.
Ist es nicht im Grunde genommen egal, ob Junge oder Mädchen? Das Wichtigste ist doch, dass das Baby gesund ist, oder? Na ja, meine Schwiegereltern sahen das etwas anders. Schließlich waren sie vor ein paar Monaten von ihrem jüngeren Sohn Kuba und seiner Frau Ana zu Großeltern eines Enkelsohnes geworden. Also hätte Bartek als der Ältere für den Stammhalter sorgen müssen. Aber natürlich war es meine Schuld, dass ich nur zwei Mädchen geboren hatte.
Ich hatte mich zwar mittlerweile an die Abneigung meiner Schwiegereltern mir gegenüber gewöhnt, doch solche Bemerkungen empfand ich als anmaßend und verletzend. Bartek und ich liebten unsere kleine süße Joanna trotzdem über alle Maßen, obwohl sie uns kräftig auf Trab hielt.
Einen kleinen Vorgeschmack auf ihr Temperament gab sie uns schon bei der Geburt, bei der sie es besonders eilig hatte. Wir schafften es nur knapp in den Kreißsaal, da ging es auch schon los. Und kaum war das kleine Köpfchen da, brüllte sie wie am Spieß. Zu diesem Zeitpunkt war allerdings noch völlig unklar, was da schrie, ob Junge oder Mädchen. Sie gab erst Ruhe, als sie an meiner Brust die ersten Tropfen Milch zu trinken bekam.
Dass dieser Zustand noch Monate andauern würde, konnten wir in diesem Moment noch nicht ahnen. Auch sorgte sie immer wieder, noch über Jahre hinweg, ständig für neue, nicht wirklich erfreuliche Überraschungen.

Egal, wenn Joanna schlief, war sie wie ein kleiner Engel. Wenn sie schlief!
Als sie drei Wochen alt war, befürchtete ich schon, mein Baby zu verlieren. Sie wurde schwer krank und der Kinderarzt konnte nicht feststellen, was mit ihr los war. Innerhalb von ein paar Stunden verfärbte sich ihre Haut auf einmal fast schwarz, sie atmete schwer und ihr Puls wurde unregelmäßig. Ich wollte keine Zeit verlieren, packte sie ein und fuhr mit ihr ins Kantonsspital. Dort stellte man eine schwere Sepsis fest und es war fraglich, ob sie überleben würde.
Doch Jo war zäh, nach 24 Stunden war sie über dem Berg. Es konnte jedoch nicht festgestellt werden, was der Auslöser für ihre Krankheit gewesen war.
Unwichtig, wir hatten unser Baby wieder und konnten sie schließlich nach einer Woche wieder mit nach Hause nehmen.
Es sollte allerdings nicht unser letzter Besuch mit Jo dort sein.
Als Kleinkind kränkelte sie immer ein wenig, doch sie war unglaublich lebhaft, fast wie ein Junge, für den sie auch viele Jahre gehalten wurde, einerseits wegen ihres Aussehens, andererseits aufgrund ihres unglaublichen Temperaments. Bis in ihre Jugendzeit hinein hatte sie ständig irgendwelche Unfälle aufgrund ihrer Unachtsamkeit und Schusseligkeit. Auch ihr schnelles Mundwerk wurde ihr häufig zum Verhängnis.

Ich erinnere mich an einen Vorfall, als sie circa 14 Jahre alt war, brach ihr ein Junge einmal das Nasenbein, weil sie ihn dumm angemacht und dann auch noch als „Scheiß-Franzose“ tituliert hatte.

Heute würde man wahrscheinlich dieses ADHS-Syndrom bei ihr diagnostizieren, das war aber damals noch nicht bekannt.
Wie dem auch sei, ich war so unendlich glücklich. Ich hatte zwei gesunde Kinder, einen äußerst gut verdienenden Mann, den ich über alles liebte, es hätte nicht besser sein können.
Auch ging ich recht bald wieder arbeiten und empfand den Stress auf der Onkologiestation als reinste Erholung.
Mit Tomek nahm ich unsere gemeinsamen Schwimmabende wieder auf und erfreute mich an meiner schnell wieder hergestellten Figur. Gott sei Dank hatte ich in dieser Schwangerschaft kaum an Gewicht zugenommen und so war ich wieder rank und schlank. Zwischen Tomeks Frau Brigitta und mir entwickelte sich eine wunderbare Freundschaft und wir vier unternahmen auch recht viel miteinander.

Da Bartek auf der Karriereleiter immer mehr nach oben kletterte, hatte er die Möglichkeit, Tomek, der auch Elektroingenieur war, zu sich in die Abteilung zu holen.
Die zwei tüftelten recht viel und waren immer auf der Suche nach neuen Ufern bzw. neuen Wegen, um noch mehr Geld zu verdienen. Schließlich mussten die Familien in Polen auch finanziell unterstützt werden. Ich glaube, es liegt auch irgendwie in der Mentalität der meisten Polen, „Geschäfte zu machen“, natürlich möglichst legal, aber Geld verdienen und mehr zu haben als der Andere war damals schon sehr wichtig. Ein Statussymbol.
Recht schnell kam Bartek dann die Idee, nebenbei eine eigene kleine Firma zu gründen, in der er und Tomek eigene elektrotechnische Aufträge bearbeiten konnten.

Dies geschah natürlich mit Wissen seines Arbeitgebers und die kleine Firma wurde auf meinen Namen angemeldet, da ich ja nur Teilzeit arbeitete.
Zu dieser Zeit wechselte ich auch meine Arbeitsstelle. Ich wollte an den Samstagen zu Hause sein und war auch diese ewigen Nachtbereitschaftsdienste leid. Oft musste ich von Freitagmittag bis Samstagabend wegen Notfällen durcharbeiten und war an den meisten Sonntagen nicht zu gebrauchen und todmüde.
Ich fand in einem kleinen Privatspital in der Nähe eine Stelle als Dauernachtwache für zwei Nächte die Woche. Damit konnte ich mich zunächst ganz gut arrangieren. Allerdings blieb ich dort nur für ein Jahr.
Barteks kleine Firma boomte. Er und Tomek konnten sich vor Aufträgen kaum retten. Beide arbeiteten nach Dienstschluss oft bei uns im Keller, entweder schraubten sie irgendwelchen Kram zusammen oder sie zeichneten neue Projekte für Schaltanlagen – anfangs hatten wir noch keinen Computer und alles wurde am Zeichenbrett projektiert.
Sechzehn Stunden am Tag waren keine Seltenheit. Aber es gab Geld. Bald hatten wir mehr, als wir ausgeben konnten und auch die Familie in Polen bekam genug ab.
Damals war Barteks Bruder Kuba in Polen arbeitslos und er und auch seine Familie wurden komplett von uns finanziell unterstützt.
Na ja, wenn es uns gut geht, soll es den anderen auch gut gehen. So dachte ich jedenfalls.
Ich hatte Kuba und seine Frau Ana bis zu diesem Zeitpunkt noch nicht kennengelernt, doch auch er bekam eine Ausreisebewilligung und sein Besuch samt Frau und Sohn Marek stand jetzt an. Da beide so in etwa in meinem

Alter waren, freute mich ich darauf, nun den Rest von Barteks Familie kennenzulernen. Optimistisch wie ich war, versprach ich mir ein gutes Verhältnis mit den beiden. Anfangs ging auch alles gut, doch leider gab sich keiner der beiden irgendeine Mühe, mir zuliebe ein klein wenig meine Sprache zu lernen oder zu verstehen. Also beschränkte sich unsere Konversation auf meine Polnischkenntnisse. Die drei ließen sich auch gerne von uns verwöhnen; obwohl Bartek und ich arbeiteten, unternahmen wir jedes Wochenende Ausflüge, um ihnen die wunderbare Schweizer Landschaft zu zeigen. Wir gingen einkaufen, kleideten die komplette Familie neu ein und gaben ihnen bei ihrer Rückkehr nach Polen neben nicht unerheblichen Mengen Bargeld auch noch Lebensmittel in Hülle und Fülle mit. Auch bei jedem Besuch der Schwiegereltern ging keiner mit leeren Händen nach Hause.
Obwohl ich bekanntlich meiner Schwiegermutter keine allzu große Sympathie entgegenbrachte, ließ ich es mir trotzdem bei keinem Besuch nehmen, sie in einem exklusiven Modehaus neu einzukleiden. Jede Menge sehr schicke Sachen in mehrfacher Ausführung. Auch standen jedes Mal mehrere Friseurbesuche an. Selbstverständlich fuhren auch unsere Schwiegereltern immer mit gutgefüllten Taschen voller Lebensmittel und Bargeld nach Hause.
Im Laufe der Jahre wurde dies zur Selbstverständlichkeit, aber ein Danke bekam ich niemals zu hören. Im Gegenteil, die Forderungen wurden teilweise immer unverschämter. „Oh, Bartek, wir könnten eine neue Stereoanlage gebrauchen“ oder „Ein neues Auto wäre auch nett“, Kuba war da sehr direkt. Arbeiten gehen kam für ihn selbst allerdings nicht in Frage. Solange sein Bruder so viel Geld hatte, konnte er getrost die Hand aufhalten.

So wie uns ging es auch vielen unserer Freunde. Nun ja, wenn man genug hat, gibt man ja auch gern. Aber wenn es dann selbstverständlich wird, die Forderungen immer größer werden und man keine Anerkennung in irgendeiner Weise spürt; ich glaube, dann fühlt sich jeder ein bisschen ausgenutzt.
Jahre später habe ich erfahren, dass meine Schwiegermutter alles, was sie von uns geschenkt bekam, in Polen regelmäßig wieder zu Geld machte, um ihren Enkel – schließlich der einzige männliche Nachkomme – unverhältnismäßig zu verwöhnen. Verstanden habe ich das nie, da auch Kubas Sohn Marek regelmäßig zweimal im Jahr eine komplett neue Kleiderausstattung von uns geschenkt bekam.
Aber wie schon erwähnt, niemals bekamen meine Kinder und ich Dankbarkeit und echte Zuneigung zu spüren.

Im Frühjahr 1985 sollte mein Bruder Paul geschäftlich in die USA versetzt werden. Für ihn war dies eine Riesenchance, auf der Karriereleiter weiter nach oben zu klettern. Der Abschied von Deutschland fiel ihm sehr schwer und er nahm Bartek das Versprechen ab, dass wir ihn und seine Familie noch im gleichen Jahr besuchen sollten.
Gesagt, getan.
Noch im kommenden September packten wir unsere zwei Kinder und flogen nach New York. Damals ein Riesenspektakel, mit Kleinkindern eine solche eine Reise zu unternehmen.
Einige unserer polnischen Freunde wollten uns davon überzeugen, die Kinder daheim zu lassen und die Oma als Babysitter aus Polen kommen zu lassen. Wir würden Geld sparen und die Kinder hätten aufgrund ihres Alters sowieso nichts von der Reise.

So etwas kam jedoch für mich nie in Frage. Ich hatte mir doch keine Kinder angeschafft, um sie dann je nach Urlaubswunsch abzuschieben, wie das bei den anderen polnischen Familien üblich war.
Der Kinderarzt hatte uns grünes Licht gegeben und damit stand unserem USA-Besuch nichts mehr im Wege.
Es wurde auch ein traumhafter Urlaub! Ja, schon ein klein wenig anstrengend, aber einzigartig schön. New York, für mich Liebe auf den ersten Blick! Bei jedem meiner späteren Besuche wuchs meine Liebe zu dieser einzigartigen Metropole. Eine Stadt, die niemals schläft. Faszinierend!
Manhattan: World Trade Center, Empire State Building, Wall Street, Time Square, Broadway, wir eroberten die Stadt. Größtenteils zu Fuß, Michelle im Buggy und Joanna auf der Schulter ihres Vaters, oder umgekehrt? Die zwei hielten sich tapfer, sie schliefen bei dem größten Lärm mitten auf dem Broadway und ließen sich von nichts irritieren.
Ich stellte zu meiner eigenen Überraschung fest, dass ein Urlaub, egal wo und wie anstrengend, auch mit Kindern kein Problem war, solange man sich auf den Umstand einstellte, mit Kindern unterwegs zu sein.
Leider ging dieser Urlaub auch sehr schnell zu Ende, es waren nur zwei Wochen gewesen, und der Alltag in der Schweiz hatte uns wieder.
Und wieder hatte ich von meiner Arbeitsstelle genug. Immer nur Nachtwachen, auf einer Wochenstation in einer Privatklinik mit lauter bekloppten Weibern, ich hatte keine Lust mehr.
Also musste ich mir was Neues einfallen lassen. Arbeiten wollte ich ja weiterhin, aber was? Der Zufall kam mir zu Hilfe.

Wir hatten ja eine kleine Firma gegründet und das hieß, Buchhaltung und Steuererklärung musste gemacht werden. Da Bartek und ich davon so gut wie keine Ahnung hatten, nahmen wir uns auf Empfehlung eines Bekannten einen Fachmann.

So lernte ich Reto Baumann kennen. Er hatte nicht weit von uns ein kleines Treuhandbüro und suchte eine neue Mitarbeiterin für Schreib- und leichte Computerarbeiten. Natürlich konnte ich weder Schreibmaschine schreiben noch mit einem Computer umgehen. *Ein Bürojob für mich? Nun ja, hat was.* Kein Wochenenddienst, keine Feiertage, keine Nachtwache mehr.

Retos Angebot an mich, ich hätte circa drei Monate Zeit, um mir die nötigen Kenntnisse anzueignen, dann würde er mich als Teilzeitsekretärin auf 50 % anstellen, reizte mich dann doch. So blöd schätzte ich mich auch nicht ein, als dass ich das nicht lernen könnte. Allerdings ergab sich dadurch ein anderes Problem. Kinderbetreuung. Was sollte ich mit meinen beiden Kleinen machen? Im Kinderhort konnte ich sie nicht lassen, da bei einer Halbtagsstelle der finanzielle Aufwand zu groß wäre. Außerdem wollte ich sie nicht einen halben Tag außer Haus geben. Dafür erschienen sie mir dann doch zu klein.

Doch auch dafür hatte Reto eine Lösung parat. Auch seine Frau war berufstätig, es waren ebenfalls zwei kleine Kinder zu versorgen, und so hatten sie sich dafür entschieden, Au-Pair-Mädchen zu engagieren. Sie waren ganz begeistert und hatten nur positive Erfahrungen gemacht. Die Kinder waren zu Hause versorgt und der Haushalt wurde auch erledigt. Perfekt.

Sofort besorgte ich mir die nötigen Unterlagen und schrieb mich bei einer Au-Pair-Vermittlung ein. Es ging dann

alles sehr schnell und wir bekamen mehrere passende Mädchen zur Auswahl. Michelle durfte an Hand der Fotos entscheiden, welches Mädchen ihr am sympathischsten war. Mette aus Schweden fand ihre Zustimmung. Eine hübsche 18-Jährige mit langen blonden Locken.
Noch am gleichen Tag schrieb ich ihr einen Brief, stellte mich und meine Familie vor und bat um ein Telefongespräch, um alle Einzelheiten wie Einreisetermin usw. zu besprechen.
Mette war klasse. Es war eine superschöne Zeit mit ihr. Sie konnte zwar nicht kochen und das mit dem Haushalt war auch so eine Sache, aber das Wichtigste: Die Kinder liebten sie, beteten sie an. Und das beruhte auch noch auf Gegenseitigkeit.

Zeitgleich begann ich auch Abendkurse zu besuchen, um schnellstmöglich auf der Tastatur einer Schreibmaschine das „Adlersuchsystem“ zu beenden. Auch musste ich lernen, einen Computer nicht mehr als meinen persönlichen Feind anzusehen. Zwar wusste ich, dass ein PC nicht beißt, aber mehr als den Startknopf zu drücken, brachte ich kaum fertig.
Doch ich ließ mich nicht entmutigen und Anfang des neuen Jahres war es so weit: Ich war fit genug und mit Freuden stürzte ich mich auf die Arbeit in Retos kleinem Treuhandbüro.
Er betrachtete mich am Anfang als eine Art Lehrling und brachte mir bei, korrekte Geschäftsbriefe zu schreiben, eine richtige Buchhaltung zu führen, wie Steuererklärungen gemacht werden und wie man auf legale Weise den Staat am geschicktesten um zu viele Steuerabgaben bringt. Kurz und gut, es machte ungeheuren Spaß, bei ihm zu arbeiten

und zu lernen. Und langsam aber sicher entwickelte sich zwischen uns auch eine Art Freundschaft. Natürlich kümmerte sich Reto auch weiterhin gut um unsere kleine Firma und nützte alle denkmöglichen Kniffe aus, um uns Steuern zu sparen.
So brachte er uns eines Tages auf die Idee, Eigenheim zu erwerben, um unser Geld noch besser anlegen zu können. Bis dahin hatten Bartek und ich uns noch nie mit dem Gedanken beschäftigt. Wir waren zufrieden mit dem Haus, das wir zur Miete bewohnten. Doch so nach und nach erschien uns dieser Gedanke äußerst reizvoll. Und in der Schweiz wollten wir ja sowieso bleiben.
Also überlegten wir, was für uns in Frage käme und was wir uns wünschten. Eine schicke Eigentumswohnung oder lieber ein großes Haus kaufen? Sehr, sehr schwer! Wobei so ein eigenes Haus – das hatte schon was. Mal abgesehen davon, dass Bartek als Einziger in diesem Clan es beruflich so weit gebracht und die finanziellen Voraussetzungen dazu hatte, dieses Vorhaben zu verwirklichen. Ein eigenes Haus, damals unweigerlich ein Statussymbol in dieser Gesellschaft, klar war Bartek unsagbar stolz. Ich natürlich auch, schließlich hatte ich ja einen sehr erfolgreichen Mann.
Allerdings hat alles seinen Preis. Was die wenigsten damals sahen war, dass Bartek über viele Jahre hinweg bis zu 14 bis 16 Stunden am Tag arbeitete. Erst in der Firma als Angestellter, dann nach Feierabend bis in die Nacht hinein in der eigenen Firma. Es war schon immer so, dass man in den Bancomat erst hinten etwas reinstecken musste, bevor vorne was rauskam.
So begaben wir uns auf die Suche nach einem geeigneten Objekt. Bartek war sehr anspruchsvoll und wollte das

hundertprozentige, perfekte Domizil. Mindestens fünf bis sechs Zimmer in exklusiver Wohnlage.
Es war unmöglich, zu einem vernünftigen Preis etwas zu finden. Entweder war die Wohnung zu klein oder die Lage schlecht. Wichtig war auch die Nähe zu Schule und Kindergarten für unsere beiden Kinder. Es sollte auch nicht zu abgelegen sein und eine Verkehrsanbindung zu öffentlichen Verkehrsmitteln haben.
Lange Rede, kurzer Sinn; wir fanden nichts Passendes. Wir überlegten, nach einem schönen Grundstück zu suchen und selbst zu bauen. Mein Mann stürzte sich voller Begeisterung auf diese Idee und begann, ein perfektes Haus zu planen, genau auf unsere Bedürfnisse zugeschnitten.
Unsere Familienplanung war damals schon abgeschlossen; Bartek wollte nicht mehr als zwei Kinder und somit entschied ich mich, auch weil Joanna als Kleinkind sehr anstrengend war und ich wahrscheinlich mit einem dritten Kind überfordert gewesen wäre, die Sache mit der Verhütung auf operativem Weg aus der Welt zu schaffen. Das war damals in der Schweiz noch ein größeres Problem, ich war noch nicht die gewünschten 30 Jahre alt, außerdem musste der Ehemann dem Eingriff schriftlich zustimmen. Doch auch dieses Problem konnte zu aller Zufriedenheit gelöst werden.
Somit musste Bartek bei seiner Planung nur auf zwei Kinder, ein Au-Pair-Mädchen, Gästezimmer, Büro, Schlafzimmer, Wohn-Essbereich und ausreichend Badezimmer Rücksicht nehmen. Ganz schön anspruchsvoll? Ja, das ist richtig. Aber es sollte das ultimative Traumhaus werden. Und das ultimative Traumhaus, vorerst nur auf dem Papier, entstand.

Auch das Glück war auf unserer Seite. Durch Zufall fand ich durch eine Zeitungsanzeige das dazupassende Traumgrundstück ganz in der Nähe unseres gemieteten Hauses. Der Preis war auch angemessen und nach einer Schmiergeldzahlung, denn wir mussten alle anderen Bewerber ausschalten, wurden wir handelseinig.
Gott, was waren wir stolz! In unverbaubarer Hanglage, direkt am Wald und trotzdem in fünf Minuten mitten im Ort. Kindergarten und Schule auch in der Nähe.

Ein Traum sollte wahr werden.

5. Fischkopf

Was hatten wir uns da aufgehalst? Es gab Stress ohne Ende.
Zuerst einmal einen Architekten zu finden, der bereit war, unsere Pläne zu realisieren. Da Bartek eine genaue Vorstellung vom neuen Haus hatte, was die Raumaufteilung usw. anging, sollte unser Architekt, Herr Möhlin, dies bei seiner eigenen Planung auch unter dem finanziellen Aspekt berücksichtigen.
Auch ich wurde zu einem großen Problem.
Wie viele Frauen bin ich nicht in der Lage, dreidimensional zu denken. Was die beiden Männer mir da auf ihren Plänen erläuterten, konnte ich nicht verstehen. Treppen hier, Fenster da. Ich konnte das nicht umsetzen. Und als der Rohbau im Entstehen war, wollte ich ständig irgendeine Änderung, weil ich den Plan nicht verstanden hatte und es so nicht haben wollte. Der Architekt stand vor einem Nervenzusammenbruch, meine Ehe mal wieder fast vor der Scheidung. Oft kommunizierten Bartek und ich nur doch über den Architekten miteinander.
Na ja, schlussendlich vertrugen wir uns doch immer wieder.
Die Aufgabe, die passenden Handwerker zu engagieren, war Angelegenheit von Herrn Möhlin. Auch dies war kein leichtes Unterfangen, da sich einige kleinere ortsansässige Firmen weigerten, für „Scheißasylanten, Fischköpfe, cheibe Uusländer" (original Zitate) zu arbeiten.
Das gibt's nicht? Aber holla, wir erlebten noch ganz andere Sachen. Zum Beispiel: Als das Haus so halbwegs fertig war, konnten wir einen kleinen Teil der Kinderspielsachen wie Traktor, Schubkarre und so weiter im Keller deponieren.

Eines Tages kam ich auf die Baustelle und musste feststellen, dass diese Spielsachen mit Exkrementen (menschlicher Natur!) derart beschmutzt und verschmiert waren, dass sie entsorgt werden mussten. Als unser Architekt den Polier daraufhin ansprach, bekam er zur Antwort: „Wieso können Scheißausländer sich so ein Haus bauen und unsereins nicht? Die Reaktion der Arbeiter ist doch verständlich."
Ich konnte es nicht fassen! Rassenhass und Diskriminierung auf solche Art und Weise gegen Ende des 20. Jahrhunderts? Aber ja doch.
Nun ja, nur nicht unterkriegen lassen, war meine Devise. Es hätte ja schließlich noch schlimmer sein können.
Bis auf die vielen Überraschungen, die ein Hausbau so mit sich bringt, wie eine verdeckte Toilettenspülung mit verdecktem Spülkasten, der einfach vergessen wurde, oder einem Kamin im Wohnzimmer, der außerplanmäßig wie der Tresor von Fort Knox aussah, oder einem Schreiner, der mit Freude die Hauptwasserleitung anbohrte und unser Schlafzimmer unter Wasser setzte, verlief der Hausbau zügig. Wir mussten auch nur drei Prozesse wegen Handwerkerpfusch führen: Der Küchenbauer hatte die falsche Küche geliefert, der Sanitär- und Fliesenleger hatte uns die Mehrkosten für das verpfuschte Bad – der bereits erwähnte Spülkasten – in Rechnung setzen wollen, den anderen Prozess habe ich vergessen. Auf jeden Fall wurde jede Auseinandersetzung vor Gericht selbstverständlich zu unseren Gunsten entschieden.

Im April 1989 war es dann schließlich doch so weit. Das Haus war so weit fertiggestellt, dass wir mit Sack und Pack halbwegs bequem einziehen konnten. Natürlich waren noch keine Umgebungsarbeiten gemacht und viele neue

Möbel, die wir uns zusätzlich angeschafft hatten, waren noch nicht geliefert. Somit war der ganze Keller noch vollgestellt mit Kisten und Kasten voll Kleidung, Büchern und allerlei anderem Kram. Doch was bedeutete das schon, wenn man im eigenen Haus wohnen kann? Aber die nächste Überraschung ließ nicht lange auf sich warten.
Ich sollte an diesem Tag ausnahmsweise nachmittags arbeiten. Bartek war zu Hause, um die Kinder zu hüten, da Mette ein paar Tage Urlaub hatte und nicht da war.
Als ich von der Arbeit am späten Nachmittag nach Hause fuhr, war ich schon darüber erschrocken, dass praktisch ab Ortseingang der Himmel stockdunkel und die Straße voll mit tennisballgroßen Hagelkörnern übersät war. Mir schwante fürchterliches und als ich dann bei unserem schönen neuen Haus ankam und die Feuerwehr beim Wasserabpumpen sah, ging meine Welt fast unter. O. k., nicht ganz. Es war nur der Keller, aber wie! Alles, was dort gelagert war, stand circa einen halben Meter unter Wasser. Kleidung, Bücher, elektrischer Kram, unsere neue Fußbodenheizung, Fenster, Teppiche, alles hinüber. Da die Umgebungsarbeiten noch nicht abgeschlossen waren, gab es auch noch keinen richtigen Wasserablauf, schon gar nicht für Hagelkörner, und so konnten riesige Wassermassen durch das schwere Unwetter durch unsere bodentiefen Fenster in den Keller fließen.
Ich wurde fast hysterisch. Natürlich ersetzte uns die Versicherung den Schaden, aber manche Dinge, wie alte Bücher, hatten einen ideellen Wert und ließen sich nicht ersetzen.
So kamen wir auch zu unserer ersten Leder-Polstergarnitur, in Weiß, ein totaler Flop, weil schrecklich empfindlich, aber Leder und weiß.

Doch irgendwann war doch alles fertig. Der Innenausbau, der Garten, einfach alles. Unser Haus! Es wurde wirklich ein Traumhaus. Mit vier Badezimmern, für jedes Kind und für das Au-Pair-Mädchen ein eigenes Zimmer, Schlafzimmer, Büro, Gästezimmer, Wohn-Kamin-Essbereich. Schöner ging es fast nicht.
Klar kam da auch Neid auf. Unser „Freundeskreis" vergrößerte sich stets, immer in der Hoffnung, bei Barteks kleiner Firma auch irgendwie unterzukommen.
Zu meinem Leidwesen kamen auch die geliebten Schwiegereltern weiterhin regelmäßig zweimal im Jahr für mehrere Wochen zu Besuch. Wie immer nach dem Motto: „Mit leeren Händen kommen, mit vollen Händen gehen". Unverständnis herrschte allgemein auch darüber, dass wir ein teures Au-Pair-Mädchen beschäftigten, anstatt richtig billig illegal eine polnische „Frau" einzustellen, wie es mittlerweile die meisten anderen Familien taten. Für uns war das allerdings unzumutbar, wollten wir doch unseren Ausländerstatus und auch eine eventuelle spätere Einbürgerung in die Schweiz nicht gefährden.

Ansonsten verlief unser Leben in geregelten Bahnen. Auch mit unserem mittlerweile neuen Au-Pair-Mädchen Lene aus Dänemark verstanden wir uns alle auf Anhieb prächtig. Und so planten wir auch für unseren nächsten Urlaub Lene mit ein.

Drei Wochen Malta. Ein unvergessenes Erlebnis! Und dank Lene konnten Bartek und ich unseren Urlaub zeitweise auch mal ohne unsere Kinder genießen. Ich wollte immer mal wieder dorthin, habe es aber bis heute nicht geschafft.

Nach diesem Urlaub landete Bartek geschäftlich einen Supercoup und wollte mir und sich selbst einen weiteren großen Traum erfüllen. Ich war schon immer, solange ich denken konnte, der absolute Porsche-Fan. Ich konnte es nicht glauben, mein Mann schenkte mir mein Traumauto, einen weißen Porsche Targa! Halleluja, ich platzte fast vor Stolz. Bartek schenkte sich selbst einen Mercedes 280 SE, seinen absoluten Traumwagen. Wir kamen uns beide vor wie Krösus höchstpersönlich.

Unsere kleine Joanna hielt uns weiterhin auf Trab und sorgte im Kantonsspital dafür, dass ihr Name nicht in Vergessenheit geriet. Sie machte die Erfahrung, dass ihre kleinen Milchzähne einem herzhaften Biss in den Tisch, natürlich unfallbedingt, nicht gewachsen waren und wieder im Oberkiefer verschwanden. Dieser kleine Zwischenfall sollte jedoch ebenso keine bleibenden Schäden hinterlassen wie der angebrochene „Stinkefinger" oder der Zeh und die vielen Blessuren durch Stürze mit dem Fahrrad. Na ja, Joanna halt, wie sie leibt und lebt.
Michelles Einschulung stand bevor. Kaum zu glauben, dass der kleine Zwerg schon so weit sein sollte.

Zuvor jedoch wollten Bartek und ich das erste Wochenende seit Geburt unseres ersten Kindes allein mit ein paar freien Tagen verbringen. Wir beschlossen, zum Oktoberfest nach München zu fahren und gleichzeitig meine Kusine und ihren Mann zu besuchen. Ein voller Erfolg und blau ohne Ende. Einmal ist genug, man hat alles gesehen und das langt eigentlich für ein ganzes Leben.
Aber wir genossen die Tage ohne die Zwerge in vollen Zügen. Trotzdem vermisste ich sie ganz arg.

Barteks Höhenflug auf der Karriereleiter ging weiter. Mittlerweile standen er und mein Bruder Paul sich in nichts mehr nach.
Heute glaube ich, dass damals der leise Konkurrenzkampf zwischen den beiden begann. So im Geheimen buhlen sie auch um die Gunst meines Vaters, der zwar unglaublich stolz auf seinen Sohn wie auch auf seinen Schwiegersohn war, jedoch konnte Paul es unserem Vater wohl nie Recht machen. Ich weiß es zwar nicht sicher, doch ich denke, dass Paul den beruflichen Erfolg Bartek ein klein wenig neidete, da er als Ausländer schneller voranzukommen schien. Vielleicht waren das und auch Barteks Umgang mit dem Stressfaktor der Grund, warum Paul später seine Alkoholprobleme noch weniger in den Griff bekam.
Paul und seine Familie waren ja auch wieder aus den USA zurück und hatten sich ein wunderschönes Haus in der Nähe von Heidelberg gebaut. Die beiden Männer verstanden sich weiterhin prächtig und versuchten, auch gemeinsam Geschäfte zu machen, um noch erfolgreicher zu werden.

Etwa zur gleichen Zeit, als Michelles Schulalltag begann, bekamen wir unplanmäßigen Familienzuwachs.
Eine Nachbarsfamilie hatte Katzenbabys und da kein Vater Tochtertränen widerstehen kann, zog Kater Strolch bei uns ein. Ich hatte Kleingetier wie Meerschweinchen und Kaninchen nie haben wollen, aber eine Katze war schon O. k. Zunächst einmal. Später sollte dann noch ein Hund folgen. Ich hatte mich aufgrund der Waldrandlage unseres Hauses für eine große Ausgabe eines Hundes entschieden. Bartek reklamierte und versuchte, sich mit Händen und Füßen zu wehren, doch wir Mädels ließen

nicht locker. Fair, wie wir nun mal waren, überließen wir allerdings rassetechnisch ihm die Entscheidung: Bernhardiner oder Neufundländer. Wir entschieden uns für einen Neufundländer und so zog Bessy auch bei uns ein.

Michelle gewöhnte sich rasch in der Schule ein. Ihre kleine Schwester Jo, wie Joanna bis heute von uns genannt wird, war äußerst neidisch, weil Michelle bald schon kleine Bücher lesen konnte und wollte der großen Schwester unbedingt nacheifern. Woher sie dann eines Tages lesen konnte, wusste niemand. Auch war sie bereits mit fünf Jahren in der Lage, Michelle bei den Mathematikaufgaben zu helfen. Jo war im Kindergarten eindeutig unterfordert. Auf Drängen der Kindergärtnerin hin stellten wir bei der Schulverwaltung den Antrag auf vorzeitige Einschulung unserer Tochter. Auch ein psychologisches Gutachten belegte die Schulreife von Jo. Doch wir waren erfolglos. Im Kanton Aargau wurde auch auf Anraten hin nie vorzeitig ein Kind zur Schule geschickt. „Es war so, es ist so, es wird immer so bleiben." Dies hatte später zur Folge, dass Joanna sich in den ersten drei Schuljahren gnadenlos langweilte und ihren Klassenkameradinnen bereitwillig Nachhilfeunterricht gab.

Langsam neigte sich die Zeit für unser zweites Au-Pair-Mädchen zu Ende. Wir hatten sie liebgewonnen und wollten sie gar nicht mehr gehen lassen. So ein Jahr ging schnell vorbei. Ich kann wirklich jedem, der eine Kinderbetreuung sucht und es sich leisten kann, empfehlen, die Erfahrung mit Au-Pairs zu machen, wobei wir natürlich mit beiden Mädchen sehr viel Glück hatten, die Chemie zwischen uns hatte gestimmt und das ist nicht selbstverständlich. Auch

muss ich sagen, dass wir von beiden lernen konnten, was, andere Länder und andere Sitten anging, auch der Umgang mit solch jungen Mädchen tat uns gut. Man hatte dadurch nicht das Gefühl des Älterwerdens.
Wir mussten uns nach Ersatz umschauen, doch dieses Mal sollten wir kein Glück haben. Die eine ging schon nach drei Tagen wieder – Heimweh! Und die nächste mussten wir rausschmeißen, sie kümmerte sich überhaupt nicht um die Kinder und vernachlässigte sie.
Da standen wir also.
Nun wollte Bartek seinem Bruder eine Chance geben und ihn statt einem anderen Au-Pair zu uns als Babysitter holen. Kuba sollte die gleiche Arbeit machen, außer Kochen, und auch den Schulbesuch von uns bezahlt bekommen, um endlich Deutsch zu lernen.
Nach drei Monaten Intensiv-Sprachkurs war er dann so weit, dass er „du kaufe Bier, du kaufe Zigarett, danke und bitte" sagen konnte. Und das behielt er bis zum bitteren Ende bei. Mehr Deutschkenntnisse vermochte niemand ihm zu entlocken.
Misserfolg auf ganzer Linie.
Doch ich hatte durch den Kindergartenbesuch meiner beiden Kleinen Bekanntschaft mit einer anderen jungen Mutter geschlossen, deren beide Töchter genauso alt wie Michelle und Jo waren, und sie erklärte sich bereit, während meiner Arbeitszeit auf die beiden aufzupassen bzw. zur Schule und Kindergarten zu begleiten. Nach anfänglicher Eingewöhnungszeit funktionierte das auch ganz gut und zwischen Melanie und mir entwickelte sich eine angenehme Freundschaft. Dazu sei zu sagen, das Melanie Deutsche und mit einem Schweizer verheiratet war. In der ganzen Zeit meines Schweizer Aufenthaltes

war es mir nicht gelungen, eine Freundschaft mit einer Schweizer Frau oder Familie zu schließen. Komisch, nicht? Lag das wirklich nur an mir? Ich glaube es nicht.

Auch Michelle musste da ihre Erfahrungen machen. Obwohl man ihr ihre deutsch-polnische Herkunft nicht anmerkte – sie sprach akzentfreies Schwyzer-Dütsch – wurde sie oft mit fadenscheinigen Begründungen der Mütter, „Wir sind heut Nachmittag nicht zu Hause“, von spielerischen Aktivitäten mit Freundinnen ausgeschlossen. Anfangs litt sie sehr darunter, konnte sie doch nicht verstehen, dass sie als Deutsche unerwünscht war.
Ich hatte mich zwar an diese „Kontaktsperre“ der Schweizer gewöhnt, doch so richtig glücklich war ich in diesem Land eigentlich nicht mehr. Manchmal fühlte ich mich ein wenig einsam, wollte ich wirklich zeit meines Lebens hier bleiben? So langsam machte sich bei mir die Unsicherheit breit. Deshalb pflegte ich auch weiterhin intensiven, wenn auch meist nur telefonischen Kontakt mit meinen alten Mainzer Freunden. Mit Sissi und Werner, meiner Freundin Ulla – aus der Zeit als sie, Sissi und ich unzertrennlich waren – und auch Andy und Lisa, welche uns häufig besuchten, ich vermisste sie alle.
Doch ich war hier, mit meinem Mann und meinen Kindern; ich musste das Beste draus machen.
Auch fuhren wir so oft es ging, Paul und seine Familie besuchen. So weit war Heidelberg ja auch nicht und außerdem verstanden sich unsere Kinder sehr gut miteinander, wir Erwachsenen sowieso.

Michelle entdeckte ihre Liebe zum Ballett und nachdem ich eine geeignete Ballettschule für sie gefunden hatte,

ging sie zusehends in ihrem neuen Hobby auf. Bis zu dreimal in der Woche übte sie und wollte unbedingt eine große Primaballerina werden. Das allerdings klappte dann mangels Talent doch nicht und der Ballettlehrer riet mir davon ab, sie auf ein Ballettinternat zu schicken.
Auch Jo wollte unbedingt die Balletterfahrung machen, doch sie war grenzenlos untalentiert, zu hibbelig und disziplinlos.
Eine Erfahrung mehr im Leben von zwei kleinen Mädchen.
Egal, es geht immer weiter.
Mal wieder Urlaub machen. Reisen ist was Schönes.
Dieses Mal hatten wir nicht viel Zeit zum Planen, wir wollten ganz einfach innerhalb einer Woche etwas finden. Sommer, Sonne, Strand, Meer. Bitte zwei Wochen, preislich akzeptabel. Zwei Wochen Gran Canaria. Ich war ja schon einmal dort gewesen und hatte mich restlos in diese Insel verliebt. Ich liebe sie heute noch! Unzählige Male bin ich seither dort gewesen.
Damals gab es noch kein Internet und so konnte man sich auch die Tickets nicht selbst ausdrucken. Und so kurzfristig musste man diese dann am Abflugtag am Flughafen abholen.
Gesagt, getan. Flughafen Zürich am Abend. Ich holte mir unsere Tickets, hinter mir stand ein junges Pärchen, auch mit Gran Canaria als Ziel.
Dort angekommen stiegen sie in den gleichen Transferbus wie wir und stiegen auch an der gleichen Appartementanlage aus.
Mitten in der Nacht muss ich den beiden mit meinem Mundwerk wohl aufgefallen sein, denn nach dem Einchecken im Hotel verlangte ich zuerst nach einem Six-Pack Bier, um besser schlafen zu können.

Am nächsten Morgen war dann der sogenannte Begrüßungsdrink vom Veranstalter organisiert. Da wir das junge Pärchen ja in der Nacht schon gesehen hatten, setzten wir uns kurzerhand zu ihnen an den Tisch.
Sie stellten sich als Fabian und Martina vor und auch heute noch, viele Jahre später, lachen wir noch über diese allererste Begegnung, obwohl sich beide irgendwann getrennt und andere Partner geheiratet haben.
Wir verbrachten den kompletten Urlaub miteinander, auch Michelle und Jo verstanden sich hervorragend mit den beiden. Kaum zu glauben, aber aus dieser Urlaubsbekanntschaft sollte sich eine intensive, lebenslange Freundschaft entwickeln.
Fabian und Martina, jetzt mit ihren neuen Partnern, ich habe ihnen so unendlich viel zu verdanken. Waren sie doch später, in der schlimmsten Phase meines Lebens, immer für mich und die Kinder da; unser doppelter Boden. Manchmal ist Wasser doch dicker als Blut.
Wie dem auch sei, es war ein klasse Urlaub.

Wieder zu Hause hatte uns der Alltag schnell wieder eingeholt. Auch dieses Jahr neigte sich seinem Ende entgegen. Der Winter hielt seinen Einzug und danach kam ein neuer Frühling.
Die Mustermesse in Basel stand an und Bartek musste als Vertreter seiner Firma daran teilnehmen und repräsentieren. Dieses Mal sollte auch ich mit von der Partie sein.
Es waren unter anderem auch einige Führungsmitglieder der neuen polnischen Regierung angemeldet und Bartek wollte die Gelegenheit nutzen, um sich und seine eigene kleine Firma vorzustellen. Man weiß ja nie, wozu solche Kontakte einmal gut sein könnten. Ich freute mich riesig

auf diesen Tag und wollte natürlich auch mit Stolz von meinem Mann vorgestellt werden. Also kaufte ich mir das entsprechende Outfit mit den passenden Highheels dazu.
Es wurde auch eine gelungene Vorstellung, da ich in solch blöden Schuhen natürlich nicht laufen konnte. Zum Spazierengehen mit dem Hund waren sie ja auch nicht wirklich geeignet. Wie dem auch sei, ich ging am Arm meines Mannes dem polnischen Außenminister entgegen, rutschte mit dem Absatz aus und ... und segelte dem hohen Herrn auf meinem Hintern entgegen. Oh Gott, ich suchte das Loch im Boden, in dem ich mich verstecken könnte! Peinlich! Peinlich!
Grölendes Gelächter! Die Schuhe habe ich nie wieder getragen.
Aber trotzdem wurde der Tag ein Erfolg. Bartek konnte Vertrauen herstellen und viele Jahre später von diesen Kontakten geschäftlich profitieren. Also hatte meine sportliche Einlage doch noch ihren Sinn gehabt.
Ich bin zwar häufiger noch in ähnliche Fettnäpfchen getreten, aber darüber wollen wir jetzt nicht reden.

Ein weiteres Highlight des Jahres 1989 im negativen Sinne war nicht der Mauerfall, so bewegend er auch war, sondern ein Zwischenfall mit meiner Tochter Michelle.
Sie musste sich einer Mandeloperation unterziehen, eigentlich keine größere Sache, aber unsere Familie war schon immer was Besonderes und hat sich nie mit Bagatellen zufrieden gegeben.
Die OP an sich verlief gut und Michelle durfte nach drei Tagen bereits das Krankenhaus wieder verlassen. Aber dann, vier Tage später, genau am Abend des Mauerfalls, bekam sie starke Nachblutungen, schwallweise, und ver-

lor so viel Blut, dass Bartek und ich sie bewusstlos ins Krankenhaus bringen mussten. Es war sehr knapp und es bedurfte mehrerer Bluttransfusionen, bis sich ihr Zustand stabilisierte. Leider musste sie nochmals eine ganze Woche im Krankenhaus verbringen. Es gibt nichts Schlimmeres, als um das Leben seines Kindes zu bangen und wir waren unendlich glücklich, dass unsere Kleine sich wieder so gut erholt hatte.

Und wieder neigte sich ein Jahr dem Ende zu und Weihnachten stand wieder vor der Tür. Diesmal konnten wir zu viert ohne weitere Familienangehörige richtig gemütlich feiern.
Für Silvester hatten sich diesmal mein Bruder mit Frau und Kindern zu Besuch angemeldet und wir rutschten feucht-fröhlich in das neue Jahrzehnt.
Ich wünschte mir, dass es genauso gut wie das alte werden würde, aber, alle Wünsche gehen halt doch nicht in Erfüllung.

6. Ganz oben!

Nichts sprach dagegen, dass das neue Jahr weiterhin Erfolg bringen sollte. Im Gegenteil.
Erst einmal kam endlich für Joanna der große Tag: sie wurde eingeschult. Für mich war das schon ein komisches Gefühl, dass auch meine Kleine langsam groß wurde. Groß? Dieser winzige Zwerg und der riesige Schulranzen! Das war schon ein komisches Bild. Natürlich war Jo unendlich glücklich, dass es für sie nun voranging. Zwar war sie der Meinung, dass sie gleich in die zweite Klasse gehörte, schließlich konnte sie schon rechnen, schreiben und lesen. Da das aber nicht möglich war, half sie ihrem Lehrer bereitwillig bei der Unterrichtsgestaltung und versuchte, das Lerntempo ihrer Klassenkameraden zu erhöhen. Als das nicht so recht funktionierte, gab sie Nachhilfeunterricht und erledigte für ihre Freundinnen die Hausaufgaben. Sie lernte zu schnell und war nicht ausgelastet.
Ich startete den Versuch, Jo anderweitig zu beschäftigen und ihre Langeweile zu vertreiben.
Zusätzliche Musikschule, eine gute Idee! Jo bekam eine Blockflöte und Michelle, die sich auch unbedingt musikalisch betätigen wollte, entschied sich für eine Klarinette. Im Laufe der Zeit mussten Bartek und ich jedoch feststellen, dass das nicht wirklich eine gute Idee war. Es war fürchterlich! Kater Strolch und Hund Bessy suchten das Weite und hielten sich die Ohren zu, sobald die Mädels ihre Musikinstrumente zum Üben hervorholten. Ich konnte bedauerlicherweise nicht weglaufen.
Die beiden waren gnadenlos untalentiert! So waren wir auch nicht wirklich traurig, dass sich beide nach einem kurzen Gastspiel in der Welt der Musik damit einverstanden

erklärten, das Geflöte zu lassen. Auch konnte Bartek seine Eltern Gott sei Dank davon überzeugen, von dem geplanten Klavierkauf abzusehen. Aus irgendeinem Grund waren die beiden der Meinung, meine Mädels müssten Klavierspielen lernen. Warum eigentlich?
Wir versuchten es lieber mit Sport. Das war viel gesünder. Es gab auch bei uns im Ort genügend Möglichkeiten, Sport zu treiben. Ob Leichtathletik, Schwimmen oder Turnen für die Kleinen, egal, Hauptsache Bewegung. Jo und Michelle hatten riesig viel Spaß dabei und auch kleine Auftritte bei Festivitäten motivierten zu mehr.
Als sie älter wurden, schlugen beide verschiedene sportliche Richtungen ein: Michelle entdeckte ihre Liebe zu Pferden und Jo wurde ein kleiner Star beim Schwimmen.

Meine Arbeitszeit bei Reto musste ich langsam etwas einschränken. Barteks kleine eigene Firma blühte und ich fing an, bei ihm mitzuarbeiten. Buchhaltung, Schreibkram und solche Sachen hatte ich ja zu Genüge bei Reto gelernt. Bartek überlegte ernsthaft, seinen Job in der Firma an den Nagel zu hängen, um sich komplett selbstständig zu machen. Immer und immer wieder diskutierten wir darüber, ob er diesen Schritt wagen sollte. Andererseits, jeden Tag und jeden Tag bis zu 16 Stunden arbeiten, erst in der Firma und anschließend daheim, dass das unserer Ehe nicht wirklich gut tat, ist vielleicht nachvollziehbar.
So ein ganz klein bisschen, wirklich nur ein bisschen, fühlte ich mich als Frau vernachlässigt. Bartek hatte so wenig Zeit für mich und die Familie.
Also maulte ich recht viel. Ich war ihm gegenüber sicher nicht fair. Wir hatten schließlich Geld ohne Ende, beruflichen Erfolg, aber ... das ist auch nicht alles.

Heute sehe ich vieles anders. Bartek tat das alles doch nur für uns, für seine Frau, für seine Kinder. Ich kann mich aber leider nicht mehr für meine Meckereien entschuldigen.

Während den letzten Jahren, kurz vor der Wende, hatte sich die polnische Clique durch weitere Asylanten vergrößert. Tamara und Piotr, Olga und Karol waren dazu gestoßen. An den Wochenenden trafen wir uns häufig zum Feiern, einen Grund fanden wir immer. Bei schönem Wetter trafen wir uns im Wald zum Grillen oder mieteten uns eine Waldhütte.
Unsere Partys wurden bald bei vielen Polen weit über die Aargauer Grenzen bekannt und so lernten wir ständig neue Leute kennen. Es wurde immer viel gelacht und noch mehr getrunken und bald wurde in dieser Clique die Scheidungsrate immer höher; fremdgehen und/oder Partnertausch schien ein neues Hobby zu werden. Ich machte bei diesem „Spiel“ nie mit, mir war das zu doof. Alle wussten, wer fremdgeht, nur der eigene Ehepartner erfuhr es als Letztes. *Nee, danke*!
Leider, leider klinkten sich Margareta und Jazek eines schönen Tages aus dieser Gruppe aus.
Beide hatten von der Schweiz genug und setzten sich nach Kanada ab. Für Bartek war das besonders schlimm, war Jazek doch sein bester Freund. Er litt lange unter seinem Weggang. Doch richtig glücklich wurden Jazek und seine Frau dort drüben auch nicht. Kurze Zeit später ließen auch sie sich scheiden und heute plant Jazek seine Rückkehr nach Deutschland, mit neuer Partnerin.

Mit Fabian und Martina, unserer Bekanntschaft aus dem Gran Canaria Urlaub, trafen wir uns immer häufiger. Sie

wohnten ja nur ein paar Kilometer von uns entfernt auf der deutschen Seite des Rheins.
Fabian und ich hatten eine große Leidenschaft: Rockkonzerte. Zusammen mit meiner Freundin Melanie besuchten wir unter anderem Konzerte von Elton John, Peter Gabriel, Phil Collins und vielen anderen. So lernte ich auch Gisela und Tommy kennen, Freunde von Melanie. Wir vier beschlossen, zu einem großen Open-Air-Konzert nach München zu fahren. Drei Tage mit Tina Turner, Joe Cocker, Prince, Chris de Burgh und vielen anderen. Ich wurde richtig heiß. So viele Jahre hatte ich mich nicht mehr auf einem Konzert austoben können!
Doch das ultimative Highlight waren Pink Floyd! Für mich geht nichts über Pink Floyd, die weltbeste Gruppe!
Und dann dieses Konzert! In Basel im alten Jockeli Stadion. Der Hammer! Einfach nur traumhaft!
Und was gehört zu so einem Konzert? Richtig! Ein guter Joint. Doch woher nehmen und nicht stehlen? Ich wusste ja auch nicht, wie meine Begleiter darauf reagieren würden. O. k., Fabian und Melanie sowie Tommy und Gisela hatten sich schon damit abgefunden, dass ich ein bisschen durchgeknallt war, aber kiffen?
Egal, ich hatte Lust auf einen Joint, die Luft war schon ordentlich süßlich durchgeschwängert aber ich traute mich nicht, irgendjemanden mit der Bitte nach Gras anzusprechen.
Diese Rechnung hatte ich ohne Fabian gemacht. Er hatte Erbarmen mit mir und fragte sich durch all die bekifften Freaks durch. Natürlich wurde er auch fündig. Bei der Bezahlung einigten wir uns auf eine Tasse Pfefferminztee!
Ihr glaubt es nicht? Doch. An diesem Tag war es so heiß, ich glaube, im Stadion muss die Temperatur so um die

45 Grad gewesen sein und von der Bühne aus wurde mit Schläuchen Wasser auf die Besucher gespritzt, und der Typ, der Fabian den Joint verkaufte, wollte lieber etwas zu trinken als Geld.
Eine Anekdote, bei der Fabian und ich heute noch schmunzeln müssen.

Wie schon erwähnt, bin ich in all den Jahren mit der Schweizer Bevölkerung nicht so richtig warm geworden. Mal mehr, mal weniger stark litt ich. Hin und wieder versuchte ich, auch mit Bartek darüber zu reden. Einerseits wollte er sich ja vielleicht selbstständig machen, andererseits mir zuliebe eventuell das Land verlassen. Als Alternative schlug ich vor, er solle doch mal Bewerbungen nach Deutschland an große Firmen schreiben, um zu schauen, ob er überhaupt einen interessanten Job bekäme. Also kaufte ich jedes Wochenende große deutsche Tageszeitungen und ging mit ihm zusammen die Stellenangebote durch. Der von mir erhoffte Erfolg blieb allerdings aus.
Es stellte sich heraus, dass Bartek einerseits überqualifiziert zu sein schien und seine Gehaltsforderungen zu hoch waren, andererseits mangelte es auch an seinen Sprachkenntnissen. Sein Deutsch war zwar mittlerweile O. K., aber Englisch. Tja, ohne Englisch ging gar nichts.
Somit war dieser Traum fürs Erste ausgeträumt.
Doch Barteks Ehrgeiz war gepackt – er begann, wie ein Wilder Englisch zu lernen. Es hörte sich allerdings lustig an wenn er versuchte zu sprechen.

Wir wurden Kanaren-Fans.
Gran Canaria, Fuerteventura und Lanzarote kannten wir mittlerweile schon, doch Teneriffa fehlte uns noch.

Eines Tages sah ich durch Zufall bei den internationalen Immobilienangeboten, dass auf Teneriffa günstig Häuser zu verkaufen waren. Wäre das nichts für uns? Irgendwann hatten wir angefangen zu träumen, wenn wir mal alt wären, wollten wir ein Häuschen auf den Kanaren haben, um dort unseren Lebensabend verbringen. Warum auch nicht?
Ich nahm telefonisch Kontakt zu einem deutschen Immobilienmakler auf, um mich näher zu informieren. Er lud uns für eine Woche als seine Gäste nach Teneriffa ein, um uns die Schönheit der Insel und auch einige interessante Objekte zu zeigen.
Als Unterbringung für die Kinder, die wir nicht mitnehmen konnten, entschieden wir uns, sie für diese Zeit in Reiterferien zu schicken. Ich fand einen wunderschönen Hof in der Nähe des Wohnortes meines Bruders, damit er als Bevollmächtigter im Notfall für Michelle und Joanna da sein konnte. Die beiden freuten sich riesig auf die Zeit mit den Pferden und waren auch gar nicht traurig, als wir sie dort zurückließen.

Bartek und ich erlebten wunderschöne Tage auf der Insel. Wir wurden äußerst freundlich aufgenommen und der Makler gab sich alle erdenkliche Mühe, um uns Teneriffa mit seinen schönsten Seiten zu zeigen. Santa Cruz, Puerto de la Cruz, Los Christianos, der Teide – wir waren begeistert. Auch die Häuser, die uns gezeigt wurden, konnten sich sehen lassen. Alle möglichen Preiskategorien waren vertreten, doch wir konnten uns nicht wirklich für eines entscheiden. So mussten wir leider unverrichteter Dinge zurück nach Hause fliegen. Mit dem Makler wollten wir allerdings in Kontakt bleiben, um vielleicht ein paar Monate später etwas Passendes zu finden.

Wir holten unsere Kinder ab, die nicht begeistert darüber waren, dass die Reiterferien zu Ende sein sollten. Es hätte zu viel Spaß gemacht und ich musste versprechen, mich bei unserer Rückkehr zu Hause sofort nach Reitunterricht umzusehen.
Dieses Versprechen hielt ich auch und so fingen beide mit dem Reiten an. Zwar kamen beide mangels Körpergröße kaum auf die Zossen rauf, doch einmal oben lernten sie schnell den richtigen Umgang mit den Tieren.
Besonders Michelle entwickelte einen unglaublichen Ehrgeiz und wurde bald zu einer richtig guten Reiterin. Sie begann sogar, ihren Ballettunterricht zu vernachlässigen und schließlich hörte sie komplett damit auf. Ihre Liebe zu Pferden hat sie bis heute beibehalten.
Joanna dagegen ging es eigentlich darum, das Gleiche zu machen wie ihre Schwester und dieser nachzueifern, und so blieb sie nur kurze Zeit beim Reiten und widmete sich dann nur noch ihrer Schwimmkarriere. Sie trat einem der größten Schwimmvereine der Schweiz bei und entwickelte sich zu einer sehr erfolgreichen Sportlerin. Es gab kaum einen Wettkampf, den sie nicht für sich entschieden hätte. Das größte Highlight für sie in unserer Schweizer Zeit war mit Sicherheit die dreimalige Teilnahme an Schweizer Meisterschaften. Trotz ihres zarten Alters von circa neun Jahren war sie auch dort jedes Mal eine der Besten in ihrer Altersklasse.
Was Bartek und mich anging, wir entschlossen uns, den großen Schritt in die berufliche Selbständigkeit zu wagen.
Mit Retos Hilfe, denn wir brauchten einen Schweizer Bürgen, gründeten wir unsere erste Aktiengesellschaft. Das dafür nötige Kapital von 50.000 Schweizer Franken war vorhanden und somit waren wir auch für die Banken

kreditwürdig. Das war nötig, hieß es doch, geeignete Büroräume anzumieten und einzurichten. Ebenso mussten Computer, Software und allerlei anderer technischer Kram gekauft werden.
Damit war auch klar, dass wir vorläufig hier in der Schweiz wohnen bleiben würden. Wir lebten so nah an der Grenze zu Deutschland, dass ein Umzug auf die andere Rheinseite trotzdem immer möglich wäre. Anfangs stand das allerdings nicht zur Debatte.
Jetzt kündigte ich auch meinen Job bei Reto und arbeitete nur noch ein paar Stunden die Woche als freie Angestellte bei ihm. Für die restliche Arbeitszeit vermittelte ich ihm meine Freundin Melanie, die bereits eine kaufmännische Ausbildung hatte.
Voller Elan stieg ich in unserer neuen Firma ein. Gelernt hatte ich bei Reto ja genug und so erledigte ich unsere Buchhaltung, Telefondienst und alle anfallenden Schreibarbeiten.
Jetzt kam für Bartek unser Besuch bei der Mustermesse in Basel mit all seinen geknüpften Kontakten zum Tragen. Er fing an, durch eben diese Kontakte mit einigen großen polnischen Firmen zu arbeiten. Es gab nicht nur Aufträge im elektrotechnischen Bereich, nach Öffnung der Grenzen zum Ostblock hin betätigte sich unsere Firma außerdem mit dem Export. Wir gründeten sogar mit einer großen polnischen Firma eine Art Tochtergesellschaft. Meines Wissens bin ich bis zum heutigen Tag immer noch im Vorstand dieser Firma. Dieser Zustand ist auf nicht ganz legalem Weg zustande gekommen, deshalb möchte ich jetzt auch nicht näher darauf eingehen. Ich habe und hatte nichts davon und komme leider auch aus dieser Nummer nicht mehr raus, ohne mit ernstzunehmenden Repressalien rechnen zu müssen.

Selbstverständlich kam auch Barteks Familie in Polen in dieser Zeit nicht zu kurz. Seinen Bruder Kuba bezog er in viele Geschäftsaktivitäten mit ein und verschaffte ihm somit regelmäßige Arbeit bei sehr guter Bezahlung. Er lebte über viele Jahre wie die Made im Speck und konnte nun auch seiner Familie einen für die damalige Zeit in Polen unüblichen Lebensstandard bieten.
Auch Barteks Eltern sollten nicht zu kurz kommen. So kaufte er in der Nähe einer der größten polnischen Städte ein paar Grundstücke, überschrieb sie seinen Eltern und ließ diese mit Einfamilienhäusern bebauen.
Man kann schon sagen, dass Bartek für seine Eltern und seinen Bruder sehr viel getan hat. Finanziell ging es ihnen mehr als gut, sie mussten nie unter Existenzängsten leiden wie die meisten anderen ihrer Landsleute nach Öffnung des Ostblocks. Ein Danke kam allerdings nie, es wurde alles als selbstverständlich hingenommen.

Etwa zur gleichen Zeit wie wir wagte auch mein Bruder Paul den Sprung in die Selbstständigkeit und gründete in Deutschland seine Firma. Als Diplombetriebswirt hatte er sich der Chemiebranche als Einkaufsleiter eines großen Konzerns bereits einen Namen gemacht und konnte somit von seinen internationalen Kontakten profitieren. Er und Bartek pflegten intensive geschäftliche Beziehung und schnitten sich ein recht ordentliches Stück vom Kuchen ab, der gerade durch die florierenden politischen Ost-West Gespräche gebacken wurde.
Natürlich hieß das auch, viele, viele Geschäftsreisen zu tätigen. Bartek übernahm den Ostblock und Paul Westeuropa und die USA. Beide Firmen boomten, die Geschäfte liefen gut, auch wenn das Zustandekommen

manches Auftrages im legal grenzwertigen Bereich lag. Aber so genau wollte ich das sicherheitshalber gar nicht wissen.
Die beiden Männer sprachen nach Vertagabschluss selbstverständlich auch meist immer tapfer dem Alkohol zu, so was musste ja gefeiert werden. Doch Paul geriet mehr und mehr in die Abhängigkeit.
Ich erinnere mich an einen Vorfall mit meinem Bruder, als er in den USA ein Geschäft unter Dach und Fach bringen sollte und am Tag des Vertragabschlusses unauffindbar war. Es stellte sich heraus, dass er stockbesoffen im Hotelzimmer gelegen hatte. Auf dem Rückflug nach Deutschland war er so betrunken, dass sein Kreislaufsystem zusammenbrach und der Pilot eine Notlandung in Amsterdam einlegen musste, damit Paul medizinisch versorgt werden konnte.
Solche Eskapaden mehrten sich nun und alle Zusprüche seitens seiner Familie brachten keinen Erfolg.
Zwar machte er ab und an wieder eine Entziehungskur, doch nur, um bei passender Gelegenheit wieder rückfällig zu werden.
Auch Bartek trank für meinen Geschmack zuviel.
In den letzten Jahren waren wir vom Wodka abgekommen – man wird ja auch älter – und tranken nun nur noch Wein. Doch auch er ließ sich auf Geschäftsreisen immer mehr wieder zum erhöhten Wodkakonsum verleiten.
Ich war und bin ja nun weiß Gott keine Antialkoholikerin, im Gegenteil, ich trinke auch gerne, damals viel mehr als heute, aber bis zum Delirium? Es war einfach zu viel, was die zwei da in sich reinkippten.
Meine Schwägerin Dorothea litt mehr als ich. Ich hab erst viel später von den wirklichen Alkoholabstürzen meines Bruders erfahren.

In der Schule bei Michelle und Joanna verlief alles reibungslos. Beide waren sehr gute Schülerinnen und bei Michelle stand nun nach Ende der vierten Klasse der Schulwechsel an.

Wir hatten verschiedene Schultypen zur Auswahl, je nach persönlicher Eignung: zum einen, auf der Primarschule zu bleiben (vom Niveau etwas niedriger als Hauptschule in Deutschland), auf die Sekundarschule zu wechseln (Zwischending von Haupt- und Realschule), oder Bezirksschule (vier Jahre, Mittelding zwischen Realschule und Gymnasium. Man wechselte von der Bezirksschule weiter auf die Kantonsschule, wo man später auch Matura machen konnte).
Für Michelle kam entweder Sekundar- oder Bezirksschule in Frage.
Selbstverständlich wollten wir Eltern nur das Beste für unsere Tochter, doch Bezirksschule sollte eigentlich von ihren Leistungen her, abgesehen von Mathematik, zu schaffen sein. Ihre Klassenlehrerin war skeptisch und nicht so ganz überzeugt. Für Bartek allerdings war es absolut unmöglich, dass seine Tochter kein Matura machen könnte. Prestigedenken, o. k.. Doch ich war auch sicher, dass es für Michelle machbar wäre. Sie war ja nicht dumm, vielleicht noch ein wenig verträumt. Das allerdings war für uns kein Grund, ihr die Chance auf eine erstklassige Schulbildung zu verwehren.
Nach langen Diskussionen mit der Klassenlehrerin war sie dann schlussendlich doch bereit, die entsprechende verbindliche Empfehlung für die Bezirksschule auszustellen. Damals wurde jedes Kind mit einer solchen Empfehlung für eine Probezeit von drei Monaten auf der entsprechen-

den Schule aufgenommen. In dieser Zeit musste man sich bewähren und einen bestimmten Notendurchschnitt erreichen.
Für alle weiteren Informationen war der erste Elternabend da. Der Klassenlehrer stellte sich vor, erklärte die Ziele der Probezeit und des Lehrplans. Außerdem machte er uns Eltern darauf aufmerksam, dass sich in seiner Klasse zwei Kinder zu viel befanden, was den Unterricht schwierig gestaltete. Er gab zum Ausdruck, dass er dafür sorgen wolle, dass die beiden schwächsten Schüler – bevorzugt Ausländer – die Probezeit nicht bestehen würden. (Das war tatsächlich so, kein Witz!)
Also nach diesem Abend war ich fassungslos.
Dieser Ausländerhass, so offen ausgesprochen, ich konnte es nicht verstehen, nur so viel, dass unsere Michelle eventuell ein Problem bekommen könnte.

Ich fing an, dieses Land und auch das Schulsystem regelrecht zu hassen. Diese Ausländerfeindlichkeit gegen Ende des 20. Jahrhunderts in einem Land mitten in Europa! Nicht nur, dass all diese Kinder plötzlich durch die Umstellung auf eine neue Schule enorm unter Druck gesetzt wurden – Schulbeginn war nun um 7.30 Uhr, Mittagspause von 12.00 bis 13.30, weiter bis 17.30, danach noch jede Menge Hausaufgaben -, nein, es kam auch noch für die meisten die Busfahrt in die nächst größere Stadt dazu. Vor 20.00 Uhr waren die wenigsten mit ihren Aufgaben und Vorbereitungen für den nächsten Tag fertig. Von irgendwelchen Hobbys oder Freizeitaktivitäten, für die es plötzlich keine Zeit mehr gab, mal ganz abgesehen. Die Angst, während der Probezeit zu versagen, machte vielen Kindern und auch Eltern zu schaffen. Und wir mussten uns auch noch mit einem Ausländer hassenden Lehrer herumärgern. Beschwerden konnte man sich nirgends. Das war in der Schweiz halt so.

An sich eine gute, durchschnittliche Schülerin, konnte sich Michelle mit Mathematik nie so recht anfreunden. Das wiederum verstand Bartek nicht. Als diplomierter Fachingenieur waren Mathe und Physik die logischsten Sachen der Welt und so gab es immer mehr Streit zwischen Tochter und Vater. Er war der Meinung, sie strenge sich nicht genug an, und sie verstand die Mathematik einfach nicht.

Dass der Vater-Tochter Zwist unserer mittlerweile leicht angeschlagenen Ehe nicht wirklich förderlich war, ist auch klar. Auch Bartek und ich stritten immer häufiger. Ich brachte meinen Wunsch, nach Deutschland zurückzukehren, recht deutlich zum Ausdruck und fing auch an zu drohen, notfalls alleine der Schweiz den Rücken zu kehren. Na ja, so ganz ernst war das auch nicht gemeint, ich drohte zwar damit, aber ob ich es tatsächlich gemacht hätte? Nein, ich glaube nicht, hatte ich doch immer noch an die Institution Ehe und Familie geglaubt.

Wir versuchten es mit Nachhilfe und es ging bergauf. Es brachte was und Michelles Noten besserten sich zusehends. In allen anderen Fächern war sie weiterhin durchschnittlich und das würde für einen Verbleib auf der Bezirksschule sprechen.

Doch wir hatten diese Rechnung ohne den Mathelehrer gemacht, der ja auch gleichzeitig ihr Klassenlehrer war. In der allerletzten entscheidenden Mathematikarbeit wurde Michelle so korrigiert und benotet, dass ihr schlussendlich zum geforderten Gesamtnotendurchschnitt 1/10 Punkt fehlte. Bums, aus, vorbei! Die ausgesprochene Drohung,

bevorzugt Ausländer würden die Probezeit nicht bestehen, wurde Realität.
Michelle lernte fliegen und flog im hohen Bogen von der Schule.
Jahre später machte sie trotzdem auf einem Gymnasium ihr Abitur – mit Mathe als Leistungskurs!

Somit war der Grundstein für unsere baldige Rückkehr nach Deutschland gelegt! Michelle weigerte sich nämlich vehement, die Sekundarschule zu besuchen. Geschrei, Gezeter, Tränen, Fassungslosigkeit bei den Eltern. Bartek sah seine in Michelle gesetzten Hoffnungen, nämlich Matura, dahinfließen.
Es gab wieder Streit, ich wollte meinen Kopf durchsetzen und Michelle auf eine deutsche Schule schicken. Und wieder einmal blieb ich Sieger.
Da nun eine Woche Frühjahrsferien waren, hatte ich Zeit, um eine geeignete Schule zu finden.
Ich besuchte in der nächsten grenznahen Stadt auf deutscher Seite eine Realschule und auch ein Gymnasium. Das eigentliche Problem war nur, dass in der deutschsprachigen Schweiz Französisch erste Fremdsprache in der Schule war und in Deutschland Englisch. Dies auf dem Gymnasium nachzuholen, erschien mir für meine ein bisschen verstörte Michelle zu schwierig und ich meldete sie auf der Realschule an. Englisch musste sie trotzdem nachholen, doch mit meiner Hilfe klappte das dann doch noch.

7. Rückkehr

Nun hieß es für mich, Michelle jeden Morgen zur Schule zu fahren. Es war nicht weit, nur etwa 30 Kilometer, aber grenzüberschreitend gab es keine öffentliche Verkehrsanbindung. Es war Barteks Bedingung, dass ich den Fahrdienst übernehmen würde, sonst hätte er dem Schulwechsel nicht zugestimmt.
Allein zu sehen, wie Michelle in der neuen Umgebung aufblühte, war die ganze Fahrerei wert. Sie war glücklich und ihre schulischen Leistungen übertrafen all unsere kühnsten Träume. Ich hatte mit meinem Sturkopf alles richtig gemacht!
Und so setzte ich durch, dass auch Joanna den Schulwechsel nach Deutschland durchziehen sollte. War ja egal, ob ich mit zwei Kindern oder einem die Strecke fuhr.
Mir machte es außerdem riesig Spaß, wieder regelmäßig, wenn auch nur für ein paar Stunden, in Deutschland zu sein. Ich fühlte mich wieder heimisch, es war zwar nicht meine Heimat, aber trotzdem hatte ich es mit einem anderen Menschenschlag zu tun. Hier wurden die Kinder nicht als Ausländer behandelt, auch gab es einige Schweizer, die ihre Kinder zur Schule ins benachbarte Deutschland schickten. Alle Kinder waren gleich und die Freundschaften wurden nicht von der Nationalität abhängig gemacht.
So drängten dann auch Michelle und Jo ihren Papa zum Umzug auf die andere Rheinseite, damit sie auch in ihrer Freizeit mehr Zeit mit ihren neuen Freunden verbringen konnten.
Natürlich sah ich auch meinen eigenen Vorteil von einer Rückkehr. Ich war unzufrieden geworden, mit meinem persönlichen Umfeld und mit meiner Ehe.

Irgendwie lief es nicht mehr rund. Je besser die Geschäfte liefen und je mehr Geld da war, desto schlechter lief es in unserer Ehe. Es ging bald nur noch ums Geld, unsere Beziehung ging langsam, aber sicher den Bach hinunter, wir stritten immer häufiger, ich fühlte mich als Frau vernachlässigt, Bartek war durch seine 16 Stunden-Arbeitstage ausgepowert, hörte mir immer weniger zu, verstand meine Unzufriedenheit nicht und interessierte sich nur noch fürs Geld verdienen. Aber Geld allein macht nicht glücklich, auch wenn es beruhigt.

Ich frage mich heute sehr oft, wo das ganze Geld eigentlich geblieben ist. Da ich all die Jahre die Buchhaltung für unsere Firma gemacht habe, weiß ich, dass wir unmöglich alles selbst ausgegeben haben. Auch das Geld, mit dem die Grundstücke in Polen gekauft wurden, erschien nicht in unseren Bilanzen. Bis heute sind Summen in Höhe von etwa 1.000.000 Schweizer Franken verschwunden. Und ich habe keine Ahnung, wo ich suchen soll. Einerseits vermute ich, dass ein Teil davon auf irgendwelchen Schweizer Konten liegt, da komme ich aber nicht dran. Andererseits bin ich sicher, dass die Familie in Polen mehr von dem großen Kuchen abgekriegt hat, als ich mitbekommen habe.
Auf jeden Fall hoffte ich, durch einen Umzug nach Deutschland meine eigene Zufriedenheit wiederzufinden und auch meine Ehe zu retten. Ich war sicher, dass auch die Freundschaften mit Fabian und Martina und Tommy und Gisela dazu beitragen würden. Man könnte sich öfter treffen, mehr miteinander unternehmen.
Langsam war auch Bartek davon überzeugt, dass ein Umzug nach Deutschland für uns die beste Lösung wäre.

Für die Kinder sowieso und auch für unsere Ehe. Die Firma könnte weiterhin in der Schweiz bestehen bleiben, Bartek hatte mittlerweile die Schweizer Staatsangehörigkeit angenommen, das für uns passende Wohnobjekt musste unbedingt nahe genug an der Grenze sein, damit sich Barteks Anfahrtsweg noch im erträglichen Rahmen bewegen sollte.
Natürlich fiel es mir wieder zu, den Hauskauf- und -verkauf ins Rollen zu bringen. Ich begann, sämtliche Makler auf der deutschen Seite abzuklappern und fing mit der Suche an. Gleichzeitig musste auch unser Haus auf Vordermann gebracht werden, um für eventuelle Kaufinteressenten möglichst attraktiv zu sein.
Dies alles gleichzeitig zu koordinieren und auch das Training der Kindern unter einen Hut zu bekommen – Michelle nahm weiterhin Reitunterricht und Jo hatte sich auch hier in Deutschland einen Namen als hervorragende Schwimmerin gemacht – machte mir trotz all dem Stress einen Riesenspaß.
Außerdem wollte ich Bartek mit Haussuche und diesen Dingen nicht belasten, ich hatte sowieso ein schlechtes Gewissen, hatte er sich doch mir zuliebe bereit erklärt, diesen Schritt zu machen. Schließlich hatte er keine größeren Probleme mit dem Schweizer Umfeld, er war ja nun ein Schweizer Bürger, nur ich wurde weiterhin als „Cheibe Düütsche“ angesehen.

Ich will noch kurz anmerken, warum die Kinder und ich nicht die Schweizer Staatsbürgerschaft annahmen.
Als in der Schweiz lebende Deutsche hätte ich nach Schweizer Recht meine deutsche Staatsangehörigkeit abgeben müssen. Dazu war ich jedoch nicht bereit, einmal

im Hinblick auf die neu entstehenden EU-Reformen, denen die Schweizer ja nicht angehörig waren, andererseits wollte ich mir immer das Türchen zurück nach Deutschland offenlassen.
Bei Michelle und Joanna lag der Fall komplizierter: Mutter Deutsche, Vater Pole. Nach deutschem Recht hätten die beiden minderjährigen Kinder nicht so ohne weiteres die Schweizer Staatsangehörigkeit annehmen und die deutsche ablegen können. Diese Entscheidung oblag damals dem Vormundschaftsgericht in Berlin, weil nur ich als Mutter Deutsche war. Alles ziemlich kompliziert. aber so kam es, dass nur Bartek sich einbürgern ließ. *Auch gut, so hat man im Notfall zwei Länder zum Ausweichen.*
Allerdings hätte er seine polnische Staatsangehörigkeit auch abgeben müssen, was er jedoch nicht getan hat. Ob das legal war oder nicht, oder ob er die polnische Staatsangehörigkeit automatisch verlor? Keine Ahnung. In diesem Moment spielte das auch keine Rolle.

Jetzt stand erst noch der 80. Geburtstag meines Vaters an. Wir alle freuten uns auf ein tolles Fest, denn zu diesem Anlass sollte sich mal wieder die gesamte Familie versammeln.
Und es kamen alle. Sogar meine Schwester Erika mit Ehemann Herbert und den Kindern Hermann, Stefan und Julia, konnte sich kurzzeitig von ihren vielen Krankheiten losreißen.
Am meisten jedoch freute ich mich auf Paul und seine Familie. Paul war seit einiger Zeit wieder „trocken“ und ich nahm mir vor, ihn dafür ausgiebig zu loben und ihm weiter meine Hilfe anzubieten. Doch leider ergab sich für mich keine Gelegenheit, dafür aber für meinen Vater.

Dieser muss Paul wohl ziemlich runtergeputzt haben, denn kurze Zeit nach dem gemeinsamen Mittagessen, welches in einem exklusiven Hotel stattfand, bei dem Paul nur alkoholfreie Getränke zu sich nahm, verschwand dieser, um sich ein Stündchen zur Ruhe zu begeben.
Nur zufällig bekam ich mit, dass er sich beim Zimmerservice eine Flasche Wein bestellte. Er muss sie fast auf „ex“ geleert haben, war er doch kurze Zeit später schon wieder bei uns. Ziemlich angenebelt, versteht sich. Ob mein Vater dies bemerkte weiß ich nicht. Wenn ja, ließ er sich nichts anmerken. Und Paul trank fleißig weiter. Er ließ sich in Wassergläsern Wodka servieren in der Annahme, Dorothea oder ich würden nichts bemerken.
Schon traurig, mit ansehen zu müssen, wie der eigene Bruder sich so langsam, aber sicher, kaputtsäuft. Daneben zu stehen und nichts dagegen machen zu können, ich kam mir einfach nur hilflos vor.
Bei diesem Geburtstag blieb also ein übler Nachgeschmack zurück.

Ich hatte nicht all zu viel Zeit, mir darüber weitere Gedanken zu machen, nahm mir aber fest vor, Paul weiter ins Gewissen zu reden. So konnte es doch nicht weitergehen!

Die Haussuche hatte jedoch zunächst Vorrang.
Wochenlang war ich unterwegs und stellte fest, dass die meisten Makler komplett unfähig waren. Meine Anforderungen lauteten: ein freistehendes Haus mit Garten und Anbindung an öffentliche Verkehrsmittel in unmittelbarer (max. fünf Kilometer) Nähe zur Grenze. Ist doch verständlich, oder? Aber was bekam ich angeboten? Eigentumswohnungen, Reihenhäuser, Häuser bis zu 20

Kilometer entfernt, Häuser im Nirwana jenseits von Gut und Böse.
Doch dann hatte ich Glück. Ein Makler hatte mir richtig zugehört und zeigte mir in kürzester Zeit einige Objekte, die ich in die nähere Auswahl nahm. Es wurde Zeit, diese Bartek zu präsentieren und eine Kaufentscheidung zu treffen.
Eines der Häuser hatte mir besonders gut gefallen. Es war zwar ein Doppelhaus, aber es war sehr groß, hatte eine tolle Innenaufteilung mit sieben Zimmern, drei Badezimmern und verschiedenen Abstellräumen. Auch der Allgemeinzustand des Hauses überzeugte mich. Es war nicht allzu viel zu renovieren, nur streichen mussten wir und Teppichböden erneuern. Das könnte man aber selber machen. Außerdem gehörte ein riesiges Grundstück mit Waldanteil in absoluter Traumlage dazu. Das Haus stand unweit der Grenze und hatte eine gute Verkehrsanbindung, sodass es unsere Kinder auch nicht weit zur Schule haben würden. Kurz und gut, Bartek verliebte sich ebenso in dieses Haus und so wurden wir auch bald mit dem Verkäufer handelseinig.
Jetzt musste nur noch ein Käufer für unser eigenes Haus her. Wir hatten zwar schon einen Interessenten, doch der Preis entsprach noch nicht unserer Vorstellung. Also ließen wir uns eine Option auf das neue Haus geben und verhandelten weiter mit dem Interessenten unseres Hauses. Wir wurden auch hier handelseinig und konnten nun die Notar– und Übergabetermine bestätigen.
Wieder ein Problem gelöst.
Wir stürzten uns in die nun anstehenden Arbeiten, Umzugsfirma organisieren, Zollabklärungen, renovieren und alles andere, was zu so einem großen Umzug gehört.

Nicht zu vergessen wäre noch Barteks 40. Geburtstag, den zu feiern wir uns trotz allem Stress nicht nehmen lassen wollten. So ein runder Geburtstag muss schließlich mit einer Riesenparty begangen werden. Wie es sich gehört, war an diesem Tag im Juli natürlich ein Traumwetter. Also war grillen im Garten angesagt. All unsere Freunde kamen und wir feierten und tranken bis in die frühen Morgenstunden. Bartek sprach dem Alkohol so zu, dass er irgendwann mit viel Gepolter vom Stuhl fiel. Gott sei Dank verletzte er sich nicht dabei und stand schnell unter großem Gelächter wieder auf, so gut es halt in seinem Zustand ging.
Erst ein paar Tage später bemerkte ich den enorm großen Bluterguss an seinem Körper, den er sich wohl bei dem Sturz zugezogen haben musste. Ich bat ihn eindringlich, zum Arzt zu gehen und sich röntgen zu lassen, vielleicht hatte er sich doch mehr verletzt, als es zunächst den Anschein hatte. Eine gebrochene Rippe merkt man ja nicht unbedingt immer. Es konnte jedoch nichts festgestellt werden. Er hatte schon so lange, wie ich mich erinnern konnte, zu vermehrten Blutergüssen geneigt. Damals dachte ich mir auch nichts dabei. Auch dass er bei kleinsten Verletzungen recht lange nachblutete, maß ich keine größere Bedeutung zu. Gott war ich blöd. Schon damals hätte ich merken müssen, dass irgendetwas mit seiner Blutgerinnung nicht stimmte. Ich war doch Krankenschwester! Aber auch sein Hausarzt reagierte damals nicht. Vielleicht hätten wir ihn retten können?

Der große Tag kam. Der erste Oktober, unser Umzug nach Deutschland. Ich war so glücklich. Nach 15 Jahren zurück nach Hause. Niemand würde mich mehr als „Uusländer“ beschimpfen.

Wir fühlten uns sofort im neuen Haus wohl.
Noch am gleichen Abend kamen Martina und Fabian vorbei, um mit uns den Einstand zu feiern.
Auch mit unseren neuen Nachbarn, denen die andere Hälfte des Doppelhauses gehörte, verstanden wir uns auf Anhieb. Karl und Ruth Reimer freuten sich, endlich gleichaltrige Nachbarn zu haben. Er war ein angesehener Arzt – sehr praktisch, kann man in der Nachbarschaft immer brauchen – und sie gab bei uns im Ort Aerobicunterricht. Die Vorbesitzer waren schon in der Region „unter Hundert" zu suchen gewesen. Wir wurden Freunde.
Karl und Ruth stellten sich auch als enorm trinkfest heraus und so wurde an vielen Abenden zu meinem Leidwesen immer mehr gezecht. Ein guter Grund, nach solchen Wochenendorgien nie montags zu ihm in die Praxis zu gehen. Bartek fand bald kein Maß mehr oder vertrug er mittlerweile weniger? Auf jeden Fall musste ich ihn immer öfter ziemlich gut abgefüllt nach Hause bringen. Später appellierte ich auch an den Arzt in Karl und bat ihn, beim Nachfüllen der Gläser etwas zurückhaltender zu sein, leider ohne Erfolg. Bartek sei schließlich alt genug, um selbst sagen zu können, wie viel er trinken wolle.

Der Alkohol wurde nun auch Streitpunkt unserer Ehe. Aber ich wollte deshalb nicht aufgeben, schließlich waren wir doch nur meinetwegen hierher gezogen. Ich musste mir etwas einfallen lassen, denn ich wollte nicht, dass Bartek wie mein Bruder zum Alkoholiker wurde. Ich appellierte an seine Vernunft und bat ihn, seine Trinkgewohnheiten zu ändern. Genauso gut hätte ich mich auch mit der Wand unterhalten können, er hörte mir nicht zu. Dies wiederum führte dazu, dass auch ich immer öfter trank.

Wir feierten unser erstes Weihnachten im neuen Haus und rutschten zusammen mit Karl und Ruth ins Neue Jahr.

Durch Karl, er beschäftigte in seiner Praxis ein polnisches Arztehepaar, lernten wir schnell weitere Polen kennen. Eigentlich waren alle sehr nett und auch zu diesem Arztehepaar entwickelte sich eine angenehme Freundschaft, wobei Bartek diese mehr pflegte als ich. Er stellte nämlich fest, dass man die beiden auch in diverse geschäftliche Verbindungen einbeziehen konnte.
Durch unseren Umzug nach Deutschland arbeitete ich nicht mehr und nach einigen Monaten des Eingewöhnens begann ich, mich nach einem neuen Job umzusehen. Ich fand heraus, dass es im Städtchen auch eine Spezialpraxis für Onkologie gab und dort wollte ich mich bewerben. Meine Zeit in Basel lag zwar schon einige Jahre zurück, doch ich war optimistisch und wurde belohnt.
Zum ersten Oktober 1996 konnte ich anfangen.

Ich war erstaunt, wie viel sich in den Jahren im Bereich Onkologie verändert und wie sehr sich die Medizin weiterentwickelt hatte. Doch ich lernte schnell und kam auch mit den neuen Arbeitskollegen gut klar.
In Christiane fand ich eine neue „beste" Freundin und mit meinem Kollegen Tim machte ich im Laufe der Zeit so manchen Onkologiekongress unsicher.
Mit ihm und seiner Frau Stefanie fand ich nochmals Freunde fürs Leben, uns verbindet bis heute eine tolle Freundschaft.
Meine erneute Arbeitsaufnahme führte zu erheblichen Streitgesprächen mit meiner Schwiegermutter, die uns selbstverständlich wie jedes Jahr, mit ihrem Besuch be-

ehrte. Ich solle doch lieber daheim bleiben und meinen Mann und meine Kinder versorgen, anstatt mich auf der Arbeit herumzutreiben.
O. k., ich dachte mir meinen Teil und versuchte, meinen Haushalt, den zu führen in meiner Abwesenheit sie übernommen und komplett durcheinandergebracht hatte, wieder auf Vordermann zu bringen. Man konnte ihr nicht klarmachen, dass Hemden und Blusen im Knitterlook nicht glatt gebügelt werden konnten. Und dass Fleisch, welches im Fett schwamm, für uns ungenießbar war und von meinen Kindern vehement verweigert wurde, brachte sie jedes Mal zum Heulen. Auch wollte sie nicht verstehen, dass wir diese fette polnische Kost nicht mochten. Wieder Streit und wieder Tränen.
Bei der Arbeit konnte ich diesen Stress jedoch gut vergessen und auch das Training von Michelle und Joanna nahm sehr viel Zeit in Anspruch. Michelle ging mittlerweile jeden zweiten Tag in den Stall zum Reiten und auch Jo trainierte fast jeden Tag und erarbeitete sich sogar einen Platz im Baden-Württembergischen Schwimm-Kader.

Barteks geschäftliche Aktivitäten waren weiterhin von Erfolgen gekrönt, wobei er sich auch die neu erworbenen Kontakte hier in Deutschland zu Nutze machte. Zwar hatte ich manchmal den Verdacht, dass nicht alles immer ganz legal vonstatten ging, aber ich hielt mich aus diesen Geschäften raus, wollte damit nichts zu tun haben.
Paul kam immer öfter zu uns, um mit Bartek gemeinsam Geschäftspraktiken zu erläutern und um zu saufen. Es war manchmal schon traurig mit anzusehen, wie die beiden dem Alkohol zusprachen, doch ich konnte nichts dagegen tun.

In diesem Jahr schoss Paul mal wieder den Vogel ab. Er musste zu einem wichtigen Termin nach Rom und galt von einem Tag auf den anderen als verschollen. Dorothea informierte mich, dass er seit einigen Tagen unauffindbar sei und auch den geschäftlichen Termin nicht wahrgenommen hatte. Ich beschloss, die Polizei einzuschalten und eine Vermisstenanzeige aufzugeben. Doch auf dem Polizeirevier wurde mir mitgeteilt, dass ich als Schwester so eine Anzeige nicht aufgeben könne, dies oblag nur der Ehefrau und auch nur dann, wenn der Verdacht auf Suizid gegeben wäre. Schließlich sei mein Bruder ein erwachsener Mann und er hätte das Recht, von heute auf morgen zu verschwinden. Toll! Das war nun wirklich überaus hilfreich und beruhigend. Ich hatte mir schon fast vorgenommen, nach Rom zu fahren, um Paul zu suchen. Doch wo sollte ich anfangen? Ich war noch nie in Rom gewesen.

Nach zehn Tagen tauchte Paul plötzlich wieder auf. Im Nachhinein erfuhren wir, dass er sich im Hotelzimmer dermaßen „die Kante" gegeben und mehrere Tage im Delirium gelegen hatte, bis ihn schließlich jemand gefunden und ins Krankenhaus gebracht hatte.
Ich war so sauer, wütend und enttäuscht! So oft schon hatte er mir versprochen, mit dem Trinken aufzuhören und jetzt das wieder! Auch die unzähligen Entziehungskuren brachten nichts. Eine kurze Zeit trank Paul keinen Tropfen mehr und dann kam wieder der große Absturz.
Ich fühlte mich so hilflos, so ohnmächtig!
Der nächste Schock ließ nicht lange auf sich warten: Fabian und Martina trennten sich nach fast sieben Jahren. Ich war schockiert, Fabian vollkommen fertig, denn die Trennung ging von Martina aus.

Bartek und ich versuchten, so gut es ging, für ihn da zu sein und ihm ein bisschen Halt zu geben. So kam es, dass Fabian im Lauf der Zeit zu einer Art erweitertem Familienmitglied wurde.
Trotz allem hielten wir auch weiterhin an unserer Freundschaft zu Martina fest.

Wieder kam Weihnachten und wieder kam ein neues Jahr.

Und wieder hieß es, Urlaub zu planen.
Diesmal sollte es ein besonderer Urlaub werden. Ich hoffte, meinen Mann bei vier gemeinsamen Wochen endlich zur Besinnung in Sachen Alkoholkonsum zu bringen. Auch dachte ich, dass diese Zeit ohne polnische Freunde und Geschäftskollegen unserer Ehe guttun würden.
Ich stürzte mich voller Elan in die Planung. Zuerst sollte es für eine Woche nach Island gehen, dann eine Woche New York und schließlich weiter nach Kanada, wo Jazek und Margareta in Toronto lebten. Diese zu besuchen war das Hauptziel unseres Urlaubs. Auch wollte ich Barteks besten Freund um Unterstützung im Hinblick auf meine immer schlechter werdende Ehe bitten. Er sollte seinem Freund auch den Alkohol betreffend einmal ordentlich ins Gewissen reden. Vielleicht würde Bartek ja auf Jazek hören und meine Befürchtungen ernster nehmen.
Im August sollte es dann so weit sein. Doch vorher galt es, noch im Frühsommer meinen Geburtstag zu feiern. Nun ja, eigentlich kein Anlass zum Feiern, schließlich wurde ich 40 Jahre alt.
Es wurde trotzdem ein großes Fest. Ich hatte auch keinerlei körperliche Veränderungen bei mir feststellen können, Falten waren auch nicht mehr als sonst dazu gekommen

und einen Zivi, der mir über die Straße hilft, hatte ich doch noch nicht nötig.
Also, liebe Geschlechtsgenossinnen, es tut nicht weh, Vierzig zu werden.

Endlich ging's ab in den Urlaub. Wir flogen nach Reykjavik, eine Welt, die wir bis dahin nicht kannten. Island ist eine wunderschöne Insel, etwas bizarr, vergleichbar mit Lanzarote, nur ein bisschen kälter. Im August 12 Grad, na ja nicht jedermanns Geschmack, aber es lohnte sich. Auch da will ich noch mal hin.
Leider, leider hatte Bartek trotz Urlaub seine Geschäftsideen im Kopf und freundete sich prompt mit dem Hotelbesitzer an, soff eine Nacht mit ihm durch (Bartek spendierte den Schnaps, der auf Island horrend teuer ist) und präsentierte mir am nächsten Tag mal wieder eine wunderbare Geschäftsidee und seinen neuen Partner. Wie inzwischen immer öfter hatte ich keine Ahnung, welch tolle Geschäfte sich da in seinem Kopf festgesetzt hatten.
Bis heute schuldet uns Rasmus – so hieß der Hotelbesitzer – annähernd 100.000 Schweizer Franken aus Geschäften, die er mit meinem Mann gemacht hatte. Doch auch hier schaute ich in die Röhre und sah nicht einen Cent.
Nach dieser Woche ging es weiter in meine Traumstadt. *New York! Ah, ich liebe diese Stadt, jedes Mal mehr!* Eine unvergessliche Woche, Traumwetter. Die Stadt präsentierte sich von ihrer besten Seite. Auch Michelle und Joanna begannen meine Liebe zu teilen und fühlten sich sehr wohl.
Weiter ging es nach Kanada.
Landung in Toronto. Tränen der Freude liefen mir übers Gesicht, als ich nach all den Jahren Jazek wiedersah.

Leider war er zwischenzeitlich von seiner Frau Margareta geschieden, sodass wir diese erst ein paar Tage später wiedersehen konnten.
Jazek zeigte uns viel von seiner neuen Heimat und die unendliche Weite dieses Landes faszinierte mich ungemein. Obwohl wir in den zwei Wochen nur einen kleinen Teil bereisen konnten, waren wir grenzenlos begeistert.
Meine Hoffnung, Jazek könne als Barteks Freund ihm meine Sorgen über unsere Ehe nahe bringen, verlief leider im Sand. Bartek konnte nicht einsehen, dass unsere Beziehung zu scheitern drohte, und auch die angesprochenen Alkoholprobleme waren für ihn nicht vorhanden.
So hatten wir zwar einen unvergesslich schönen Urlaub, doch meiner Ehe brachte es nicht viel Neues.

So ging es Monat für Monat weiter: streiten, viel zu viel Alkohol mit den Nachbarn und neuen polnischen Freunden, sich wieder vertragen, streiten und so weiter. Scheinbar konnten wir nicht mehr so recht miteinander, aber ohne einander wollten wir auch nicht.
Immer öfter heulte ich mich bei meiner Freundin und Arbeitskollegin Christiane aus und verbrachte so manchen Abend bei ihr zu Hause. Sie war sehr verständnisvoll und verstand es auch immer wieder, mich emotional aufzubauen und zu trösten. Auch Fabian war mir in dieser Zeit ein guter Freund, der häufig versuchte, zwischen Bartek und mir zu vermitteln.
Wir versuchten, unsere Ehestreitigkeiten zwar nicht vor den Kindern austragen, aber die zwei waren ja nicht blöd, demzufolge litten sie schon ein wenig darunter und versuchten auch immer wieder, uns beide zu versöhnen. Na ja, halbwegs funktionierte es auch.

Außerdem hielt uns die finanzielle Situation auch irgendwie zusammen: die Firma in der Schweiz – ich war als Verwaltungsratspräsidentin zwar zurückgetreten und hatte den Vorsitz an Bartek übergeben, damit ich wohlweislich nicht mit meinem Privatvermögen haften müsste –, das Haus – wir ließen es auch auf meinen Namen eintragen –, das ganze Leben, das wir uns gemeinsam aufgebaut hatten, das gibt man so schnell nicht auf.

Warum wir jedoch eines Tages dann doch Konkurs anmelden mussten, weiß ich nicht mehr so genau. Ich glaube, Bartek bekam mit unserem einzigen Angestellten Krach und konnte ihm seinen geforderten Lohn nicht mehr bezahlen. Es muss außerdem noch einen Zwischenfall mit der neu gegründeten polnischen Firma gegeben haben, sodass plötzlich auf den Schweizer Konten kein Geld mehr war und die Rechnungen, die wir gestellt hatten, nicht bezahlt wurden. Oder so ähnlich? Oder Bartek hat alles Guthaben nach Polen transferiert? Irgendwie so muss es gelaufen sein.
Auf jeden Fall war unsere Firma Konkurs. Bartek reaktivierte seine Einzelfirma, die bis dahin stillgelegt war, arbeitete als freier Mitarbeiter bei seinem ehemaligen Arbeitgeber und machte weiterhin intensiv mit der polnischen Firma Geschäfte.
Das Geld ging uns zunächst also nicht aus.
Dafür ging unsere Ehe immer mehr den Bach runter.
Höhepunkt war dieses Mal Weihnachten. Eigentlich ein Fest der Liebe. *Ha ha!*
Zwar hatten wir ausnahmsweise mal keinen Besuch von unserer lieben polnischen Verwandtschaft und was der Grund für unseren erneuten Ehekrach war, weiß ich auch

nicht mehr so genau. Vermutlich ging es wie so oft um die viele Sauferei mit Barteks Freunden.
Wie auch immer, ich muss ihn wohl auch recht provoziert haben und hätte um ein Haar eine Ohrfeige kassiert, die sich gewaschen hätte.
Michelle verließ daraufhin kurz nach der Bescherung das Haus und Joanna verkroch sich heulend in ihrem Zimmer.
Soviel zum Thema „Frohe Weihnachten!“
Damit war dann auch der Anfang vom Ende eingeläutet.

8. Vorbei

Anfang des Jahres eskalierte auf einmal alles. Unsere Ehe bestand nur noch aus streiten, schreien und rumkeifen. Keiner von uns beiden wollte nachgeben oder einen Schritt auf den anderen zugehen. Die vielen, vielen Kleinigkeiten hatten unsere Ehe zerstört. Unsere Kinder litten furchtbar unter dieser Situation. Sie hatten schließlich uns beide lieb und standen auch auf keiner Seite. Sie wollten uns beide haben. Aber das ging nicht mehr.
So kam es dann im Frühsommer zu einer sehr heftigen Auseinandersetzung zwischen Bartek und mir, in der ich ihm schließlich mitteilte, dass ich ausziehen würde, sobald ich eine Wohnung gefunden hätte.
Wahrscheinlich stieß ich ihn mit dieser Aussage ziemlich vor den Kopf, damit hatte er dann doch nicht gerechnet. Aber es kam auch nichts zurück, was mich hätte bewegen können, von meinen Plänen abzukommen.
Michelle und Joanna waren irgendwie erleichtert von meiner Entscheidung. Beide waren trotz ihres jungen Alters sehr verständig und auch nicht böse. Sie fanden, dies wäre für uns alle am besten. Auch sollten sie selbst entscheiden, ob sie weiterhin beim Vater wohnen bleiben oder mit mir kommen wollten. Bartek und ich beschlossen auch, die Kinder keiner Besuchsregelung zu unterwerfen. Sie sollten sich wann auch immer sehen ihren Vater nach Belieben besuchen dürfen.
So begab ich mich schließlich auf Wohnungssuche. Bartek war mir dabei sogar behilflich, was wiederum ich nicht verstand, und riet mir, eine Wohnung zum Kauf anstatt zur Miete zu suchen. Ich sollte das Haus auf seinen Namen überschreiben und er wollte mir dann meinen Anteil

auszahlen, damit ich die nötige Anzahlung für eine Eigentumswohnung hätte.
Nachdem ich mir einige Objekte angeschaut hatte, entschied ich mich gemeinsam mit Michelle und Joanna für eine wunderschöne große 4 ½-Zimmer-Wohnung ganz in der Nähe von Bartek.
Optimaler ging's nicht. So konnten die Mädchen jederzeit ihren Vater besuchen.
Plötzlich besserte sich das Verhältnis zwischen Bartek und mir, es gab keinen Streit mehr und wir konnten wieder ganz normal miteinander umgehen. Als ob bei der Entscheidung, uns zu trennen, irgendein Knoten aufgegangen wäre. Trotzdem war Bartek der Meinung, dass wir bei der Trennung einen richtigen Schlussstrich ziehen und somit auch die Scheidung im gemeinsamen Einverständnis einreichen sollten.
Im Falle einer Versöhnung könnten wir ja wieder zusammenziehen.
Komische Einstellung, aber was soll's.
Ich war einverstanden, einen Rosenkrieg wollte ich ja nicht und ich war froh darüber, dass alles so glimpflich über die Bühne zu gehen schien.
Was gibt's besseres, als zu seinem Ex-Partner ein supertolles Verhältnis zu haben? Wir alle konnten davon nur profitieren, erst recht die Kinder, die sich nicht zwischen zwei Elternteilen entscheiden mussten.
Also stürzte ich mich voller Elan in die Renovierung der Wohnung, damit ich zum November hin umziehen konnte.
Einerseits freute mich riesig, als es dann auch so weit war, andererseits, an dem Morgen, an dem ich auszog – hätte Bartek nur ein Wort gesagt, „Bleib!“, ich hätte alles wieder ausgepackt. Ich bekam doch kalte Füße.

Aber er war zu stolz – er konnte nicht.
Wir weinten beide, doch er musste geschäftlich nach Polen und ich zog mit den Kindern aus.
Ein ganz beschissener Donnerstag.
Am Samstagabend kehrte Bartek zurück. Wir trafen uns alle zum Essen und hatten einen richtig gemütlichen Abend.
Dann, Abschied – der eine fuhr nach rechts, der andere nach links. Irgendwie seltsam, einerseits war ich wie befreit, und doch, vermisste ich ihn.. Aber ich wollte es ja so, es war meine Entscheidung.

Viel schwieriger war es, meinen Vater von unserer Trennung in Kenntnis zu setzen. Davor hatte ich richtig Angst und schob dieses Gespräch sehr lange vor mir her. Schließlich übernahm es mein Bruder, mit unserem Vater zu reden. Dieser war wie erwartet tief betroffen, akzeptierte aber meine Entscheidung. Auch war er erleichtert, dass Bartek und ich uns in aller Freundschaft getrennt hatten.

In den folgenden Wochen trafen wir uns oft und unternahmen weiterhin viel gemeinsam. Es entstand eine wunderbare Freundschaft, schöner und besser als in den letzten Jahren unserer Ehe.
Allerdings begann ich mir um Barteks Gesundheit Sorgen zu machen. Es ging ihm nicht gut, das konnte man ihm auch ansehen. Ich vermutete so etwas wie eine Blasenentzündung oder Harnwegsinfekt, seinen Symptomen nach zu urteilen. Zuerst spielte er seinen Zustand herunter, typisch Mann eben, aber auf mein Drängen ging er dann doch mal zum Arzt. Na ja, wie Ärzte halt so sind, konnten sie zuerst nicht wirklich was feststellen. Bartek

bekam verschiedene Medikamente, auch Antibiotika, und sein Zustand verbesserte sich auch kurzzeitig. So war ich erst mal beruhigt.
Mittlerweile hatte er in der Schweiz unsere Scheidung eingereicht, weil er seinen offiziellen Wohnsitz noch immer dort hatte. Es war auch keine große Sache, recht unkompliziert, ohne Anwalt, nicht so wie in Deutschland. Wir mussten nur noch das Trennungsjahr abwarten und dann noch einen Termin vor dem Friedensrichter wahrnehmen. Alles würde glatt über die Bühne gehen und auch wegen des Sorgerechts für die minderjährige Joanna war alles geregelt.
Wunderbar, somit konnten wir uns langsam auf das nächste Weihnachten vorbereiten. Das erste als „getrennt lebendes" Paar. Allerdings wollten wir gemeinsam feiern, so wie früher. Ein richtig friedliches Weihnachtsfest war geplant, Bartek wollte Piroggi, Karpfen und Mohnkuchen vorbereiten, da ich über die Feiertage arbeiten musste und auch noch Bereitschaftsdienst hatte. Die Kinder sollten bereits einen Tag vor Heilig Abend zu ihrem Vater gehen, um ihm bei den Vorbereitungen zu helfen; ich würde dann rechtzeitig zur Bescherung bei ihnen eintreffen und anschließend stünde ein gemütlicher Abend an, bei dem ich auch noch zwei Überraschungen bekanntzugeben hatte.
So war es zumindest geplant. Jedoch nur von mir.
Was ich allerdings nicht wusste, war, dass es das unvergesslichste Weihnachtsfest meines Lebens werden sollte. Und alles, was danach kam, fühlte sich an, als ob man im falschen Film die Hauptrolle spielte.
Hätte ich damals nur geahnt, was sich da anbahnen würde, hätte ich die Hauptrolle sicher wieder abgegeben.

O. k., nun aber eins nach dem anderen.
Ich traf gegen 16.00 Uhr bei meiner Familie ein und freute mich riesig auf das Fest. Es war auch fast so wie immer; aber eben nur fast.
Was war nur anders? Bartek hatte einen unendlich traurigen Blick, auch benahm er sich so eigenartig, ich konnte es nicht einordnen.
Zu gegebener Zeit platzte ich mit meinen Neuigkeiten heraus: zwei Freunde von uns, Fabian – er hatte vor einiger Zeit eine neue Frau gefunden und geheiratet – und Tim sollten Vater werden, im Sommer kommenden Jahres. Hurra! Allgemeine Freude, besonders bei Michelle und Joanna, die die beiden mit ihren Frauen sehr mochten.
Die plötzliche Aussage von Bartek, er wisse noch jemanden, der im Sommer Vater werden würde, ließ mich stutzig werden. Allgemeine Aufregung! *Wer denn? Kennen wir ihn? Hey, sag schon!*
Er ließ sich nicht erweichen und sagte nichts.
Kurz vor dem Essen folgte ich ihm in die Küche, ich war neugierig und ich musste es wissen. „Wer? Bitte, sag schon, wer wird noch Vater? Du etwa?“, warf ich ihm an den Kopf, wobei die letzte Frage eigentlich als Witz gemeint war.
Bartek nickte. Ich glaubte, ich hörte nicht richtig. „Bartek, du wirst Vater? Das kann doch nicht wahr sein! Mit wem denn? Kenn ich sie?“
Ich glaube, in dem Moment realisierte ich die ganze Tragweite nicht, trotzdem dachte ich, die Welt steht still!
Nein, ich kannte sie nicht. Eine Russin, die in Polen lebte, ein One-Night-Stand an dem Wochenende, an dem ich ausgezogen war, betrunken, traurig, sich trösten und bestätigen lassen.

Er wolle das Kind nicht, aber sie wolle nicht abtreiben. Scheiße!
Liebe? Nein, keine Liebe.
„Was mach ich jetzt?“ Die Frage ging an mich. Ausgerechnet an mich! Falsche Adresse, wir waren doch getrennt!?
„Ist es sicher dein Kind?“, fragte ich. „Bist du sicher? Wie kann das gehen?“ – „Ja, es wird wohl mein Kind sein, schließlich ist sie schon lange hinter mir her. Sie arbeitet in der Firma, mit der ich geschäftlich viel zu tun habe“ – „Bartek, willst du das Kind?“ – „Nein, aber ich hab doch die Verantwortung.“
Mein Gott, sind die Männer doof!
Ich konnte nicht mehr klar denken. „Wann willst du es den Kindern sagen?“ *Michelle und Joanna – unsere Kinder – wie werden sie es aufnehmen?* „Irgendwann.“ *Na, das ist ja mal eine tolle Ansage!*
Wir essen. Guten Appetit!
Ich kann nicht mehr denken. Ich trinke und trinke.

So gegen 23.00 Uhr musste ich heim. Am nächsten Tag war Frühdienst angesagt und nachmittags sollten Bartek und die Kinder dann zu mir zum Essen kommen.
Nach Hause, alleine sein, ich war betrunken, ich weinte, es tat auf einmal so weh. Ich verstand es nicht. Es tat so unendlich weh. *Es kann nicht wahr sein – ein Traum.*
Ich fuhr so vor mich hin und überlegte, welchen Baum ich nehmen sollte – ich sah vor lauter Tränen nichts mehr.
– Nein! Bitte nicht. Ich verstehe nichts mehr. Was ist passiert? Ist jetzt alles kaputt? Warum?
Endlich – mein Parkplatz – raus aus dem Auto, in meine Wohnung, ich könnte schreien, es tut so weh! Was soll ich jetzt machen?

Ich rief meine Freundin Christiane an. Ich heulte nur noch. Warum tat es eigentlich so weh? Schließlich war ich es doch, die ausgezogen war, unsere Ehe als gescheitert angesehen hatte.
Verletzte oder gekränkte Eitelkeit? Immerhin waren Bartek und ich schon sehr, sehr lange kein Ehepaar mehr im eigentlichen Sinne gewesen. Ich weiß es nicht. Nur, dass ich die ganze Zeit darunter gelitten hatte und dass ich bis heute nicht glaube, dass es wirklich Barteks Kind ist.
Wie ich es am nächsten Morgen schaffte, arbeiten zu gehen, ist mir bis heute ein Rätsel. Tim fragte mich, ob ich schöne Geschenke bekommen habe und ob das Christkind auch sonst brav war. *Oh ja, ich bin außerordentlich begeistert! Danke!*
Am Nachmittag dann Essen, wieder im Familienkreis – na klasse – er hatte den Kindern natürlich nichts gesagt, die beiden waren völlig ahnungslos. Ich konnte es ihnen nicht sagen, das war Barteks Sache.
Dann war da ja auch noch die Geschichte mit seiner Krankheit. Die Blasenentzündung, oder was auch immer es war, es wurde nicht besser.
Schließlich sagte ich den Kindern dann doch, was die Stunde geschlagen hatte. Sie waren ja nicht blöd und merkten, dass irgendetwas nicht stimmte. Zuerst Michelle, dann Joanna.
Sie konnten es nicht fassen, nicht glauben, was da passiert war. Sie weinten viel und fühlten sich auch verraten.

Eine Horrorzeit begann!
Ich konnte rechnen, wie ich wollte, aber irgendetwas an der Sache mit der Schwangerschaft stimmte nicht! So ein Zufall, an dem Wochenende, an dem ich Bartek verlassen

hatte, soll dieses Mädchen seinen Eisprung gehabt haben, verhütet nicht und wird rein zufällig schwanger? Kann man das so planen? Mit einem Mann schlafen – o. k. Aber ohne Verhütung? Gut, ja, es geht, aber … Man berücksichtige die Umstände: Bartek, ein attraktiver Mann, Mitte vierzig, Pole mit Schweizer Pass, selbstständig, mit eigenem Haus in Deutschland, Auto, Exfrau mit Eigentumswohnung und Auto, Tochter mit eigenem Pferd.
Aber hallo, das muss doch die Kohle sein, der Mann hat Geld! Also nix wie ran! Das Mädchen, Anfang zwanzig, blond, attraktiv, aus Russland.
Bartek muss ihr vorgekommen sein wie ein Wink des Himmels: der reiche Mann aus dem Westen. Wer würde nicht versuchen, sich einen solchen Mann, egal wie, zu angeln? Liebe? Nein, cool und berechnend, Schlampe eben, ich werde nie verstehen, wie Frauen sich nur des Geldes wegen ein Kind machen lassen. Und nur darum ging es ihr, das zeigten dann auch die nächsten zwei Jahre, bis über Barteks Tod hinaus, leider.
Immer wieder und wieder sprachen Bartek und ich darüber, warum ein Mädchen mit 26 Jahren ohne Verhütung mit einem Mann schläft und ihm das nicht sagt. Er wollte nicht wahrhaben, dass es vielleicht kaltblütige Berechnung ihrerseits war, sondern glaubte immer nur an das Gute im Menschen. Das war für ihn unverständlich, nein, er glaubte ihr und dass sie ihn wirklich liebte.
Aber er liebte sie nicht! Er war einfach nur so verdammt verantwortungsbewusst, wollte das arme, arme Mädchen aus Russland nicht im Stich lassen. Sie hätte schließlich niemanden, war ganz allein in der bösen, bösen Welt.
Scheiße, und wir? Michelle, Joanna, ich und schließlich er selber. Wir alle hatten zu leiden.

Ich stand trotzdem zu ihm, wollte es noch einmal versuchen – gemeinsam hätten wir das geschafft, aber dieses Mädchen heulte ihm immer wieder die Ohren voll. Wir sind uns auch immer wieder sehr nahe gekommen, aber sie schaffte es ständig, ihn wieder für sich einzunehmen. Wie, weiß ich nicht. Und sie kassierte auch, jeden Monat; zwei Jahre lang.

Und Barteks Gesundheit? Parallel dazu ging es dann nur noch bergab. Er baute ganz langsam körperlich wie auch psychisch ab. Warum? Damals realisierten wir das gar nicht. Die Schmerzen in der Blase – irgendwann fing er endlich an, wieder zum Arzt zu gehen, von einem zum anderen, jeder erzählte etwas anderes. Blasenentzündung, Prostata, was weiß ich noch alles.

Eine Rennerei begann, Medikamenteneinnahme ohne Ende, Antibiotika, Schmerzmittel, Erfolg gleich Null. Dazu die Probleme in Polen, geschäftlich lief es auch nicht mehr so gut, das Geld wurde knapp.

Das alles bekam Bartek irgendwie nicht mehr „auf die Reihe". Ich wollte ihm helfen, ihn unterstützen, bei ihm sein; auch hatte ich viel zu spät festgestellt, dass ich das Teuerste in meinem Leben verloren hatte. Ich war so einsam und allein, aber Bartek wollte sich nicht helfen lassen, glaubte in seinem Stolz, alles alleine schaffen zu können.

Dazu kam noch seine finanzielle Situation. Er war nicht der „schwerreiche Westmann", für den die polnische Familie und das Mädchen ihn hielten.

Er arbeitete immer mehr für die polnische Firma, wurde jedoch, wie ich später herausfand, gnadenlos über den Tisch gezogen. Offenstehende Rechnungen wurden nicht oder

nur unvollständig bezahlt. Geschätzte 500.000 Schweizer Franken waren nach seinem Tod noch zu bezahlen. Doch ganz klar, dieses Geld hat natürlich keiner mehr gesehen.
Klar, Bartek hatte super verdient – aber auch immer alles gleich mit beiden Händen ausgegeben. Natürlich hatten Michelle, Joanna und ich auch genug abbekommen, das will ich gar nicht bestreiten, nur die Sippe in Polen, die „Geschäftsfreunde", die „guten" Freunde, hatten immer beide Hände aufgehalten und auch genug bekommen.
Sein Bruder Kuba wollte ein neues Auto? Er bekam eines. Eine neue Stereoanlage? Bitte sehr! Für das neue Baby eine gebrauchte Babyausstattung? Nein, das ging nicht; es musste natürlich eine neue sein.
Bartek war in seiner Gutmütigkeit ein gefundenes Fressen, eine Gans, die goldene Eier legte!
Ich hatte Anfang des neuen Jahres die Buchhaltung für Bartek in Ordnung gebracht, die mein Bruder Paul bei einem Besuch komplett durcheinandergebracht hatte. Mir standen die Haare zu Berge! Bartek hatte vollkommen den Boden unter den Füßen verloren. Das Haus war mittlerweile zu 100% mit Hypotheken belastet, Steuern hatte Bartek in der Schweiz seit fünf Jahren keine mehr bezahlt. Betreibungen diverser Gläubiger und Zahlungsbefehle ohne Ende stapelten sich auf seinem Schreibtisch. Schulden über Schulden, die mittlerweile in die Hunderttausende gingen, und er hatte absolut keine Ahnung, wie er das alles abzahlen wolle. Theoretisch wäre noch genug da, doch die „guten Geschäftsfreunde" aus Polen wanden sich wie ein Haufen Aale und zahlten einfach nicht. Ha, um Ausreden waren die nie verlegen.
Die blöde blonde Kuh hatte ja keine Ahnung von dieser ganzen Misere – immer nur Hand aufhalten und jammern.

Und ich Idiotin zahlte später auch noch ihre Rechnungen, die sie mit Bartek auf meiner Kreditkarte gemacht hatte. Bei Gott, ich hätte alles getan, um Bartek irgendwie aus diesem Schlamassel zu helfen, aber er wollte nicht.
Ich glaube, ich hab ihn trotz allem einfach zu sehr, heftig und intensiv geliebt, als dass ich ihn hätte untergehen sehen wollen.

Irgendwann während dieser Zeit war auch Paul mal wieder zu Besuch bei Bartek und gab erneut eine Kostprobe seines enormen Alkoholkonsums zum Besten. Bartek war die Tragweite dieser Erkrankung bei Paul nie bewusst, er trank ja selber mehr als genug, doch dieses Mal war selbst er schockiert. Innerhalb eines Tages hatte Paul den gesamten Wodkabestand von Bartek (etwa drei Liter!) geleert und anschließend mit Wasser wieder aufgefüllt. Danach musste ich bei unserem Nachbarsdoktor irgendwelche Ausnüchterungstabletten besorgen und schließlich meinen Bruder im Vollsuff nach Hause bringen lassen. Nein, nicht so eben ein Dorf weiter, der kleine Ort bei Heidelberg war ja nur etwa 300 km von uns entfernt. Dorothea war natürlich hoch erfreut, ihren Mann in diesem Zustand in Empfang nehmen zu dürfen.
Leider mussten Michelle und Joanna diese Episode auch live miterleben. Ein Grauen für beide.
O. k., abgehakt, neues Thema.

Wie ging's schließlich weiter? Ich versuchte weiterhin, meinen Noch-Ehemann zurückzubekommen. Ich fühlte mich zwar noch immer in meiner weiblichen Eitelkeit verletzt, doch ich war, glaubte ich, trotz allem weiterhin Barteks beste Freundin. Noch immer besaß ich sein

uneingeschränktes Vertrauen, er ließ sich zwar nicht von mir helfen, besprach jedoch all seine Probleme und Sorgen mit mir.
Ich sah seine Verzweiflung, seine Tränen, seine Situation verstrickte sich immer mehr; seine Kinder, sie litten so sehr. Dazu kamen die Schmerzen, die Abstände des gesunden Zustandes wurden immer kürzer.
Karl stand ihm weiterhin mit guten Ratschlägen zur Seite und versorgte ihn tapfer mit allen möglichen Medikamenten. Die Urologen, die Bartek zuhauf aufsuchte, hatten stets neue Diagnosen. Es tat mir so weh, ihn leiden zu sehen und nicht helfen zu können.
Zu diesem Zeitpunkt fing er auch mit sehr starken Schmerzmitteln an: Novalgin, Tramal, Diazepam, was weiß ich noch alles. Später sollte ich einen gut gefüllten Medikamentenkarton finden, an dem jeder Junkie seine helle Freude gehabt hätte.
Ab dem späten Frühjahr mussten Barteks Schmerzen sich ins Unerträgliche gesteigert haben. Eines Abends rief er mich zu Hause an und bat mich, sofort zu ihm zu kommen, er könne die Schmerzen nicht mehr aushalten. Also ich sofort hin. Er wand sich vor Schmerzen, konnte nicht zur Toilette, ich wollte ihn eigentlich ins Krankenhaus bringen, holte dann aber doch zuerst unseren Nachbarn, Karl. Dieser spritzte ihm etwas gegen die spastischen Unterleibskrämpfe und gab mir noch 10 mg Diazepam, die ich Bartek später zum Schlafen geben sollte. Logischerweise wollte ich Bartek in diesem Zustand auch nicht alleine lassen und bestand darauf, ihn mit zu mir zu nehmen.
Also Tasche packen, Scheißhandy mitnehmen und ab zu mir nach Hause. Sofort ins Bett, Schlaftablette einwerfen und tschüss.

So langsam, aber sicher hatte ich von den Ärzten die Schnauze voll. Barteks Odyssee von einem zum anderen, ohne eine vernünftige Diagnose zu hören, war äußerst unbefriedigend, zumal sein Zustand sich zunehmend verschlechterte. So beschloss ich, Bartek am nächsten Tag zu meinem Chef Dr. Schreiber mitzunehmen. Er war ein hervorragender Internist und genoss als Arzt mein vollstes Vertrauen. Ich wusste, er würde suchen und suchen, bis er die Ursache für Barteks Erkrankung gefunden hätte.
Nach halbwegs gut überstandener Nacht ging es dann auch ohne Widerstand seitens Bartek in die Onkologiepraxis. Nach dem üblichen Prozedere wie Blutentnahme, Sonographie und ausgiebiger Untersuchung ging es dann ausgestattet mit neuen Antibiotika und Schmerzmitteln wieder ab zu mir nach Hause.
Auf Drängen des Arztes blieb Bartek die nächsten Tage auch bei mir und den Kindern, die sich natürlich riesig über die Anwesenheit ihres Vaters freuten. Aufgrund der Medikamente war Bartek recht schnell wieder schmerzfrei und wir waren wie in alten Zeiten eine glückliche kleine Familie. Mit einem kleinen Wermutstropfen; die blöde Tussi rief bestimmt halbstündlich auf Barteks Handy an, um ihm irgendwas vorzujammern. Sie hatte wohl irgendwelche Schwangerschaftsschwierigkeiten, die Bartek zu diesem Zeitpunkt allerdings nicht wirklich interessierten, er hatte genug eigene Probleme. Er gab mir auch zu verstehen, dass er von ihr genervt sei, wollte aber sein Handy nicht abstellen, es könnte ja auch mal ein wichtiger Anruf kommen.
Dass Bartek in diesen Zeiten kaum arbeiten konnte, versteht sich ja von selbst. Also gab es auch kein Einkommen.

Die Befunde der Blutuntersuchungen waren da.
Ich durfte bei der Besprechung nicht dabei sein, doch Bartek gab sein Einverständnis, dass Dr. Schreiber anschließend mit mir sprechen durfte.
Diesen Tag werde ich niemals vergessen.
Die erste niederschmetternde Diagnose war: Leberzirrhose im fortgeschrittenen Stadium! *Warum? Wieso? Nur durchs Saufen?* Das wollte Dr. Schreiber aber nicht so ganz glauben. Scheiße auf jeden Fall, aber er wollte die tatsächliche Ursache für die Erkrankung finden, es konnte nicht nur der Alkohol sein. Etwas an den Leberwerten und am Blutbild ließen ihn stutzig machen, er wollte weitersuchen. Der Thrombozytengehalt im Blut, der mitverantwortlich für die Blutgerinnung ist, lag bei nur 40.000, der Normalwert eines gesunden Menschen liegt in der Regel zwischen 150.000 und 450.000.
Ich war meinem damaligen Chef unendlich dankbar für seine Hartnäckigkeit und für alles, was er für Bartek getan tat, nur sein Leben konnte er schlussendlich doch nicht retten.
Nach dieser Nachricht brach für Bartek und mich erst mal eine Welt zusammen, wer rechnet denn mit so was? Was sollten wir jetzt tun? Abgesehen davon, waren die Schmerzen in der Blase auch wieder da.
Also, zunächst keinen Alkohol mehr. Ich glaube, eine Zeitlang hielt Bartek sich auch daran.
Natürlich erzählte er von seinem schlechten Gesundheitszustand und der niederschmetternden Diagnose keinem etwas, nicht der blöden Tussi, nicht seiner polnischen Familie, nicht seinen „guten“ Freunden. Typisch für ihn, er wollte niemals, dass ihn jemand leiden sieht. Nur die Kinder und ich wussten Bescheid.

Verdammt, versteht eigentlich jemand, dass wir das alles gemeinsam durchstanden? Und das obwohl wir getrennt waren, in Scheidung lebten? Nein, ich weiß, dass Bartek alles, was ich für ihn tat, auch für mich getan hätte. Mitleid? Freundschaft? Liebe? Ja, ich glaube, damit waren die schlechten Zeiten gemeint.
Und wir wussten immer noch nicht die Ursache für die Leberzirrhose, wir ahnten immer noch nicht, was noch Schreckliches auf uns zukommen sollte.

Ich nahm Dr. Schreiber in einer stillen Stunde während meiner Arbeitszeit zur Seite und versuchte, ihn nach seiner Vermutung, die er ja haben musste, auszuquetschen. Nach langem Hin und Her rückte er dann doch endlich mit der Sprache heraus. Er müsse zwar noch auf den alles entscheidenden Befund warten, denn irgendwie passten die Blutwerte nicht zusammen, da müsse mehr dahinter sein. Aber was? Seine Vermutung traf mich wie ein 100.000 Volt schlag: Hepatitis C. Schock! *Nein, das kann nicht sein! Woher denn?* Wir müssten den Befund abwarten. Ich verstand die Welt nicht mehr. Abwarten. Ich war wie in Trance.
Dann schließlich das Ergebnis:
Dr. Schreiber ließ mich während der Arbeit zu sich rufen: Es war Hepatitis C im Endstadium. Ich konnte es nicht glauben. Woher? Warum? Wann hatte Bartek sich mit dieser Krankheit infiziert?
Und ich? War ich auch infiziert? Nein, meine Werte waren o. k. (Als Krankenschwester wird man mindestens einmal jährlich auf Hepatitis kontrolliert.)
Plötzlich fiel es mir wie Schuppen von den Augen: Vor fünfundzwanzig Jahren war Bartek in Polen wegen eines

Magengeschwüres operiert worden und hatte damals Bluttransfusionen bekommen. Das war es!
Oh mein Gott! So eine lange Zeit und keiner hatte etwas bemerkt!
Und was jetzt? Dr. Schreiber überwies Bartek nach Freiburg an die Uniklinik zur Abklärung einer Therapie und einer Leberbiopsie, die allerdings aufgrund seines niedrigen Thrombozytenwertes sehr gefährlich wäre. Eventuell wären sich auch Gedanken wegen einer Lebertransplantation zu machen.
Außerdem schlug er vor, dass ich mich mit Bartek wieder vertragen und zu ihm zurückgehen solle. Es wäre jetzt ganz wichtig, dass die Familie zusammenhalten würde.
Toll! Auf die Idee wäre ich ja nie von alleine gekommen!
Aber wie standen Barteks Überlebenschancen? Tja, das könne man so nicht sagen, das käme darauf an (typisch Arzt), wenn er das Saufen lassen, seine Probleme lösen und in geordneten, ruhigen Verhältnissen leben würde, wäre unter Umständen ein etwas längerer Aufschub möglich. Wenn nicht und wenn er weiter säuft und seine schwere Krankheit ignoriert, dann, ja dann wäre seine Lebenszeit auf circa 1 bis 1 ½ Jahre begrenzt.
So, all das erfuhren wir etwa Mitte Mai 2000.
Jetzt verarbeite das alles erst einmal! Prima. Ich war völlig fertig. Und Bartek? Ich wusste nicht, ob er die Tragweite von all dem verstanden hatte oder ob er, wie immer, mal wieder alles verdrängte. Ich konnte kaum mit ihm darüber reden, er ließ mich – und auch sonst niemanden – an sich heran.
Wie auch immer, wir bekamen recht schnell einen Termin in der Uniklinik in Freiburg zur Lebersprechstunde. Natürlich fuhr ich Bartek hin, da er mal wieder keinen

Führerschein hatte (Alkohol am Steuer mit Unfall kommt halt nicht gut).
Untersuchung, Röntgen, Sono, Blutuntersuchung – bla, bla, wie immer.
Gespräch mit dem Arzt über eventuelle Therapiemöglichkeiten; aber, wie immer, erst Befunde abwarten, dann mit dem Hausarzt reden. Leberbiopsie? Bei den Blutwerten? Ein zu großes Risiko! Also, wieder warten.
Dann war der Befund da und Dr. Schreiber setzte Bartek über seine schwere Krankheit ins Bild. Er wies ihn außerdem darauf hin, dass er nicht mehr allein leben sollte, die Gefahr schwerer Blutungen sei zu groß.

Ich sagte meinen geplanten Dänemarkurlaub mit den Kindern ab, damit wir wenigstens in seiner Nähe sein könnten, wenn er uns bräuchte, denn er wollte unter allen Umständen weiter alleine leben, uns nicht zur Last fallen. Am Abend vor Barteks Geburtstag (wir wollten zusammen mit ihm feiern) versuchte ich nochmals, mit ihm zu reden. Ich sagte ihm deutlich, was jetzt auf ihn zukäme und dass wir bei ihm sein wollten. Aber er wollte meine – unsere – Hilfe nicht. Er wolle nicht sterben, er wolle alles, alles alleine schaffen, das war seine Aussage. Mitleid wollte er keines. Blödmann, das hatte doch mit Mitleid nichts zu tun. Ich glaube, auch in dieser Nacht begriff er die ganze Tragweite seiner Krankheit noch immer nicht; oder er wollte es nicht. Auch dachte er noch immer an diese blöde Tussi und ihr Kind. Natürlich wusste sie auch nichts von all dem, was sich hier abspielte; sie hätte ihn auch sicher nicht gepflegt oder unterstützt.
Hätte er doch nur einmal an sich gedacht!
In dieser Nacht trennten wir uns mal wieder unter Tränen.

Der nächste Tag, Barteks Geburtstag, fing eigentlich ganz gemütlich an. Ich brachte seinen Lieblingskuchen mit und wir saßen mit Joanna und Michelle in Eintracht auf der Terrasse und genossen den wunderschönen Tag.
Bis, ja, bis „beste Freund von Bartek“, Marek, dazu stieß. Dieser animierte Bartek natürlich zum Saufen und die Stimmung ging mal wieder Richtung Null. Ich hatte in den letzten Monaten immer wieder einige „gute Bekannte“ vom Polenclan gebeten, den Alkoholkonsum einzustellen, natürlich ohne Erfolg. Ich war ja nur die hysterische Exfrau, die muss man nicht ernst nehmen. Nach einer kurzen, aber unschönen Auseinandersetzung mit meinem Ex verließ ich die Veranstaltung dann frühzeitig mit den Kindern.

Im Laufe der nächsten Wochen versuchte ich, mich etwas von Bartek zu distanzieren; ich musste wieder zu mir selbst finden und versuchen, mit unserer Trennung und den Umständen von Barteks Krankheit klarzukommen.
Klar, ich wäre sofort zu ihm zurückgegangen, aber er lehnte dies nach wie vor ab. Er hatte mir nie verziehen, dass ich ausgezogen war, obwohl er mich auch nie gebeten hatte zu bleiben. Ich hatte ihn verletzt, er hatte mich verletzt und so machten wir beiden Sturköpfe uns weiterhin das Leben schwer.
Aber all das Geschehene zu verarbeiten, die Trennung zu akzeptieren, auf Distanz zu gehen, irgendwie ging das nicht. Entweder rief Bartek an und wollte mit mir essen gehen oder sich aus sonstigen Gründen mit mir treffen oder er bat mich um Hilfe. Oder ich meldete mich bei ihm, weil ich ihn einfach nur brauchte, seine Nähe spüren wollte. Fazit: Wir kamen einfach nicht voneinander los.

Gesundheitlich sah es so aus, dass eine Therapie nicht mehr in Frage kam – es war zu spät. Dr. Schreiber wollte die neuesten Leberwerte noch abwarten, um Bartek dann auf die Transplantationsliste setzen zu lassen, wenn er es denn schaffte.
Und die Blasengeschichte wurde auch nicht besser, deshalb war auch die ganze Hepatitis C etwas in den Hintergrund geraten, denn diese verursacht ja keine Schmerzen. So kam dann schließlich auch der nächste Urologe zum Zug: Dr. Flicker. Doch was tatsächlich hinter dieser Blasengeschichte steckte, tja, das erfuhren wir auch erst viel später – nach Barteks Tod.

Wie ging es also weiter?
Das Kind kam irgendwann zur Welt: Anja-Marie, wie passend! Hieß doch auch Joanna mit Zweitnamen Marie.
Und wieder gab es Zoff zu Hause. Die Kinder und ich bettelten immer wieder und wieder, dass Bartek sich einem Vaterschaftstest unterziehen sollte. Es war immer unwahrscheinlicher, dass er tatsächlich der Vater war, allein schon wegen seiner Krankheit. Er lehnte einen Test weiterhin vehement ab, denn einerseits glaubte er diesem blonden Flittchen noch immer, obwohl er mittlerweile durch Nachforschungen herausgefunden hatte, dass in der Vergangenheit Kontakte zur russischen Mafia bestanden hatten, andererseits konnte er die Kosten für diese Untersuchung in Höhe von 2.500 DM nicht bezahlen.

Irgendwann im Spätsommer fing ich an, mir ein klein bisschen Trost im Internet zu suchen. Es gab ja genug Single-Börsen, in denen sich knackige Jungs tummelten. Ich brauchte dringend Abwechslung, musste einfach mal

auf andere Gedanken kommen, brauchte ein bisschen Spaß. Ich hatte auch recht schnell Glück und eine kurze No-name-Affäre.
Punkt.
Als Nächstes beschloss ich, mir einen lang ersehnten Jugendtraum zu erfüllen. Ich wollte mich tätowieren lassen. Während meines Zusammenlebens mit Bartek war das schier unmöglich gewesen – so was macht keine anständige Frau -, stand nun der Erfüllung dieses Wunsches nichts mehr im Weg. Da auch Michelle schon lange von einem Tattoo träumte, beschlossen wir, dies gemeinsam zu tun.
Da in unserem Ort zufällig einer der besten Tätowierer Deutschlands sein Studio hatte, besuchten wir dieses auch umgehend, um uns genauer zu informieren.
Beim Durchsehen der vielen Ordner mit den verschiedensten Motiven fiel uns die Auswahl sehr schwer. Michelle entschied sich schlussendlich für ein chinesisches Schriftzeichen, welches sie sich auf den Po tätowieren lassen wollte. Und ich? Mein Augenmerk hatte ich auf eine wunderschöne Blüte geworfen.
Wir vereinbarten einen Termin und machten uns kichernd wie zwei kleine Schulkinder auf den Heimweg.
Ich hatte ja keine Ahnung, worauf ich mich da eingelassen hatte.
Als es dann endlich so weit war, platzte ich fast vor Aufregung. Ich alte Schachtel und ein Tattoo! Egal, das war mein Jugendtraum und den konnte ich mir endlich erfüllen.
Zuerst war Michelle an der Reihe und somit musste ich die Wartezeit überbrücken. Also schaute ich mir die neuen Ordner mit neuen Motiven an und – paff – ich hatte MEIN

Tattoo gefunden! Nicht diese blöde Blüte, nein, MEIN Tattoo! Passend zu meinem Charakter, eine Teufelsmaske, ja, damit konnte ich mich identifizieren. Das sollte es sein. Das wollte ich auf meiner Schulter haben.
Als ich dann endlich an der Reihe war, informierte ich den Tätowierer von meiner Planänderung und er konnte loslegen.
Ganz konzentriert saß ich da auf dem Stuhl und verbiss mir diverse Schmerzensschreie – boa, es tat höllisch weh – bis … ja, bis ich dann auf einmal wegkippte und im Liegen wieder aufwachte. Wie peinlich! Da bin ich doch glatt ohnmächtig geworden. Ich hab mich so geschämt!
Der Tätowierer lachte nur und meinte: „Das passiert anderen auch. Wir machen für heute Schluss und sehen uns nächste Woche wieder, um das Werk zu beenden."
So schlich ich dann mit meinem halben Tattoo nach Hause. Aber eine Woche später hielt ich tapfer durch und konnte stolz meine tätowierte Schulter präsentieren.
Nach Aussage des großen Meisters hatte er diese Teufelsmaske nur ein einziges Mal in Deutschland tätowiert; nämlich bei mir. Und darauf bin ich noch heute unendlich stolz.

Im Herbst fing dann meine Gesundheit an, mir Streiche zu spielen. Ich entdeckte einen Knoten in der Brust. Na prima, das kann man brauchen! Das fehlte mir gerade noch. Also ab ins Krankenhaus.
Gott sei Dank doch kein Knoten, nur ein kleiner Abszess. Ich durfte nach zwei Tagen wieder heim und nach weiteren zwei Wochen wieder arbeiten. Aber irgendwie war mir die Sache doch nicht geheuer. Ich hatte das Gefühl, dass der Abszess noch nicht ganz weg war. Dazu kam auch noch,

dass ich seit circa zwei Monaten permanent meine Periode hatte. Also, fit war auch ich nicht mehr. Egal – da musste ich halt durch.
Dann mussten Bartek und ich auch noch mal in die Schweiz fahren, um beim Bezirksgericht seines dortigen Wohnsitzes unsere Scheidung zu besprechen. Kein Witz, aber wir verlebten einen angenehmen Tag, da wir uns schließlich wegen allem einig waren und gingen am Abend noch gemütlich essen. Natürlich kam das Gespräch mal wieder auf das leidige Russentussithema, ich nenne sie jetzt einfach mal Uschi, und ich hatte irgendwie das Gefühl, als ob Bartek langsam wankelmütig würde. Er war sich seiner Sache, was diese Uschi anging, nicht mehr unbedingt sicher. Es gab für ihn mittlerweile zu viele Ungereimtheiten, der Geburtstermin passte nicht, stimmte nicht mit seinem One-Night-Stand überein und auch andere Dinge gaben ihm zu denken.
Seine Leberwerte, die er regelmäßig kontrollieren lassen musste, stiegen weiterhin an. Zur Blasengeschichte war Dr. Flicker der Meinung, dass er sich wohl irgendwann mal „was eingefangen haben musste".
Sag ich doch, die Uschi ist wohl doch 'ne Professionelle ... Außerdem sei die Prostata etwas verkalkt und die Blasenentzündung schon fast chronisch.
Blöde Themen für einen gemütlichen Abend.
Wir trennten uns sehr liebevoll.

Wie ging's weiter?
Was war noch alles passiert?
Dieser Trubel ging auch an Michelle und Joanna logischerweise nicht spurlos vorüber. Michelle verlängerte den Vertrag mit der 11. Klasse auf dem Gymnasium und

drehte eine Ehrenrunde. Joanna beendete eine erfolgversprechende Schwimmkarriere und verzichtete auf den Wechsel vom Gymnasium auf das empfohlene Sportinternat.

Zu allem Überfluss gab es auch in diesem Jahr Weihnachten. Bartek wollte nach Polen, teilweise „geschäftlich“, was hieß, es war das erste Weihnachten ohne ihn. Er wollte aber trotzdem Mohnkuchen usw. für uns vorbereiten und versprach, regelmäßig mit den Kindern zu telefonieren.
Nach Absprache mit meinen Mädchen entschloss ich mich, auch in diesem Jahr an Weihnachten zu arbeiten, um wenigstens an Silvester ein bisschen feiern zu können. Selbstverständlich „durfte“ ich mal wieder Bereitschaftsdienst machen; als ob es bei so viel Personal keinen anderen Trottel gäbe.
Wenigstens war Heilig Abend ein Sonntag, so hatten wir genug Zeit, uns auf einen gemütlichen Abend vorzubereiten, sofern das überhaupt möglich war, denn das letzte Weihnachten war für mich noch immer unvergessen. Also erst mal ausschlafen, dann den Baum aufstellen und schmücken.
Pustekuchen! Aufstehen? Für mich unmöglich! Ich stützte mich unglücklich im Bett auf, peng, mein kleiner Finger knickte um, und ich hatte mir die Sehne abgerissen! Hurra! Habe ich eigentlich irgendwann mal ganz laut „Hier“ geschrien, als die Scheiße verteilt wurde? Wahrscheinlich schon.

Fröhliche Weihnachten!
Auf Drängen der Kinder fuhr ich sofort ins Krankenhaus (ich wollte eigentlich gar nicht), dort dann röntgen, Stütz-

schiene und Arbeitsverbot! Schon wieder. Zur Freude meiner Arbeitskollegen meldete ich mich krank.
Und feierte dann Weihnachten.

Nach den Feiertagen ging ich zur Nachkontrolle in die Praxis von Karl. Er verpasste mir so eine Art Gipsschiene, die für die nächsten drei Monate mein ständiger Begleiter sein sollte, und schrieb mich erst mal bis Mitte Januar krank. Die Freude meiner Arbeitskollegen war natürlich riesig, dass ich schon wieder krank war, aber ich konnte es nicht ändern. Ich hatte es mir doch nicht ausgesucht! Die Einzigen, die mir tröstend zur Seite standen, waren meine Freundin Christiane und Tim, in dem ich mittlerweile einen sehr guten Freund gefunden hatte. Bei unserem letzten gemeinsam besuchten Onkologiekongress hatte ich ihm mein Herz ausgeschüttet und mir alles von der Seele geredet, was mich belastete.
Silvester verbrachte ich bei Fabian und seiner Frau Marianne.
Wir hatten einen schönen, gemütlichen Abend und rutschten im wahren Sinne des Wortes ins Neue Jahr. Ich hatte für mich entschieden, dass es nur besser werden konnte; beschissener ging fast nicht.

Oh doch, man kann sich diesbezüglich irren:
Schlimmer geht immer!

9. Schlimmer geht immer

Anfang des neuen Jahres war meine Periode (wie schon erwähnt) noch immer mein treuer Begleiter und ich entschloss mich, doch mal zum Arzt zu gehen. Dieser überwies mich zu meiner hellen Freude sofort ins Krankenhaus, um eine Abrasio vornehmen zu lassen. Man gönnt sich ja sonst nichts.
Der Eingriff war für den 15. Januar geplant.
Natürlich hatte Bartek, wer sonst, mich ins Krankenhaus gebracht und mich, so gut es ging, unterhalten, unterstützt, aufgebaut und getröstet. Ganz so, wie es bei getrennt lebenden Ehepaaren üblich ist. Jeden Tag besuchte er mich und rief auch ständig an, um sich nach mir zu erkundigen. Man kann mir erzählen was man will, aber ich glaube nicht eine Sekunde, dass ich Bartek zu irgendeinem Zeitpunkt gleichgültig war. Er hatte sich einfach immer mehr in sein eigenes Chaos verstrickt.
Nach einer Woche wurde ich entlassen und wer holte mich ab und brachte mich heim? Wer sonst außer Bartek wäre in Frage gekommen.
Ich war für weitere zwei Wochen krankgeschrieben, einerseits wegen der OP, andererseits war ich ja immer noch „out of order“ wegen der blöden Sehnengeschichte am Finger.
Natürlich hatte ich meinen Arbeitskollegen gegenüber ein schlechtes Gewissen, doch es war nicht meine Schuld, dass sich bei mir plötzlich alles auf einmal häufte und dass Dinge, die sich normalweise auf mehrere Tausend Menschen verteilen, alle bei mir zusammenkamen.
Ich hatte mir meine Probleme, meine Blutungen und meinen kaputten Finger – der übrigens dank der überaus

guten Behandlung meines Nachbarsdoktors Karl nicht mehr gerettet werden konnte und steif blieb. Ich erfuhr leider erst viel später, dass man die Sehne hätte retten können, wenn man rechtzeitig operiert hätte – nicht selber ausgesucht.

Zu dieser Zeit muss bereits eine überaus reizende Arbeitskollegin angefangen haben, in der Praxis über mich zu stänkern und bei den beiden Chefs dicke Luft zu verbreiten. Wer das war, wusste ich von Anfang an, doch beweisen konnte ich das natürlich nicht. Auch war mir nicht bewusst, welche grässlichen Ausmaße diese Stänkereien annehmen würden.

Während der Zeit des Heilungsprozesses, ich war ja immer noch krankgeschrieben, meldete sich mein Abszess in der Brust wieder. Es wurde immer schlimmer und so entschied mein Arzt Ende Januar, mich zu einer erneuten Operation nochmals ins Krankenhaus zu überweisen. Er wusste sich keinen Rat mehr und es war völlig unklar, warum der Abszess schon wieder da war, es gab einfach keine Erklärung dafür.

Also landete ich am 1. Februar wieder unter dem Messer. Es war mir meinem Arbeitgeber gegenüber etwas mehr als nur ein bisschen unangenehm, schon wieder oder immer noch krank zu sein!

Und wieder brachte Bartek mich ins Krankenhaus.

Der Abszess wurde großzügig herausgeschnitten und alles schien gut zu werden. Fünf Tage Krankenhausaufenthalt und weitere zwei Wochen arbeitsunfähig.

Im Weiteren hätte es so ausgesehen, dass ich ab dem 23. Februar wieder gesund gewesen wäre.

Im Anschluss war eine Woche Urlaub geplant, weil wir alle zum 86. Geburtstag meines Vaters hätten fahren sollen.

Dann ab Anfang März wäre ich nochmals für 14 Tage krank geschrieben worden, weil die Schiene von meinem kaputten Finger entfernt werden sollte. Das alles war mit der Pflegedienstleitung abgesprochen und abgesegnet worden. Es gab auch keine weiteren Einwände und so sah ich das alles als akzeptiert an.
Denkste! Es kam natürlich alles anders als gedacht.

Am 22. Februar kam kurz nach 8.00 Uhr morgens der Anruf.
Sieglinde, meine Stiefschwester, rief an, um mir mitzuteilen, dass mein Vater soeben – an seinem 86. Geburtstag – verstorben sei.
Ich war fertig!
Klar, man rechnet bei einem Menschen in diesem Alter irgendwann mit dem Tod, aber dann ist es eben doch der falsche Zeitpunkt.
Nach der ersten Trauerreaktion stürzte ich mich ans Telefon, um die restliche Familie zu informieren. Mein Bruder Paul wollte sofort in Richtung Eifel aufbrechen, um alles für die Beerdigung in die Wege zu leiten. Ich bat ihn, damit zu warten, bis ich am nächsten Tag eintreffen würde, damit wir alles gemeinsam erledigen könnten.
Außerdem hatte ich Sorge, dass er dort oben allein bei Vaters Frau Hera die Kontrolle über sich verlieren und sich wieder bis zum Abwinken betrinken würde.
Als Nächstes rief ich Bartek an, um ihm die traurige Nachricht zu überbringen, er hatte sich schließlich immer gut mit meinem Vater verstanden. Er erklärte sich auch sofort bereit, mich am anderen Tag in die Eifel zu begleiten.
Nun hieß es, Michelle und Joanna vom Tod ihres heißgeliebten Großvaters zu informieren. Es würde ein

großer Schock für beide sein, war doch noch nie zuvor ein so enges Familienmitglied gestorben. Sie waren noch nie so direkt mit dem Tod oder dem Sterben konfrontiert worden und sie hatten sehr an ihrem Opa gehangen. Natürlich war das sehr schwer für uns alle, denn der Tod kommt nun mal immer unverhofft und unpassend.
Am gleichen Abend fuhr ich zu Bartek, um mit ihm den Ablauf der nächsten Tage zu besprechen.
Geplant war, zwei Tage in der Eifel zu bleiben, um alles zu organisieren, dann zurück nach Hause, um schließlich mit den Kindern wieder zur Beerdigung zurückzukehren.
Da ich Probleme mit meinem Bruder befürchtete, denn wir hatten eine etwas unterschiedliche Einstellung, was die Beisetzung unseres Vaters anging, war ich unendlich dankbar für Barteks Hilfe, Trost und Unterstützung. Ohne ihn hätte ich die folgenden Tage und das dazugehörige Theater nicht durchgestanden.
So brachen wir dann am nächsten Tag morgens um 8.00 Uhr auf. Die Kinder, sie waren ja schon alt genug, blieben, mit dem Wichtigsten versorgt, allein zu Hause.
Am Nachmittag kamen wir gegen 15.00 Uhr endlich in der Eifel an. Es war eine sehr lange und anstrengende Fahrt über 600 km mit vielen Staus und einem nervenden Bruder, der ständig übers Handy anrief und fragte, wo wir denn blieben.
Nach dem üblichen Begrüßungszeremoniell von Hera, Paul und seiner Tochter Katja wollte Paul sofort alles Mögliche besprechen und nach einer kurzen Verschnaufpause war ich denn auch bereit, seinen Ausführungen zuzuhören.
Das Testament enthielt wie erwartet nichts Neues. Ein bisschen Geld durch uns drei Kinder zu teilen, sollte sich als das kleinste Problem herausstellen.

So kamen wir dann zum größten Streitpunkt: die Beisetzung als solches.
Mein Vater wollte unbedingt in einem kleinen Dorf in Oberbayern ins Familiengrab überführt werden und Paul hatte dies auch unserem Vater versprochen. Allerdings war unser Herr Papa zwar immerhin über 20 Jahre mit Hera verheiratet gewesen, hatte dieses Thema jedoch nie mit ihr besprochen. Er war halt äußerst stur und eigenwillig.
Paul hatte mittlerweile auch schon angefangen, dies alles zu organisieren, Überführung, Pfarrer, eben alles, was dazugehört.
Mit all dem konnte und wollte ich mich nicht einverstanden erklären, das könnten wir Hera nicht antun. Nach 20 Jahren Ehe dürfe man einer Witwe nicht den Mann wegnehmen. Mal abgesehen davon, dass nach Deutschem Recht die Witwe zu bestimmen hat, wo der Ehemann beigesetzt werden soll. Außerdem hatte sich unser Vater im Laufe der Jahre einen sehr großen Bekanntenkreis aufgebaut, sodass eine Beerdigung an einem Ort, an dem ihn sowieso keiner mehr kennt, merkwürdig wirken würde.
Kurz gesagt, es kam zu einem Riesenkrach zwischen Paul und mir.
Ich hängte mich ans Telefon, um Rücksprache mit den anderen Familienangehörigen zu halten. Dorothea, meine Schwester Erika, meine Kusine und die anderen Enkelkinder waren der Meinung, dass die Beisetzung hier in der Eifel stattfinden sollte.
So schlug ich denn Paul einen Kompromiss vor, der allen Beteiligten inkl. Vaters letztem Wunsch gerecht werden könnte: wir bestatten Opa erst einmal hier in der Eifel und zu einem späteren Zeitpunkt, wenn Hera zum Beispiel die Grabpflege nicht mehr übernehmen könnte, würden wir

ihn nach Oberbayern ins Familiengrab überführen, damit er schlussendlich doch seine letzte Ruhestätte bei seiner ersten Frau, unserer Mutter, hätte. Damit wäre auch sein letzter Wille nicht übergangen.
Pauls Reaktion? „Wenn ihr alle so entschieden habt, dann mach doch. Nur machst du dann alles alleine und auch alles Organisierte rückgängig und ich will nichts mehr damit zu tun haben. Und zur Beerdigung komme ich auch nicht!“
Na da war ich dann mal platt! Er ließ nicht mit sich reden, blieb stur (wie sein Vater; das liegt wohl in den männlichen Genen der Familie), selbst Bartek, mit dem sich Paul immer hervorragend verstanden hatte, konnte keinen Zugang zu ihm bekommen.
So versuchte er auch noch mit seiner Dickköpfigkeit, seine beiden Kinder Katja und Mattias etwas unfair auf seine Seite zu ziehen. Es kam zum Bruch zwischen meinem Bruder und mir. Auch die folgenden Jahre konnten diesen Zustand nie wieder kitten.
Naja.
Ich war schon froh, dass die gesamte Familie hinter meiner Entscheidung stand, denn ich denke, trotz allem hatten wir Vaters Witwe einen gewissen Respekt entgegenzubringen, man konnte sie nicht so einfach übergehen.
Also organisierte ich innerhalb eines Tages Beerdigung, Papierkram, Essen, Blumen usw. Auch musste ich noch Hotelzimmer für die ganze Verwandtschaft buchen, die von allen möglichen Orten Deutschlands anreisen wollte. Ich fand auch ein nettes Hotel ganz in der Nähe von Heras Haus.
So wie es sich gehörte, teilten Bartek und ich uns ein Doppelzimmer (als getrennt lebendes Ehepaar).

Nachdem alles geregelt und erledigt war, fuhren wir erst mal wieder nach Hause.

Scheinbar hielten sich Barteks Schmerzen zu der Zeit wohl in Grenzen, denn er wollte arbeiten gehen, um wieder ein bisschen Geld in die Kasse zu bekommen, und außerdem hielt Uschi ja noch immer die Hände auf, um abzukassieren.
Ich musste den ganzen Versicherungskram meines Vaters durchschauen, denn nur Paul und ich hatten die nötigen Vollmachten dazu, und Paul hatte sich ja nun ganz diskret in einigen Dingen aus der Affäre gezogen.
Die Kinder litten enorm unter dem Verlust ihres Großvaters und obwohl gerade Fastnacht war, hatte natürlich keiner Lust, an dem fröhlichen Treiben um uns herum teilzunehmen.
Aber es ist halt manchmal so. Mach nicht zu viele Pläne, es kommt immer anders, als man denkt!

Die Beerdigung sollte am Donnerstag der kommenden Woche stattfinden – über Fastnacht werden keine Bestattungen durchgeführt – und wir reisten mittwochs gemeinsam an.
Es wurde eine schöne Feier, wenn man das in diesem Zusammenhang sagen kann, außer dass – wie erwartet – mein Bruder und sein Sohn fehlten. Ach ja, auch meine Schwester glänzte durch Abwesenheit und pflegte ihre rein zufällig erworbene Blasenentzündung.
Paul zog es tatsächlich vor, das alles zu boykottieren und fuhr nach Oberbayern, um dort durch eine sehr hässliche Geste für Aufregung zu sorgen. Er ließ auf dem Familiengrab einen Kranz niederlegen mit der Aufschrift:

„Gegen meinen Willen zwangsbestattet in der Eifel“.
Da fehlen einem schon die Worte!
Mattias kam aus Solidarität zu seinem Vater ebenfalls nicht, um seinem Großvater die letzte Ehre zu erweisen.
O. k., das muss halt jeder selber wissen.
In diesen für mich sehr schweren Tagen kamen Bartek und ich uns erneut sehr nahe, nicht nur, dass wir uns ein Doppelzimmer teilten, es war auch seine Unterstützung, sein „mich auffangen“.
Ganz so wie in den ersten Jahren unserer Ehe.
Ich weiß nicht, wie ich das alles ohne ihn überstanden hätte. Ich war ihm so dankbar für die Kraft, die er mir gegeben hatte.
Die blöde Uschi muss in dieser Zeit vor Eifersucht fast geplatzt sein, ich glaube, sie rief 1000 Mal in diesen Tagen an und nervte. Man konnte Bartek anmerken, wie sehr er sich von ihr gestört fühlte.
Viele Bekannte und Verwandte sprachen mich nach der Beerdigung auch auf Barteks Gesundheitszustand an, doch ich mochte nicht näher darauf eingehen. Ich schämte mich, dass es mir in dem ganzen Trubel nicht auffiel, wie schlecht er aussah, er muss wieder starke Schmerzen gehabt haben. Ich vermutete, dass er zu diesem Zeitpunkt schon viele Schmerz- und Beruhigungsmittel zu sich genommen hatte, um auch vor mir seinen schlechten Zustand zu verbergen. Er war auch nicht mehr in der Verfassung, längere Strecken mit dem Auto selbst zu fahren.
Später machte ich mir schon Vorwürfe, dass ich das alles nicht bemerkt hatte. Wenn man allerdings jemanden fast täglich sieht, fallen einem manche Dinge nicht auf, die jemandem, der die betreffende Person nur ab und zu sieht, sofort ins Auge springen.

Aber das ist nun mal so, hinterher ist man immer schlauer und viele Symptome fallen einem erst viel zu spät auf. So wie bei Barteks Hepatitis. Ich hätte viel früher etwas merken müssen, schließlich war ich doch Krankenschwester. All die Anzeichen in den letzten Jahren: überdurchschnittlich viele und große blaue Flecken, die schlecht abheilten, das häufige, langanhaltende Nasenbluten, Wunden, die schlecht verheilten, und viele kleine weitere Auffälligkeiten. All solche Dinge, die man im Alltag nicht wahrnimmt.
Naja, auf jeden Fall überstanden wir diese schweren Tage so, wie es eine normale Familie tut. Kein Mensch hätte geglaubt, dass wir ein „in Scheidung lebendes Ehepaar“ sind. Alles war sehr harmonisch.
Nach der Rückkehr folgte noch ein gemeinsames Essen mit einem schönen Abend im Familienkreis als Abschluss. Das darauffolgende Wochenende verlief ohne besondere Vorkommnisse, um dann am Montag in meine nächste Pechsträhne überzugehen. Wie heißt es so schön? Ein Tiefschlag jagt den nächsten.

Wir kommen zum Thema „Meine Arbeitsstelle“.
Es war etwa Anfang März und wie schon erwähnt, war ich seit Weihnachten krankgeschrieben. Zuerst wegen der Sehne in meinem Finger, dann wegen der Abrasio und zu guter Letzt hatte sich der Abszess in der Brust hintendran gehängt. Das alles war nicht unbedingt lustig, ich hatte das weder freiwillig noch aus Spaß auf mich genommen. Aber es gibt Zeiten im Leben, in denen es nicht rund läuft. So wie bei mir. Meine lange Krankheit, der Tod meines Vaters, Barteks Krankheit, das fördert nicht unbedingt die Psyche eines Menschen, egal, wie stabil er auch sein mag. Auf jeden Fall ging ich an besagtem Montag zum Arzt, zu

Barteks Nachbar Dr. Karl Reimer, um mir meine leidige Schiene am Finger abnehmen zu lassen. Danach sollte ich nochmals für zwei Wochen krankgeschrieben werden, damit der Finger ausheilen könnte. Dies sei von den Berufsgenossenschaften auch so vorgeschrieben.

Mit dieser offensichtlich letzten Krankmeldung und ohne Schiene, die ich nur noch stundenweise am Tag tragen sollte, fuhr ich dann, eigentlich auch recht glücklich, zu meiner Onkologiepraxis, um mich für in 14 Tagen zum Dienst zurückzumelden.

Dort angekommen, wurde ich von einigen Kollegen freundlich empfangen, einige beäugten mich etwas seltsam. Ich dachte mir nichts dabei und führte dieses Verhalten auf den knapp zurückliegenden Tod meines Vaters zurück.

Dann kam mein neuer Chef Dr. Mecher (er arbeitete erst seit circa zwei Monaten bei uns) auf mich zu, fragte mich nach meinem Befinden und bat mich zu einem Gespräch in sein Büro.

Was dann passierte, hatte ich in meinen kühnsten Träumen nicht erwartet.

Er unterstellte mir, dass ich wohl meine Krankheiten etwas forcierte und krank feierte – eine Kollegin hatte sich über mich beschwert, weil ich so lange krank war. Ich sei nun lange genug außer Dienst gewesen und es müsse langsam mal Schluss sein. Die Verletzung meines Fingers rechtfertige auf keinen Fall nochmals einen Ausfall von 14 Tagen.

Er erwartete von mir, dass ich sofort bzw. in ein paar Tagen zur Arbeit käme, ansonsten sähe er sich gezwungen, die Konsequenzen zu ziehen. Es sei lächerlich, wegen einer solchen Kleinigkeit zu Hause zu bleiben. Man würde

mir leichtere Arbeiten zuweisen, aber ich müsse trotz Krankmeldung zur Arbeit erscheinen.
Also eine mündliche Abmahnung ohne Zeugen.
Danke an meine lieben Kollegen!
Ich ging umgehend zur Pflegedienstleitung und bedankte mich für die netten Verleumdungen. Man behauptete jedoch, nichts davon zu wissen und es täte ihnen leid.
Prima, davon kann ich mir was kaufen!
Es war mir unverständlich, wie man mir unterstellen konnte, krank zu feiern, wenn ich doch nachweislich zwei Mal hintereinander ins Krankenhaus gemusst hatte.
Ich verstand die Welt wieder einmal nicht mehr.
Unterstützung bekam ich natürlich von keinem meiner lieben Kollegen, außer von Tim, der voll hinter mir stand; aber was sollte er tun, hatte er doch selber nichts zu sagen.
Ich fuhr aufgebracht, wütend, enttäuscht und heulend nach Hause.
Kaum war ich angekommen, klingelte das Telefon. Dr. Mecher schon wieder. Er hätte mit meinem Arzt gesprochen, jedoch keine befriedigende Auskunft bekommen und er erwarte mich pünktlich in spätestens einer Woche zum Dienst, sonst …

Tja, da stand ich nun.
Also rief ich Bartek an, um mich für den Abend mit ihm zu verabreden und bat ihn auch, Karl einzuladen, um in Ruhe zu besprechen, was ich jetzt tun sollte.
Oh, ich kam mir so verarscht vor.
Jahrelang hatte ich Dienste verschoben, war für die Kollegen eingesprungen, hatte Zusatzdienste gemacht, außerordentliche Bereitschaftsdienste, zusätzliche Samstage und Urlaube verschoben und nun das!

Ich hatte nicht übel Lust, alles hinzuschmeißen, zu kündigen und mir was Neues zu suchen.
Spontanreaktion!
Alles was ich dann tat, war etwas falsch geplant, ich hätte sofort zum Anwalt gehen sollen, aber ich zäumte das Pferd falsch herum auf und verlor durch Kurzschlusshandlungen auch noch Geld.
Aber jetzt erst mal eins nach dem anderen.
Am selben Nachmittag sollte „Randy" (ein Freund von Fabian) noch zu mir kommen, eigentlich war geplant, an diesem Abend nach Zürich zum Konzert von Eric Clapton zu fahren. Dies konnte ich angesichts der neuen Situation natürlich vergessen.
Ich erzählte Randy kurz, was passiert war, und fragte auch ihn um Rat. Er meinte, unter solchen Umständen sei es schwer, beim alten Arbeitgeber wieder Vertrauen zu fassen und riet mir, sofort zu kündigen, sollte ich eine neue Stelle finden. Er bot mir auch an, bei seinem Arbeitgeber – er arbeitete in einer Kurklinik als Masseur – nachzufragen, ob eine Stelle für eine Krankenschwester frei sei. Gleich am nächsten Morgen wollte er die Sache abklären. So weit, so gut.

Am Abend fuhr ich erst mal zu Bartek, wo ich mich ordentlich ausheulte. Nachdem Dr. Karl Reimer dazu kam, diskutierten wir die Angelegenheit nochmals und kamen auch zu dem Ergebnis, dass es wohl besser sei, eine neue Stelle zu suchen, denn unter diesen Umständen wäre das Arbeiten wohl die Hölle und bei dem kleinsten Missgeschick meinerseits würde man mich sofort entlassen. Dem sollte ich mit einem Jobwechsel zuvor kommen.

Eine andere Wahl hatte ich kaum. Ich war todunglücklich, denn eigentlich machte ich meine Arbeit in der Onkologie schon sehr gern.
Am nächsten Morgen rief Randy an. Es gab tatsächlich bei ihm in der Klinik eine freie Stelle und ich sollte mich umgehend mit der zuständigen Pflegedienstleitung in Verbindung setzen. Dies tat ich auch sofort und bekam bereits für den nächsten Tag einen Termin für ein Vorstellungsgespräch.
Wenigstens etwas!
Also Mittwochmittag nix wie hin in die Kurklinik. Wir wurden uns schnell einig und ich erhielt die Zusage für die freie Stelle. Den genauen Zeitpunkt für die neue Anstellung konnten wir natürlich noch nicht festlegen, da ich ja erst noch kündigen musste. Bis dahin würde ich an meiner alten Arbeitsstelle noch arbeiten müssen.
Am Montag der kommenden Woche war mein erster Arbeitstag nach so vielen Monaten. Es war, wie erwartet, die reinste Hölle! Von allen Kollegen gemobbt und boykottiert durfte ich die beschissensten Arbeiten ausführen. Das Arbeitsklima war zum Kotzen und besagte Kollegin versuchte, mich fertig zu machen, wo immer es nur ging.
Unterstützung bekam ich selbstverständlich von niemandem, Tim, mein Lieblingskollege und Freund, war leider im Urlaub und konnte mir auch nicht helfen.
Ich verstand auch nicht, warum mein alter Chef, Dr. Schreiber nicht mit mir über den Vorfall mit Dr. Mecher sprach. Er kannte mich schließlich am längsten, wusste um meine Zuverlässigkeit und kannte auch meine private Geschichte, schließlich war er ja auch Barteks Arzt. Egal, auf alle Fälle konnte ich so nicht arbeiten.

Also schrieb ich meine Kündigung und bat um sofortige Freistellung wegen unüberwindbarer Schwierigkeiten. Nach einigem Hin und Her wurde dies auch von der Geschäftsleitung bewilligt und so sollte ich zum 15. April freigestellt werden. Mit Urlaub und Überstunden wäre ich dann voraussichtlich Ende März fertig.
Dadurch, dass ich direkt bei der Geschäftsleitung und nicht bei meinem direkten Vorgesetzten gekündigt hatte, sorgte dies natürlich für erheblichen Wirbel im Arbeitsklima, da ja nicht alle mitbekommen hatten, was da auf die Schnelle passiert war. Der Einzige, den ich von meiner Kündigung informiert hatte, war Tim und der hatte natürlich mit keinem darüber gesprochen.
An meinem letzten Arbeitstag bekam ich ein frostiges „Dankeschön" von Dr. Schreiber und einen Blumenstrauß von der Pflegedienstleitung, den ich allerdings noch am gleichen Abend in den Mülleimer schmiss. Und damit war das 4 ½ jährige Kapitel Onkologie abgeschlossen.
Schon traurig, aber was soll's!
Tja, und dann beschissen die mich noch um eine Woche Lohn, für die besagte Woche, in der ich trotz Krankmeldung gearbeitet hatte. Als ich dann endlich zum Anwalt ging, war es natürlich schon zu spät.
Dankeschön.
So hatte ich also nochmal vier Wochen zusätzlichen Urlaub, von denen ich zwei Wochen arbeitslos war, da ich erst am 2. Mai meine neue Stelle in der Kurklinik antreten konnte.
So entschloss ich mich spontan, für eine Woche auf die Kanarischen Inseln zu fliegen. Ich war urlaubsreif und da Michelle und Joanna keine Ferien hatten, flog ich allein. Diese kurze „Auszeit" wollte ich mir gönnen.

Leider bekam ich auf Gran Canaria in Playa des Ingles kein Hotelzimmer mehr, sodass ich nach Las Palmas ausweichen musste. Es gefiel mir allerdings dort nicht besonders. Das Wetter: Ständig bewölkt. Die Umgebung: Kein Vergleich zu dem Treiben im Süden der Insel.
Und hätte ich nur geahnt, was in dieser Zeit zu Hause alles passieren würde, wäre ich nicht in Urlaub geflogen.

Ich kam zurück und ein paar Tage später traf ich mich mit Bartek – meine Ankunft hatte sich mit seinem „Termin" in Polen überschnitten. Ich war entsetzt, er sah schrecklich aus, wie ein Preisboxer: Er hatte überall blaue Flecken.
Wie ich dann erfuhr, ich musste ihm natürlich wieder alles aus der Nase ziehen, hatte er während meiner Abwesenheit einen sehr schweren Autounfall, natürlich mal wieder unter Alkoholeinfluss.. Eine Leitplanke war im Weg gewesen, Rettungswagen, Polizei, Krankenhaus; das volle Programm also. Muss ziemlich übel gewesen sein. Er hatte sich selbst aus dem Krankenhaus entlassen und den Kindern verboten, mir während meines Urlaubes etwas zu erzählen.
So im Nachhinein bin ich davon überzeugt, dass sich durch den schweren Unfall schon irgendetwas in seinem Körper abgespielt haben muss. Irgendwo muss sich eine Blutung oder Blutgerinnsel gebildet haben. Und da mein lieber Noch-Ehemann eine ausführliche Untersuchung ablehnte, war es schwer oder auch fast unmöglich nachzuvollziehen, was sich genau in seinem Körper abgespielt haben muss.
Ich bin mir ziemlich sicher, dass sich bei ihm im Gehirn eine winzige Blutung gebildet hatte, die schlussendlich mitverantwortlich für seinen Tod war.
So weit, so gut. Oder auch nicht.

Wieder versuchte ich, auf Bartek Einfluss zu nehmen. Ihm zu helfen, seine Probleme zu lösen, auf seine Gesundheit zu achten. Alles ohne Erfolg. Ich konnte nichts tun, ich war so machtlos, so hilflos. Dabei wollte ich doch nur für ihn da sein, um ihn aufzufangen, wenn er mich brauchte.
Wir redeten wieder viel miteinander und kamen zwangsläufig auf das allseits beliebte Thema seines Kindes. Er machte sich ernsthafte Gedanken und er äußerte mittlerweile auch seine Zweifel im Hinblick auf die Vaterschaft, die er allerdings leider schriftlich in der Geburtsurkunde bestätigt hatte.
Irgendetwas stimmte seiner Meinung nach nicht; irgendein Detail störte ihn. Da war zum Beispiel der Geburtstag des Kindes, der mit dem angeblichen Geburtstermin nun gar nichts zu tun hatte. Dieser wäre nach Barteks Berechnung für Anfang August geplant gewesen. Das Kind wurde jedoch Anfang Juni geboren. Na klar gibt es sogenannte „Frühchen", Siebenmonatskinder. Doch dieses Baby hatte ein normales Geburtsgewicht gehabt und sah auch auf den Fotos, die Bartek mir gezeigt hatte, nicht wie ein „Frühchen" aus.
Erst sehr viel später fand ich heraus, dass die Geburtsurkunde, auf der Bartek als auf dem Standesamt Anmeldender eingetragen war, gefälscht sein musste. Der Termin, der darauf angegeben war, stimmte nicht. Zu dem eingetragenen Termin mit Barteks Unterschrift war er nämlich nachweislich nicht in Polen gewesen, sondern in Deutschland.
Er beschloss, der Sache ernsthafter nachzugehen und schloss auch einen Vaterschaftstest nicht mehr aus, obwohl er sich noch immer nicht so recht vorstellen konnte, von dieser Uschi betrogen worden zu sein. Außerdem nagte

die Summe von 2.500 DM für den Test an ihm. Diesen Betrag hatte er zu der Zeit nicht flüssig.
Irgendwann in einem dieser Gespräche nahm Bartek mir dann auch noch das Versprechen ab, dass, wenn ihm mal etwas passieren sollte, ich für sein Kind sorgen sollte. Ausgerechnet ich!
Ich versprach es, allerdings nur unter der Bedingung, dass es wirklich sein Kind sei. Sollte ihm etwas zustoßen, so würde ich zuerst auf einer DNS-Analyse bestehen, um die Vaterschaft zu bestätigen. Mit dieser Bedingung war er dann auch einverstanden bzw. er nahm sie zur Kenntnis.
Auch bat ich ihn für den Fall der Fälle dafür zu sorgen, dass unsere Tochter Michelle, die ja schon volljährig war, sämtliche Vollmachten für seine Konten bekam, damit kein anderer darauf zugreifen konnte. Ebenso fand ich, solle er das Haus auf ihren Namen überschreiben, damit, sollte ihm etwas passieren, keiner den Kindern das Erbe wegnehmen könne. „Ach was", antwortete er. „Keiner von meiner polnischen Familie oder die Uschi würden euch was tun. Das gehört doch euch, das haben wir doch so abgemacht. Mach dir mal keine Sorgen. Und du Nane, du hast doch sowieso alle Passwörter und Codes von meinen Konten; die hab ich nie geändert. Erinnerst du dich noch?".
Oh Mann, wenn Du wüsstest!
Als Nächstes stand eine erneute Untersuchung bei Bartek an. Er sollte kurz und ambulant eine Blasenspiegelung im Krankenhaus machen lassen. Dr. Flicker, sein Urologe, versprach sich recht viel davon und hoffte, endgültig Klarheit über Barteks Probleme zu bekommen.
Wie könnte es anders sein, ich brachte ihn ins Krankenhaus, wich nicht von seiner Seite und versorgte ihn anschließend zu Hause.

Es muss eine fürchterliche Tortur für ihn gewesen sein, sehr, sehr schmerzhaft. Er litt enorm.
Und was kam schlussendlich dabei heraus? Nun, verändertes Blasengewebe, rot-entzündet. Sehr seltsam!
Dr. Flicker schlug vor, noch eine Blasenbiopsie zu machen, um näheres abzuklären und zu untersuchen.
Den genauen Termin, irgendwann Ende Mai, wollte er Bartek noch mitteilen. Es müsse zuerst noch abgeklärt werden, ob der Eingriff aufgrund des niedrigen Thrombozytengehalts überhaupt möglich war.

Ich sollte zum besseren Verständnis für das Geschehen nach Barteks Tod noch folgendes anmerken: Unser Scheidungsverfahren lief noch immer. Nur hatte Bartek die Sache nicht mehr ernsthaft vorangetrieben, Termine vergessen und die Angelegenheit einfach schleifen lassen. Also waren wir immer noch verheiratet und sowohl unsere guten Freunde als auch unsere Kinder zweifelten daran, dass sich dieser Zustand je ändern würde.
Es gab bis dahin keinen Scheidungstermin, geschweige denn ein Urteil!

Während all dieser Zeit – Scheidung, nicht Scheidung – hielt mein Wunsch, es gemeinsam noch einmal zu versuchen, immer stand. Bartek war schwankend, einerseits liebte er mich wohl noch immer und genoss unser wunderbares Verhältnis, das Sich-Aufeinander-Verlassen-Können. Andererseits war da in Polen diese blonde Uschi mit dem Kind. Er hatte uns und auch verschiedenen wirklich guten Freunden immer wieder versichert dass er diese Frau nicht liebe, nicht mit ihr zusammen leben und sie auch nicht nach Deutschland oder in die Schweiz holen wolle. Ihm ging es

nur um das Kind, das ja nicht für das Chaos verantwortlich sei. Wieder und wieder versicherte er dies den Kindern und mir. Michelle und Joanna konnten ihm nie richtig verzeihen, dass er das Kind so einfach anerkannt hatte. Besonders Michelle als Älteste litt sehr darunter, dass sie auch noch andere Dinge mit ihrem Vater nicht mehr klären konnte.
Ich weiß, dass der Polenclan und auch die sogenannten „guten Freunde“ von Bartek unsere Version bis zum heutigen Tag nicht glauben und akzeptieren, nur kannte kein Mensch Bartek so gut wie ich und keiner hatte das Recht, darüber zu urteilen, was zwischen uns beiden vorgefallen war und wie tief wir trotz aller Probleme miteinander verbunden waren.

Am 2. Mai trat ich dann meine neue Stelle in der Kurklinik an. Der Termin für Barteks Blasenbiopsie wurde für den 28. Mai angesetzt. Dazu später.
Am Anfang verzweifelte ich fast an meinem neuen Job, es war ja so langweilig. Für mich nicht wirklich eine große Herausforderung nach über vier Jahren Tätigkeit in einer Onkologiepraxis und ich war auch nicht davon überzeugt, ob ich dort bleiben wollte.
Meine Arbeitskollegen waren zwar supernett, ein kleines Team, gemütlich und lustig; nur fehlten mir die Hektik und der Stress. Egal, es müsste ja nicht für immer sein. So dachte ich damals. Ich wusste ja noch nicht, wie sehr mir meine neuen Kollegen in meiner späteren Notsituation helfen würden.
Die ersten zwei Wochen sollte ich mit einem Kollegen zusammen eingearbeitet werden, danach selbstständig und alleine tätig werden.

Meine erste Nachtwachenwoche war für Ende Mai geplant. Das passte mir recht gut, denn dann könnte ich Montagmorgen Bartek ins Krankenhaus bringen und mich danach auch zu Hause um ihn kümmern. Doch natürlich kam alles anders!

Am letzten Wochenende meiner Nachtwache, die bis Montagmorgen ging, sollten die Mädchen bei Bartek sein. Bis einschließlich Sonntag war Barteks Bruder Kuba auch noch zu Besuch, den wir nachmittags noch nach Zürich zum Flughafen brachten.
Die Kinder freuten sich auf dieses gemeinsame Wochenende mit ihrem Papa, bei ihm zu sein, ihm Mut zu machen und ein bisschen zu reden.
So fuhr ich schließlich montagmorgens direkt nach meinem Nachtdienst zu Bartek. Wir frühstückten gemeinsam mit den Kindern, um sie danach zu mir nach Hause zu bringen. Sie hatten ihren Tag gut durchgeplant, es waren ja auch noch Pfingstferien. Anschließend brachte ich Bartek ins Krankenhaus. Dort begannen auch sofort die Vorbereitungen für die Biopsie, die am nächsten Tag durchgeführt werden sollte. Es würde sehr kompliziert und auch gefährlich werden, denn sein Thrombozytenwert war noch immer zu niedrig. Somit bestand auch eine erhöhte Blutungsgefahr bei diesem an und für sich kleinen und ungefährlichen Eingriff.
Ebenso bestand ein erhöhtes Narkoserisiko, sodass sich der leitende Anästhesist gegen die geplante Spinalanästhesie entschied und eine Vollnarkose durchführen wollte bzw. musste.
Mit Ausnahme von ein paar Unterbrechungen, in denen ich auch noch ein paar Erledigungen für Bartek tätigte,

war ich eigentlich den ganzen Tag bei ihm. Er hatte wieder sehr starke Schmerzen und wohl auch Angst.

Am nächsten Tag fand schließlich der Eingriff statt. Ich war von mittags bis spät abends bei Bartek. Auch Michelle und Joanna kamen vorbei, um nach ihrem Vater zu schauen. Es ging ihm sehr schlecht und ich war erschüttert von seinem Zustand. Das hatte ich so nicht erwartet und schob alles auf Narkose und OP. Er hatte sehr starke Schmerzen und nach Aussage des äußerst unfreundlichen und meiner Meinung nach völlig inkompetenten Pflegepersonals auf dieser Station war sein Vorrat an Schmerzmitteln angeblich erschöpft. Auch der Arzt, der sich auf mein Drängen hin endlich mal sehen ließ und mit mir sprach, versicherte mir, dass in Anbetracht der Situation alles völlig normal sei. Mit dieser Aussage war ich natürlich nicht zufrieden, beschloss aber, den nächsten Tag abzuwarten. Hätte ich bloß gleich gehandelt und ihn nach Freiburg in die Uniklinik verlegen lassen! Aber hinterher ist man immer schlauer.

Es war Mittwoch und Bartek ging es mehr als beschissen. Er wand sich einerseits vor Schmerzen, war aber andererseits von den Medikamenten fast high. Er sah sehr schlecht aus, die Haut war extrem gelblich verfärbt und er klagte auch über Atemnot. Wieder sprach ich mit dem zuständigen Arzt, teilte ihm meine Besorgnis mit, doch dieser schien sich nicht sonderlich dafür zu interessieren. Ich machte mir nicht nur ernsthafte Sorgen, ich war auch stinksauer und wütend auf den Arzt, das Pflegepersonal und die Art und Weise, wie Bartek versorgt wurde. Er war schließlich Privatpatient und da sollte man schon ein bisschen mehr Fürsorge erwarten.

Ich erinnere mich an das letzte Telefongespräch mit Bartek, das ich spätabends noch mit ihm führte; er konnte kaum noch den Telefonhörer halten und nicht mehr zusammenhängend sprechen. Ich war sehr bestürzt und rief Tim, meinen ehemaligen Arbeitskollegen und guten Freund, an, um gemeinsam mit ihm zu überlegen, was ich tun könnte. Er überzeugte mich davon, dass ich sofort am nächsten Morgen eine offizielle Beschwerde beim Chefarzt vorbringen sollte und auf einer Verlegung nach Freiburg bestehen sollte. Dieses Gespräch mit Tim fand circa gegen 22.00 Uhr statt.
Doch natürlich kam alles anders.

Die Kinder und ich gingen etwa um 23.00 Uhr schlafen. Joanna nahm – wie immer – das Telefon mit ans Bett, denn es könnte ja mitten in der Nacht jemand Wichtiges für sie anrufen.

Donnerstag 4.00 Uhr morgens weckte mich Joanna, Dr. Flicker sei am Telefon. Er teilte mir mit, dass man Bartek auf die Intensivstation hatte verlegen müssen. Er hatte gegen 2.00 Uhr einen Herz-Atemstillstand und war reanimiert worden. Sein Zustand sei äußerst kritisch und ich als nächste Angehörige solle sofort kommen.
Zuerst war ich gar nicht mal so schockiert, denn in meinem Beruf hatte ich so etwas schließlich schon öfter erlebt und dachte, das würde schon wieder werden. Ich machte mich schnell fertig, Zähne putzen und so, beruhigte die Kinder, die später nachkommen sollten, und fuhr ins Krankenhaus. Noch bevor ich die Intensivstation betreten konnte, traf ich die mir gut bekannte Anästhesistin, die mich sogleich über Barteks Zustand aufklärte. Es gebe kaum noch Hoffnung,

er liege im Koma, hätte weite, lichtstarre Pupillen, was auf einen äußerst schweren Hirnschaden (Hirntod) hindeutete. Auch wusste keiner so recht, was genau eigentlich passiert war. Nach meiner Vermutung, und nur nach meiner Vermutung, war der Unfall im April irgendwie Mitauslöser, vielleicht doch eine kleine Gehirnblutung, die erst jetzt nach der OP zum Tragen gekommen war. Wir werden dies jedoch nie erfahren, da wir eine Autopsie im Namen Barteks ablehnten.

Ich war trotz allem sehr schockiert, als ich ihn da so liegen sah. So viele Patienten hab ich genau in diesem Zustand gesehen, aber den eigenen Mann! Ich konnte es nicht fassen. Ich wollte es einfach nicht wahrhaben! Und ich hoffte auf ein Wunder. Ich rief schnell die Kinder an und bat sie, sofort unsere Familie zu informieren. Und ich brauchte meine Schwägerin Dorothea, denn allein würde ich das alles nicht durchstehen können.

In mir selber ging alles drunter und drüber, Bartek so zu sehen überstieg fast meine Kraft.

Alle auf der Intensivstation sprachen mir Mut zu und waren ganz lieb. Ich kannte ja die meisten, weil ich selbst auch einige Monate hier gearbeitet hatte. Nur Hoffnung gab es eigentlich keine mehr.

Gegen 6.30 Uhr kamen Michelle und Joanna. Es war so schwer, so schrecklich schwer, sie auf den Zustand und Anblick ihres Vaters vorzubereiten. Beide waren auch sehr schockiert und dann saßen wir drei nun an seinem Bett, streichelten seine Hände und beteten, dass er zurückkommen möge. Alles war so unfassbar, wie ein schlechter Traum, das konnte doch nicht sein, das passierte gerade nicht!

Noch war Barteks Kreislauf stabil, aber seine Pupillen – keine Reaktion – wir mussten uns auf das Schlimmste vorbereiten.
Marek „beste Freund Barteks“ kam gegen Mittag vorbei. Er schimpfte und machte die Ärzte für Barteks Zustand verantwortlich. Er wusste ja nichts von Barteks schwerer Krankheit, der Hepatitis C und der Leberzirrhose. Er konnte und wollte nicht akzeptieren, dass viele unglückliche Zufälle diesen Zustand verursacht hatten.
Klar, vielleicht hätten die Ärzte mehr tun können, ich weiß aber nicht, was. Eine Rettung für Bartek gab es nicht. Und wäre diese OP nicht gewesen, wie lange hätte er noch gelebt? Zwei Monate? Vielleicht drei Monate? Trotzdem war Marek sehr schockiert und traurig. Auf meine Bitte hin wollte er sich sofort mit der Familie in Polen in Verbindung setzen.
Am frühen Nachmittag kam der Neurologe vorbei, um Barteks Reflexe zu prüfen. Negativ. Da war nichts mehr.
Ein Internist kam, um auch noch einige Untersuchungen vorzunehmen. Bartek musste innerlich sehr starke Blutungen haben und der Thrombozytenspiegel sank auf 18.000. Er stellte Blutungen in der Speiseröhre, im Magen und im Darm fest. Es war aussichtslos!
Neurologe wie auch Internist gaben mir zu verstehen, dass es besser sei, wenn man …
Nein!
Man forderte noch Thrombocytenkonzentrat aus Freiburg an, dass dann auch recht schnell durch die Polizei gebracht wurde, doch auch dadurch kamen die Blutungen nicht zum Stillstand.
Ich brauchte dringend jemanden, ich hatte keine Kraft mehr. Ich rief meine beste Freundin Christiane an und bat

sie zu kommen und mir beizustehen. „Ich kann jetzt nicht, ich habe meine eigenen Probleme.“ war ihre Antwort. *Hä? Ich brauche Hilfe und meine beste Freundin?*
Tim hingegen ließ nach meinem Hilferuf alles stehen und liegen und war innerhalb von 15 Minuten da, um mich und die Kinder aufzufangen. Auch Dorothea ließ in Heidelberg alles fallen und kam zu uns. Auch sie war sehr erschüttert und fassungslos.

Es war nun etwa gegen 15.30 Uhr. Wieder fand ein Gespräch mit den Ärzten statt. Sie wiesen mich nochmals darauf hin, dass es für Bartek keine Hoffnung mehr gäbe und baten mich, die Maschinen abstellen und jegliche lebenserhaltenden Maßnahmen einstellten zu dürfen.
Ich hatte oft mit Bartek solche Situationen durchgesprochen – denn mein Beruf brachte solche Diskussionen häufig mit sich – und ich wusste, er wollte nicht aufgegeben werden. Er wollte bis zum Schluss kämpfen und erwartete dies auch von mir. Er wollte immer so lange wie möglich am Leben bleiben und war strikt dagegen, die Maschinen, die ihn am Leben erhalten würden, abschalten zu lassen. Er war der Meinung, dass man nie, zu keinem Zeitpunkt, die Hoffnung aufgeben solle.
Nach Absprache mit Michelle und Joanna entsprach ich seinem Willen, wir alle wollten weiter kämpfen. Joanna fuhr sogar noch schnell nach Hause, um Barteks Lieblings-CDs von ABBA und einen Walkman zu holen, außerdem noch sein Lieblingsrasierwasser, in der Hoffnung, dass etwas davon bei ihm ankäme.
So kämpften wir weiter. Tim und Dorothea fingen abwechselnd die Kinder und mich immer wieder auf, trösteten uns und trockneten unsere Tränen.

In meiner Verzweiflung rief ich auch meinen Bruder Paul an und bat um seine Unterstützung. Dies war doch kein Zeitpunkt für Familienstreitigkeiten. Doch von ihm kam keine Hilfe. Er war der Meinung, Dorothea sei genug Beistand.
Danke auch.

Gegen Abend war Michelle mit ihrer Kraft am Ende. Sie bat ihren langjährigen „großen Bruder" Ronny zu kommen und sie zu Fabian und seiner Frau zu bringen, um sich ein bisschen auszuruhen. Sie nahm mir das Versprechen ab, sie umgehend zu informieren, sollte bei ihrem Papa irgendeine Veränderung eintreten. Natürlich versprach ich ihr dies.
Ich glaube, sie war noch nicht einmal eine Stunde weg, da fing Barteks Kreislauf an, sich zu verschlechtern. Der Blutdruck sank.
Sofort rief ich bei Fabian an, damit er Michelle sofort wieder her ins Krankenhaus bringe. Kurze Zeit später waren die beiden da.
Barteks Kreislauf brach langsam aber sicher zusammen, der Blutdruck sank weiter. Herzstillstand. Alarm.

Tim brachte mich aus Barteks Zimmer raus. Nahm mich fest in die Arme, Dorothea und Fabian kümmerten sich um Michelle und Joanna, die nicht so recht verstanden, was da gerade passierte.
Reanimation.
Tim hielt mich ganz fest.
Ich wurde hysterisch.

Bartek war tot!

10. Die Hölle lässt grüßen!

Bartek war tot!
Ich war leer! Mein Kopf war leer!

Michelle und Joanna, wir hatten Bartek endgültig verloren. Ich meinen Mann, die beiden ihren Vater.
Bartek war tot.
Tim, Dorothea und Fabian brachten uns unter Tränen raus aus der Intensivstation.
Die Schwestern wollten Bartek vorbereiten, damit wir alle nochmals von ihm Abschied nehmen konnten.
Draußen brachen wir dann endgültig zusammen. Ich lief hinaus, um eine Zigarette zu rauchen. Ich wollte, musste, alleine sein, konnte mich nicht um die Kinder kümmern.
Nie, nie werde ich vergessen, dass Tim, Fabian und Dorothea da waren und sich um uns kümmerten.
Was ich in diesen Minuten, Stunden empfunden habe, kann ich nicht beschreiben. Diese Leere, Fassungslosigkeit, Trauer, der Schock. Die Welt stand still.
Auf dieser Achterbahn der Gefühle und Emotionen versuchte ich Vollidiotin auch noch, diese blöde Russen-Uschi telefonisch von Barteks Tod zu informieren. Warum ich Voll-Horstin mich dazu verpflichtet fühlte, keine Ahnung, dachte ich vielleicht, es müsse richtig sein?
Wie kann man nur so blöd sein?
Gott sei Dank erreichte ich die Kuh nicht.
Ich ging dann zurück zu den Kindern und wir hockten alle zusammen eng umschlungen auf dem Boden und heulten, was das Zeug hielt.
Und versuch dann mal, deinen Kindern klar zu machen, was da eben passiert war, warum ihr heißgeliebter Papa

jetzt tot war. Sie waren zwar zu diesem Zeitpunkt schon 16 und 18 Jahre alt, aber in diesem Moment waren sie nur kleine Kinder, die ihren Vater verloren hatten.
Nach etwa 1 ½ Stunden, gegen 23.30 Uhr, durften wir wieder zu Bartek. Er war von allen Maschinen abgehängt und sah so friedlich aus, als ob er nur schlafen würde. Jeder von uns blieb eine Weile allein bei ihm und nahm, jeder auf seine Weise, von ihm Abschied.
Ich war Tim, Fabian und Dorothea so dankbar, dass sie da waren, jeder von den dreien hatte sich eine von uns geschnappt, um uns aufzufangen. Sie waren an diesem Tag, Abend, in dieser Nacht meine Kraft und die meiner Kinder. Ich glaube, ich wäre sonst durchgedreht.
Ich erlebte zum ersten Mal, was es heißt, gute Freunde zu haben – Blut ist nicht immer dicker als Wasser.
Weit nach Mitternacht brachen wir nach Hause auf. Tim musste nach Hause, er hatte am nächsten Morgen Frühdienst. Fabian wollte Urlaub nehmen, so wie Dorothea, und so brachten die beiden Michelle, Joanna und mich nach Hause.
Wir mussten Familie und Freunde von Barteks Tod informieren.
Doch zuerst brachte Dorothea die Mädels ins Bett. Sie waren beide völlig erschöpft, standen noch unter Schock, waren fertig und müde.
Danach besprachen wir drei bei zwei Flaschen Wein, die wir jetzt brauchten, das weitere Vorgehen für den kommenden Tag, wobei Dorothea und Fabian die Aufgaben unter sich aufteilten, da ich nicht wirklich zurechnungsfähig war. Auch sollte Fabian schnellstmöglich die Vormundschaft für Joanna übernehmen (sie war ja noch nicht volljährig und das deutsche Recht sieht vor, dass bei Kindern von

Eltern verschiedener Staatsangehörigkeiten ein zweiter Vormund nötig ist), bevor sich das Jugendamt einschaltete. Ach, es war so viel zu erledigen, ich wusste nicht, wo mir der Kopf stand.

Beerdigung, der andere Kram. Ich wollte nur noch schlafen und am besten nie wieder aufwachen oder wieder aufwachen und feststellen, dass es nur ein böser Traum gewesen war.

Alle Leute, die ich in dieser Nacht anrief, waren erschüttert und fassungslos, traurig. Alle boten mir ihre Hilfe an.

Ja klar. Alle! Ha Ha! Wie weit die Hilfsbereitschaft und der Zusammenhalt tatsächlich gingen, sollte sich später herausstellen.

Am nächsten Morgen suchte Dorothea mit Michelle zusammen ein Bestattungsunternehmen aus und vereinbarte für nachmittags einen Termin zur Besprechung.

Als Nächstes beantragten wir auf der Gemeinde Witwen- und Waisenrente (ich selbst wäre gar nicht auf die Idee gekommen).

Dann nochmals ins Krankenhaus. Dr. Flicker wollte dringend mit uns sprechen und bat um Erlaubnis, eine Obduktion zur genauen Abklärung der Todesursache durchführen zu können. Diese Erlaubnis konnten und wollten wir allerdings nicht geben, da dies nicht Barteks Willen entsprach. Auch bestand ich darauf, dass umgehend noch Blut für eine DNS-Analyse abgenommen und nach Freiburg geschickt werden sollte. Schließlich musste ich wissen, ob dieses Kind nun von Bartek war oder nicht, damit ich mein Versprechen ihm gegenüber für sein Kind zu sorgen, einlösen konnte.

Dr. Flicker und ich kamen überein, dass er mir den genauen Bericht der Biopsie sobald als möglich zustellen sollte.

Da ich die Obduktion ablehnte, würde als Todesursache multiples Organversagen angegeben werden. Das war ja auch in Ordnung. Was hätte man denn auch sonst bei dieser Krankheit schreiben sollen? Wir wussten ja, dass Bartek unheilbar krank war.

Was stand noch auf dem Programm?
Friedhof, Pfarrer.
Friedhof ja, Pfarrer nein.
Trotzdem braucht man einen Termin beim Pfarrer, um die Beisetzung zu besprechen. Mittelgroße Aktion, denn Bartek war kein praktizierender Katholik gewesen und hatte keine kirchliche Beerdigung und auch keine Messe haben wollen. Also kam nur eine christliche Beerdigung in Frage, die die Kinder und ich selbst gestalten wollten, genau so, wie es Bartek gefallen hätte. Dass sein Geschmack nicht unbedingt der Gleiche war wie der von seiner polnischen Familie, war mir relativ egal. Es ging nur um ihn.
Wir kamen mit dem Pfarrer, der übrigens sehr nett war, überein die Beerdigung auf den Donnerstag der kommenden Woche zu legen, sobald die Freigabe der Leiche erfolgt war und das Bestattungsunternehmen es möglich machen könnte.
Als Nächstes fuhren Dorothea, Michelle und ich zum Bestattungsinstitut, um dort die Formalitäten zu erledigen. Joanna wollte zu Hause bleiben, ihr Freund Carsten war gekommen und kümmerte sich rührend um sie.
Wir suchten den Sarg aus, besprachen die Todesanzeige, auch diese gestalteten wir selbst und nahmen den Refrain von „My heart will go on“ als Beitext für die Anzeige. Wir wollten alles so individuell wie möglich. Bartek war

schließlich auch ein außergewöhnlicher Mensch gewesen und hatte eine außergewöhnliche Beerdigung verdient. Das Bestattungsunternehmen war auch dazu bereit, uns bei unseren Ideen behilflich zu sein.
Michelles Freunde Ronny und Ted wollten die musikalische Untermalung während der Beisetzung übernehmen und Barteks Lieblingsmusik zusammenstellen. Wir entschieden uns für ein Medley von ABBA und am Grab sollte Eric Claptons „Tears in Heaven" sowie Celine Dions „My Heart will go on" gespielt werden.
Mein Schwager Herbert und Fabian wollten jeder eine kleine Rede vorbereiten, anstatt einer Ansprache eines Pfarrers.
Wir planten eine – wenn man das in diesem Zusammenhang sagen kann – schöne Beerdigung für unseren Bartek.
Auch baten wir unsere Verwandten und Freunde, nicht in Trauerkleidung zu erscheinen, da Bartek dies gehasst hatte.

Trotz all dieses Trubels des ersten Tages nach Barteks Tod nahm ich mir noch die Zeit, in unser Haus zu fahren, ein paar Sachen wie den Papierkram, Kalender und so weiter. durchzuschauen und bei den Nachbarn Ruth und Karl Reimer vorbeizugehen, um noch einiges zu besprechen. Ich wollte hauptsächlich von Karl wissen, welche Medikamente er Bartek noch verschrieben hatte und wie seine Verfassung gewesen war, wenn ich nicht bei ihm war. Beide waren sehr lieb und verständnisvoll und boten mir und den Kindern jede mögliche Hilfe und Unterstützung an.
Gegen Abend kehrte ich wieder nach Hause zurück. Ich erfuhr, dass Dorothea am nächsten Tag wieder nach

Heidelberg zurück müsse, da sie ein dringendes Seminar als Französischlehrerin zu halten hatte, welches sie nicht absagen konnte. Sie hätte aber als Hilfe und Unterstützung meine Nichte Julia geordert, die am nächsten Vormittag kommen sollte. Keiner meiner Familie wollte die Kinder und mich jetzt alleine wissen. Dankbar nahm ich diese Hilfe auch an. Wir würden sie brauchen können. Wie sehr, konnte ich allerdings noch nicht ahnen.

Um meine Schwiegermutter sollte ich mich auch noch kümmern. Zwar hatte Marek es übernommen, sie von Barteks Tod in Kenntnis zu setzen, doch ich wollte noch selber mit ihr sprechen und mit ihr den Ablauf der Beerdigung durchgehen. Natürlich war klar, dass sie kommen würde, auch wollte ich ihr anbieten, bei uns zu Hause zu übernachten. Schließlich war sie Barteks Mutter und sein Tod war mit Sicherheit eine niederschmetternde Nachricht für sie.

Bei diesem Telefongespräch bekam ich den nächsten schweren Schlag unter die Gürtellinie.

Ja, sie werde kommen, aber „Uschi" käme auch mit und sie wolle alleine mit ihr an Barteks Grab stehen. Ich hätte da nichts mehr zu suchen.

Hallo? Hab ich richtig gehört? Bin ich schon wieder im falschen Film und keiner sagt's mir? Die „Russen-Uschi" und meine Schwiegermutter allein am Grab? Geht's noch? Und was ist mit meinen beiden Kindern? Sind die etwa nicht von Bartek?

Ich konnte nicht glauben, was ich da hörte. Schon, dass die „Russen-Uschi" mitkommen wollte, schlug dem Fass den Boden aus. Und auch noch am Grab! Ja, hatte diese Frau denn überhaupt keinen Anstand? Kein Taktgefühl? Keine Achtung vor meinen, Barteks, Kindern?

Ich bettelte meine Schwiegermutter an, diese Frau in Polen zu lassen, das könne man meinen Kindern nicht antun. No Chance. Sie blieb hart.
Ans Grab gehörten sie und die Uschi. Schließlich sei diese Barteks neue Frau gewesen – *haste da Töne? Wir waren doch gar nicht geschieden! Oder hatte ich schon wieder was verpasst?* – und Mutter seiner Tochter.
Dass ich in den Augen meiner Schwiegermutter nichts wert war, das war mir immer bewusst und belastete mich nicht weiter, aber Michelle und Joanna? Ihre ältesten, leiblichen Enkelkinder? Die waren auch nichts mehr wert? Ich versuchte ihr nochmals klar zu machen, dass es so gut wie unmöglich sei, dass Bartek tatsächlich der Vater dieses Kindes war, doch das interessierte meine Schwiegermutter so viel wie der sprichwörtliche Sack Reis. Sie blieb weiterhin dabei, mit „Uschi" kommen zu wollen. Und ich untersagte ihr nochmals, sie mitzubringen. Damit war dieses Gespräch zu Ende. Punkt.
Dass dieses Telefongespräch für ein mittelschweres Erdbeben in Polen sorgte, konnte ich natürlich nicht ahnen. Michelle und Joanna flippten aus und verbaten sich diesen Besuch auf der Beerdigung. Auch bei uns war somit ein kleiner Vulkanausbruch vorprogrammiert. Ich ertränkte meinen Frust zusammen mit Dorothea in einer Flasche Wein und ging erst mal schlafen.

Am nächsten Morgen rief recht früh Horst Schneider, ein guter Freund von mir, an und ermahnte mich eindringlich, sicherheitshalber umgehend einen Anwalt einzuschalten, damit mit dem Erbe alles offiziell geregelt werden könnte und ich mich nicht mit den Behörden rumärgern müsste. Er hätte auch schon mit einem ihm bekannten Anwalt

Kontakt aufgenommen und ich könnte gleich am Montag einen Termin bekommen.
Naja, eigentlich fand ich das nicht nötig, warum auch, es würde sicher alles glatt gehen, aber ich versprach, den Termin wahrzunehmen.
Nachdem meine Nichte Julia eintraf, musste Dorothea auch schon los. Sie wollte aber zur Beerdigung wiederkommen.
Mit Julia besprach ich nochmals das gestrige Telefongespräch mit meiner Schwiegermutter und fragte sie um Rat und ihre Meinung. Auch sie war entsetzt; „Uschi" gehörte sicher nicht in die erste Reihe am Grab.
Ich beschloss, Barteks Kusine Brigitta, mit der ich mich ja immer gut verstanden hatte, anzurufen, um sie um Hilfe zu bitten. Auch sie war meiner Meinung und versprach, umgehend mit meiner Schwiegermutter zu reden.
So, der nächste Anruf aus Polen brachte mein Gleichgewicht dann weiter zum Wanken. Ein Geschäftsfreund von Bartek beschimpfte mich aufs Übelste und bedrohte mich, sollte ich mich weiter gegen „Uschis" Teilnahme an der Beerdigung aussprechen, würde ich „mein blaues Wunder erleben und es würde etwas Schlimmes passieren. Zu einer Beerdigung könne kommen, wer will".
Brigitta rief als nächste an, um mir mitzuteilen, dass meine Schwiegermutter nicht bereit war meinem Wunsch zu entsprechen und „Uschi" in Polen zu lassen.
Meine Kinder drehten fast durch, ich stand kurz vor der Explosion, wir hatten gerade unseren Mann und Vater verloren, doch das schien niemanden zu interessieren; keiner fragte nach, wie es meinen Kindern ging oder sprach mir sein Beileid aus.
Weitere Telefonanrufe folgten, ausnahmslos polnische Freunde von Bartek, die einerseits Infos über die Beerdi-

gung wollten, andererseits mir unmissverständlich klar machten, dass ich mich nicht gegen diese Frau zu stellen hätte. Ich hätte die Konsequenzen (welche?) zu tragen, wenn ich mich weiterhin so stur stellen würde.
Ich dachte, mich tritt ein Pferd! Ich wurde doch tatsächlich bedroht! So langsam bekam ich es mit der Angst zu tun. Julia hatte alle Hände voll zu tun, um uns zu beruhigen, allerdings hatte auch sie langsam, aber sicher die Schnauze von dieser Bagage voll.
Ich rief bei der Polizei an und bat um Rat und Hilfe. Tja, sie konnten mir aber auch nicht helfen, sie würden erst einschreiten, wenn etwas passiert war. Außerdem versuchten sie mich zu beruhigen, es würde sicher nicht so schlimm werden. Danke fürs Gespräch.
Wir beschlossen, erst mal zu McDonald‘s zum Essen zu fahren und uns ein bisschen abzureagieren.
Kaum wieder zu Hause angekommen, klingelte mein Handy. Die „Russen-Uschi“. Was wollte die denn? Zuerst beschimpfte sie mich auf das Übelste – langsam gewöhnte ich mich daran. Ich hätte Bartek nie geliebt, hätte ihn nur ausgenutzt, ihm das Leben zur Hölle gemacht, er hätte mich nur noch gehasst. Im Übrigen könne ich ihr nicht verbieten, zur Beerdigung zu kommen, sie sei schließlich seine Frau, ich sei von ihm geschieden – *ha, ich hab schon wieder was verpasst oder bin ich jetzt total verblödet?* – und sie sei die Mutter seiner Tochter und hätte alle Rechte und ich keine. Sie würde starke Männer mitbringen und ich würde dann schon sehen, was passiert.
Ich dachte, ich würde nicht richtig hören. Als ich endlich mal zu Wort kam, machte ich sie darauf aufmerksam, dass ich mit Bartek noch immer verheiratet gewesen war und dass begründete Zweifel an seiner Vaterschaft bestünden.

Sie möge doch bitte einem Vaterschaftstest zustimmen, Material für eine DNS-Analyse sei vorhanden. Sie wurde hysterisch, beschimpfte mich als Lügnerin, einem solchen Test würde sie niemals zustimmen, sie wüsste schließlich genau, dass Bartek der Vater sei. Ich appellierte an ihre Vernunft und bat um Respekt und Achtung vor Barteks und meinen Kindern. Sie könne ja nach der Beerdigung zum Grab gehen, damit die Kinder sie nicht sehen müssten, schlug ich vor.
Ihre Antwort lautete, ob ich denn sicher sei, dass meine Kinder von Bartek seien.
Liebe Leute, dieses Telefongespräch fand wirklich statt; mit diesem Wortlaut! So was vergisst man nicht!

Zum ersten Mal in meinem Leben schmiss ich Gläser an die Wand. Michelle, Joanna und Julia hatten dieses Gespräch nur teilweise mitbekommen und waren entsetzt. Besonders viel ist uns in diesem Moment nicht eingefallen. Schließlich war es Julia, die als Erste ihre Sprache wieder fand. Sie beschloss, zusammen mit Michelle eine Security-Firma anzurufen, um Personenschutz zu engagieren. Noch für den gleichen Nachmittag bekamen sie einen Termin. Ja, die haben sogar am Wochenende geöffnet! Es ist absolut lächerlich und surreal, für eine Beerdigung eine Security-Firma zu engagieren, aber was sollten wir machen? Wir hatten Angst!
Die beiden kamen zurück und konnten zufrieden berichten, die Firma engagiert zu haben. Dort war man zwar etwas verwundert, für eine Beerdigung bestellt zu werden, aber man würde sämtliche Friedhofseingänge bewachen und versuchen, dieser Frau den Zutritt zu verweigern.
Ich kam nicht zur Ruhe.

Fabian und Tim, die ich von all dem Theater unterrichtete, waren einfach nur fassungslos.
Ein paar Stunden später rief die Polizei bei uns an. Die Security-Firma habe sie informiert und sie wollten wissen, ob für die Beerdigung ein Bombenattentat von Seiten der Polen zu erwarten sei. Fast wäre ich tot umgefallen.
„Nein, ich will nur in Ruhe und Frieden meinen Mann beerdigen."

Montags hatte ich den Termin beim Anwalt. Fabian begleitete mich, auch, um die Vormundschaft für Joanna abzuklären. Der Anwalt entpuppte sich als sehr untypischer Anwalt: sehr nett, halblange graue Haare, Gauloise ohne Filter rauchend und literweise Kaffee trinkend. Er versprach, sich um die Erbschaftsangelegenheiten und die Vormundschaft für Joanna zu kümmern. Das seltsame Geschehen um die Beisetzung erfüllte auch ihn mit Fassungslosigkeit, wobei ich glaube, dass er mich für etwas durchgeknallt und verrückt hielt. So was hätte er ja noch nie gehört.
Ich doch auch nicht.
Nachmittags rief Marek wieder an und wollte den genauen Ablauf für die Beerdigung und auch die Uhrzeit wissen. Ich teilte ihm mit, dass die Uhrzeit auf 14.30 angesetzt sei und dass keine Messe stattfinden würde. Natürlich gab es wieder ein Erdbeben in Polen und die obligatorischen Anrufe, wie böse ich doch sei, das könne ich meiner Schwiegermutter nicht antun. Außerdem sei Bartek katholisch und eine Messe gehöre dazu. Mich fragte mal wieder keiner und auch Barteks Wille interessiert niemanden.
Ihr könnt mich alle mal.

Donnerstagmorgen, der Horrortag bricht an.
So nach und nach kamen meine Freunde und meine Familie von außerhalb angereist. Dorothea mit meiner Nichte Katja, mein Schwager Herbert, Andy und Lisa.. Andy war völlig aufgelöst, schließlich war Bartek einer seiner besten Freunde. Alle anderen wollten direkt zum Friedhof kommen.
Es war so etwa 12.00 Uhr. Marek rief an und bat mich, die Beerdigung um etwa eine Stunde zu verschieben, der Bus mit den Arbeitskollegen und der Familie aus Polen stehe im Stau und könnte wahrscheinlich nicht pünktlich sein. *Bus?* Und außerdem wolle meine Schwiegermutter ihren Sohn noch einmal sehen. Naja, die Beerdigung war Anfang Juni, es war glühend heiß, Bartek seit einer Woche tot, in der Leichenhalle, in der er „zwischengelagert" war, war die Klimaanlage defekt. Ich glaube, jeder kann verstehen, dass ich den Sarg sofort verschließen ließ, so ein Anblick ist nicht wirklich sehenswert. Ha, wieder ein Minuspunkt für mich. Nein, eine Beerdigung kann man nicht verschieben! Hätte ich das mal bloß getan!
Joanna und Carsten waren schon vorher zusammen mit Michelle, Ronny und Ted zum Friedhof gefahren, um die Musikanlage für unsere kleine Trauerfeier vorzubereiten. Mit der restlichen Familie und allen anderen, die sich bei uns eingefunden hatten, gingen wir gegen 13.45 Uhr los.
Ich war ein bisschen erleichtert, hoffte ich doch, dass der Bus mit den ganzen Polen nicht rechtzeitig eintreffen würde und sich somit einige Probleme in Luft auflösen würden.
Meine Güte, so viele Freunde und „Freunde" und Arbeitskollegen aus der Schweiz waren da. Alle kondolierten mir, nahmen mich in den Arm und sprachen mir Trost zu. Meine „beste Freundin" (wie ich einmal gedacht hatte) Christiane

kam nicht, hatte nach Barteks Tod nie angerufen; ich habe nie wieder etwas von ihr gehört.
Natürlich waren auch Ruth und Karl da, der gesamte Polen-Clan aus der Schweiz, Tim und Fabian mit ihren Frauen, eigentlich alle unsere besten Freunde.
Es versprach, eine friedliche Trauerfeier zu werden. Alles war sehr schön vorbereitet, die Musik von ABBA rührte die meisten zu Tränen und Joanna fiel das erste Mal in Ohnmacht.
Plötzlich, mein Blick ging nach links, rechts von mir stand Herbert, und da sah ich die polnische Familie, angeführt von meiner Schwiegermutter und der „Russen-Uschi", im Schnellschritt auf uns alle zustürmen. Die Damen in Schwarz und tiefverschleiert oder mit Sonnenbrille. Ich dachte, ich sehe nicht richtig. *Hollywood lässt grüßen*
Herbert gab den Sargträgern ein Zeichen, schnellstmöglich zum Grab zu gehen, und ich glaube, Fabian informierte die Security-Leute, dass die Polen über einen unbewachten Friedhofseingang gekommen waren.

Dann ging alles auf einmal sehr schnell.
Im Dauerlauf ging es zum Grab, die Security hielt „Uschi" zurück und forderte sie auf, die Trauerfeier nicht zu stören. Diese wurde hysterisch, fing an zu schreien und zu toben. Die gesamte polnische Sippe, Familie und Geschäftsleute sowie Karl und Ruth – unsere lieben Nachbarn! – fingen an zu schimpfen. Es kam zu einem Handgemenge, die Polizei wurde gerufen.
Kein Witz! Das ist wirklich passiert!
Am Grab war es zunächst halbwegs ruhig und Bartek wurde ins Grab gelassen. Meine Familie und unsere Freunde standen uns bei.

Wie und was genau dann geschah, ich weiß es nicht mehr so richtig. Blackout, Schock, Trauer, Schmerz, Wut.
Nachdem wir mit unserem Zeremoniell fertig waren, ließ die Polizei dann den Rest der aufgebrachten Sippe ans Grab.
Meine Schwiegermutter, Ruth, Tamara und noch ein paar andere polnische Frauen stürzten sich auf Michelle und schrien auf sie ein: „Du hast deinen Vater doch nie geliebt, du hast nur sein Geld geliebt, du verdienst es nicht, hier zu sein, du solltest dich schämen, du bist schuld an seinem Tod."
Ich glaube, wir standen alle da wie Lots Frau.
Dann gingen Katja, Ronny und Ted dazwischen, sie hatten als Erste die Fassung wieder gewonnen und wollten Michelle, die immer noch total versteinert war, wegziehen. Sie bekamen dann auch erst noch mal ihr Fett weg; die hysterischen Weiber gingen auch auf die drei los und beschimpften sie ebenfalls als „freche, unerzogene Kinder" und „Ihr seid eine Schande für Deutschland".
Als Nächstes folgte eine weitere oscarreife Darbietung von „Uschi" und meiner Schwiegermutter: Beide warfen sich bäuchlings vor das offene Grab und schrien und heulten, was das Zeug hielt.
Von Barteks Bruder Kuba wurde ich dann als „Mörderin" und „Hure" beschimpft.
Wohlgemerkt, liebe Leute, wir befanden uns auf einer Beerdigung, das Grab war noch offen!
Warum passierte das alles? Was hatten wir, was hatte meine Michelle getan, dass sich „Freunde" wie Ruth und andere auf meine Tochter stürzten?
Meine Familie nahm mich in den Arm und brachte mich erst mal weg. Unsere Freunde, Tim, Fabian, Andy, Martina

und Tommy mit Ehepartnern, Ronny, Ted und Carsten, sowie einige gute, ehemalige Arbeitskollegen von Bartek verließen unter Schock den Friedhof.
Wir trafen uns in Barteks und meinem Lieblingsrestaurant, einer kleinen Kneipe, wo ich für den „Leichenschmaus" reserviert hatte. Die meisten waren immer noch sprachlos. Was wir gerade erlebt hatten, konnte doch nicht wahr sein. Eine Weile saßen wir noch zusammen, Hunger hatte keiner so recht, dann brachen die Ersten auch schon auf, denn einige hatten doch noch eine recht lange Heimfahrt. Traurig nahmen wir voneinander Abschied. Herbert wollte als „Babysitter" noch für eine Woche bei uns bleiben.
Zwischenzeitlich waren Joanna und Carsten zu Barteks Haus gefahren, um von der Tochter von Ruth und Karl den Ersatzschlüssel für Barteks Haus zurückzufordern. Da hatten die zwei wohl für alles, was später noch passierte, den richtigen Riecher.
Den Rest des Nachmittages verbrachten wir zuerst bei mir zu Hause. Wir, das waren Herbert, Michelle, Joanna, Fabian, Ronny, Carsten, Tommy, Gisela und ich. So gegen Abend beschloss Herbert, uns alle zum Essen in das dem Friedhof nahe Restaurant einzuladen. Kaum einer von uns hatte an diesem Tag irgendwelche Nahrungsmittel zu sich genommen, beim „Leichenschmaus" hatten wir noch zu sehr unter den Nachwirkungen der Beerdigung gestanden, sodass sich doch langsam ein „kleines Hungerchen" eingestellt hatte. Dankend nahmen wir Herberts Angebot an. Anschließend wollten wir dann nochmals gemeinsam zu Barteks Grab gehen, um unsere geplante Zeremonie mit Musik und den Abschied in Ruhe nachzuholen.

Mach nie Pläne ohne deine Feinde!

Kaum waren wir dort angelangt, mussten wir feststellen, dass die polnische Sippe leider doch nicht vom Blitz getroffen worden war. Die gesammelte Mannschaft kam an.
Diesmal wurden Michelle und Ronny zu Werwölfen. Sie versperrten der „Russen-Uschi" den Weg zum Grab und diese traute sich auch keinen Schritt von der Stelle. Ich wollte mit Joanna allein am Grab sein.
Doch dann kam meine Schwiegermutter wie eine Furie auf mich gestürzt, beschimpfte mich mit Ausdrücken, die ich noch nie in meinem Leben gehört hatte (obwohl ich recht gut Polnisch verstand und mir die meisten Schimpfwörter geläufig waren). Nachdem ich meine Geistesgegenwart wieder gefunden hatte, beendete ich ihre Hasstirade mit sämtlichen Schimpfwörtern, die mir gerade auf Polnisch einfielen. Übersetzt auf Deutsch: „Du zeternde alte Hexe, fahr zum Teufel!" Sicher auch nicht die feine, englische Art; und das auf einem Friedhof, aber ich war am Ende, hatte keine Kraft und keine Nerven mehr.
Und so ging ein weiterer „beschissenster Tag in meinem Leben" zu Ende.

Doch das Ende lag in weiter Ferne!

11. Kein Ende in Sicht

Meinen ersten Nervenzusammenbruch hatte ich zwei Tage nach dieser skandalösen Beerdigung. Mein Schwager Herbert und ich fuhren ins Krankenhaus, um mit dem Chefanästhesisten nochmals ein Gespräch zu führen und um die enorme Menge an starken Medikamenten, die ich in Barteks Haus versteckt gefunden hatte, zu entsorgen.
Danach bekam ich eine Panikattacke und landete in der Notaufnahme. Ich ließ mich mit Diazepam auf den Boden der Tatsachen zurückholen und entließ mich anschließend selbst aus dem Krankenhaus.
Jetzt war keine Zeit zum Umfallen.
Joanna und Carsten hatten mittlerweile auch das Türschloss von Barteks Haus ausgewechselt, wir wussten ja nicht, wer alles einen Schlüssel hatte, damit ich irgendwann in aller Ruhe die Papiere durchsehen und wichtige Dokumente würde mitnehmen können. Auch musste ich mir Gedanken machen, was mit dem Haus passieren sollte, das zu 100% mit Hypotheken belastet war. Ich würde es mir nicht leisten können, diese abzubezahlen. Davon abgesehen war es natürlich nach diesem Desaster mit Ruth auf der Beerdigung absolut unmöglich, dort wieder mit den Kindern zu leben.
Ein paar Tage später, Herbert war mittlerweile wieder abgereist, fühlte ich mich endlich in der Lage, zusammen mit den Kindern ins Haus zu fahren, um mit den fälligen Arbeiten zu beginnen.
Dort angekommen, traf uns der nächste Schlag: es hatte ein Einbruch stattgefunden.
Die Garage, stets gut verschlossen, stand halb auf und war leergeräumt. Bartek pflegte dort Material aufzubewahren,

welches er für sein Exportgeschäft mit Polen benötigte. Alles war weg.
Auch das neue Haustürschloss wies deutliche Einbruchsspuren auf.
Im Haus selber war auf dem ersten Blick allerdings kaum etwas von einem Einbruch zu sehen. Bei genauerem Hinsehen konnte ich jedoch feststellen, dass neben Barteks Agenda, in der er sehr viele Informationen über seine Geschäftspartner festgehalten hatte, wichtige Papiere verschwunden waren, z. B. zu bezahlende Rechnungen und Unterlagen, die eventuell belastend sein könnten.
Also führte mich mein nächster Weg zur Polizei, um Anzeige zu erstatten. Natürlich war mein Name dort schon bekannt, man nahm meine Aussage zu Protokoll, jedoch machte man mir keine Hoffnung, diesen Diebstahl aufklären zu können. Ich wusste zwar, wer dahinter steckte, konnte dies aber nicht beweisen. Naja, immerhin hatte ich bei meinem ersten Besuch geistesgegenwärtig einige Kopien dieser Unterlagen an mich genommen.
Wieder so ein aufregender Tag, ich wollte jetzt nur noch nach Hause und meine Ruhe haben.
Dort wartete die nächste Überraschung auf mich: ein Brief vom Anwalt meiner Schwiegermutter und „Uschi“, die doch tatsächlich die Geschmacklosigkeit besessen hatten, unmittelbar nach der Beerdigung einen Anwalt aufzusuchen. Man glaubt es nicht, aber „Russen-Uschi“ wollte Witwenrente beantragen und ich sollte ihr mitteilen, an welcher Stelle in der Schweiz sie dies zu tun hätte! Außerdem beantragte sie die Auszahlung von Barteks Lebensversicherung. (Wir beide hatten bei Michelles Geburt jeweils eine solche auf gegenseitiges Ableben abgeschlossen, mit dem Ehepartner als Begünstigten).

Als Krönung stellte sie auch noch gemeinsam mit meiner Schwiegermutter sämtliche Erbansprüche!
Haste da noch Töne?
Also wieder zu meinem Anwalt. Dieser beruhigte mich zwar, er würde sich um alles kümmern und ich hätte nichts zu befürchten. Schließlich könne man nur als verheiratete Frau Witwenrente beantragen und mit der Lebensversicherung verhielt es sich ähnlich. Allerdings sollte ich mir über das Erbe Gedanken machen und gemeinsam mit den Kindern ein Ausschlagen des Erbes in Betracht ziehen. Aufgrund der Unterlagen, die ich ihm bereits zur Verfügung gestellt hatte, sei eine große Überschuldung zu erwarten. Jahrelang keine bezahlten Steuern in der Schweiz, ein hoch belastetes Haus, nur Miese auf dem Konto, wir würden nur einen Schuldenberg erben. Allerdings wäre diese Tochter in Polen auch erbberechtigt und würde bei Annahme ihres Erbteils ebenfalls die Schulden tragen müssen.
Ich wollte darüber mit Fabian und den Kindern sprechen, um eine gemeinsame Entscheidung zu treffen.
Bei diesem Anwaltstermin, zu dem Michelle mich begleitete, brachte sie natürlich auch das Verhalten der polnischen Verwandtschaft und der Nachbarin auf der Beerdigung zu Sprache. Nach einigen Diskussionen entschied sie sich, Anzeige wegen übler Nachrede, Beleidigung und Störung der Friedhofsruhe zu erstatten. Es kam zwar schlussendlich nicht allzu viel dabei raus, aber sie sorgte für enormen Wirbel in unserem kleinen Städtchen, hatte sie doch die Frau eines der bekanntesten Ärzte angezeigt.
Aber dafür hatte sie für sich selbst ein klein wenig Genugtuung erhalten.

Ich vergaß noch zu erwähnen, dass ich am Abend nach der Beerdigung noch von einigen „guten Freunden und Geschäftspartnern“ Barteks angesprochen wurde, um einige „wichtige geschäftliche Dinge“ zu besprechen – einigen ging wohl „der Arsch auf Grundeis“, denn so manche „Geschäfte“ waren am Rande der Legalität gelaufen. Ich lehnte diese Gespräche entrüstet ab, damit wollte ich nichts zu tun haben. Doch diese Leute gaben keine Ruhe und bombardierten mich am Telefon mit Beschimpfungen und Drohungen, sodass Herbert recht schnell mein Telefon sperren und mir eine Geheimnummer geben ließ.
Auch hier schalteten wir die Polizei ein, die jedoch nichts tun konnte, solange keine „Straftat“ vorlag.

Die Tage zogen ins Land, ich musste wieder arbeiten gehen und hoffte, endlich mit den Kindern Ruhe zu finden und unsere Trauer zu bewältigen. Während all dieser Zeit, Wochen und Monate, standen uns immer, zu jeder Tages-und Nachtzeit unsere Freunde, vier Ehepaare zur Seite: Tim mit Stefanie, Fabian mit Marianne, Martina mit Christian und Tommy mit Gisela. Wann immer wir Hilfe brauchten, waren sie da.
Wasser ist dicker als Blut!

Der Anruf der Gemeinde kam morgens.
Man teilte mir mit, dass meine Schwiegermutter die Überführung von Barteks Leiche in ein Grab nach Polen beantragt hätte. Was ich dazu zu sagen hätte. Mal wieder hatte ich das Gefühl, mir zöge jemand den Boden unter den Füßen fort. Allerdings informierte man mich auch darüber, dass nur ich als Witwe über das Grab zu bestim-

men hätte und in Deutschland könne mir keiner dieses Recht nehmen. Das hätte man auch bereits dem Anwalt meiner Schwiegermutter mitgeteilt. Es war ganz klar, dass wir einer solchen Überführung nie und nimmer zustimmen würden, das sagte ich dann auch und eigentlich hatte dieses Thema damit auch erledigt sein sollen. Und doch hatten wir weiterhin Angst, dass irgendjemand von diesen Idioten irgendwann in einer Nacht-und-Nebel-Aktion Barteks Leiche klauen könnte.
Wir drei erwogen tatsächlich, aus Angst am Grab Nachtwache zu halten. Ja, so verstört waren wir.

Joannas 17. Geburtstag nahte. Um ihr eine besondere Freude zu machen, lud ich all unsere guten Freunde, außerdem noch Dorothea mit Katja und Julia ein. Es sollte eine richtige Geburtstagsparty werden. Für einen Tag sollte meine Kleine mal diesen ganzen Stress vergessen und glücklich sein.
Wir alle saßen gemütlich zusammen, da passierte es: Eine SMS kam auf Joannas Handy. Eigentlich nichts Besonderes, alle möglichen Freunde von Jo schrieben ihr an diesem Tag. Doch diese SMS war etwas Besonderes: „Alles Liebe und Gute zum Geburtstag wünscht dir dein Dady“ (Barteks Schreibweise von „Daddy“). Mit seiner Handynummer als Absender, obwohl das Handy mittlerweile in meinem Besitz war. Diese Geschmacklosigkeit war nicht mehr zu überbieten und jeder kann sich vorstellen, wie ein Kind darauf reagiert.
Wir alle waren mehr als fassungslos und konnten die Kleine kaum mehr beruhigen.

Wann würde dieser Horror endlich zu Ende sein?

Jedes Mal, wenn wir zum Friedhof gingen, wurden wir von neuen Schandtaten überrascht. Das Grab war verwüstet, die von Christian (er war Gärtner) liebevoll dekorierten Blumen zerstört, Vasen und andere Dekoartikel wieder und wieder kaputt gemacht.
Es hagelte Beschwerden seitens der anderen Friedhofsbesucher auf der Gemeinde und bei mir. Doch wir konnten nichts tun. Wieder ging ich zur Polizei, zum Anwalt, doch ohne jemanden „in flagranti" zu erwischen, waren allen die Hände gebunden.

Die Kinder und ich befolgten den Rat unseres Anwaltes und schlugen das Erbe aus. Es waren ja nur Schulden da und die konnten wir nicht brauchen. Ich wusste zwar, dass irgendwo noch jede Menge Geld sein musste, doch lag die Vermutung nahe, dass dieses sicher in Polen lag. Und dorthin hat selbst die deutsche Justiz keinen Zugriff. Also, alles war weg. Alles, wofür Bartek gearbeitet hatte, für seine Familie, seine Kinder, weg.
Unsere Erbausschlagung sorgte für einige Aufregung in Polen, besonders bei der „Russen-Uschi", die ihrerseits Unterschlagungen meinerseits vermutete und Anzeige gegen mich erstattete. Wieder Ärger mit der Polizei und dieses Mal auch mit der Staatsanwaltschaft, die mir mit Hausdurchsuchung drohte. Ich könnte heute noch meinem Anwalt die Füße küssen, dass er mich und die Kinder aus dem ganzen Mist rausboxen konnte.
Doch die Sippe ließ nicht locker. Ständig stand einer von denen vor der Tür, bedrohte uns oder wollte dringend mit uns sprechen. Selbst eine einstweilige Verfügung, mit uns keinen Kontakt aufzunehmen, ließ sie nicht von Besuchen abhalten.

Wenn ich Nachtschicht hatte, stand Fabian in Alarmbereitschaft, um nötigenfalls schnellstmöglich bei den Kindern zu sein und sie zu schützen.

Im Herbst entschlossen wir drei uns, spontan ein paar Tage in Urlaub zu fliegen, Mallorca sollte es sein. Den Kopf freibekommen, abschalten, raus, was anderes sehen, neue Kraft tanken. Fünf Tage Sommer, Sonne, Strand, Ballermann. Das brauchten wir und wir genossen es.

Wir waren noch nicht richtig wieder daheim, kam schon die nächste Hiobsbotschaft. Man teilte uns formlos mit, dass mein Schwiegervater in Polen verstorben sei. Warum und woran er verstorben war, das bekamen wir natürlich nicht mitgeteilt. Somit hatten meine Kinder innerhalb von nur fünf Monaten beide Großväter und ihren Vater verloren. Der polnische Opa hatte zwar nicht den gleichen Stellenwert gehabt wie der deutsche, doch er war ein ganz lieber Mann gewesen und wir hatten ihn sehr gemocht. Demzufolge waren wir erschüttert und bedauerten diesen Verlust.

Mittlerweile lag auch der Arztbericht von Dr. Flicker über Barteks Operation vor. Ich telefonierte sofort mit ihm und ließ mich nochmals genau über Barteks Todesursache aufklären. Neben dem multiplen Organversagen hatte man in der vorangegangenen Blasenbiopsie auch die Vorstufe zum Blasenkrebs festgestellt. So oder so hätte Bartek keine 3 Monate mehr gelebt und wäre aufgrund seines niedrigen Thrombozytengehaltes früher oder später verblutet. Ob irgendwer bei der OP einen Fehler gemacht hatte oder nicht, egal.

Im Nachhinein waren wir froh und Gott dankbar, dass wir bei ihm sein durften, als er starb. Er hatte seine Kinder und mich um sich. Genauso gut hätte er zu Hause umfallen können, ohne dass es einer mitbekommen hätte, oder es wäre in Polen passiert. In diesem Fall wäre es sehr unwahrscheinlich gewesen, dass uns überhaupt jemand informiert hätte, geschweige denn, dass wir seine Leiche nach Deutschland hätten überführen können.
Ich fragte Dr. Flicker außerdem nach der Wahrscheinlichkeit, dass Bartek bei diesem Gesundheitszustand ein Kind hätte zeugen können. Er wand sich etwas und meinte, dass dies rein theoretisch möglich gewesen wäre, aber aufgrund der vorliegenden Befunde und der unkontrollierten Medikamenteneinnahmen könne man eine Zeugung mit an Sicherheit grenzender Wahrscheinlichkeit ausschließen.
Mit dieser Aussage setzte ich mich sofort mit meinem Anwalt in Verbindung. Ich wollte unbedingt einen Vaterschaftstest erzwingen, einerseits, um diese „Uschi" in die Knie zu zwingen, andererseits wollten Michelle und Joanna auch wissen, ob sie nun eine Halbschwester hatten oder nicht. Auch dachte ich an das Versprechen, welches ich Bartek gegeben hatte, im Fall einer eindeutigen Vaterschaft für das Kind zu sorgen. Doch nach deutschem Recht war es unter den gegebenen Umständen_nicht möglich, einen Vaterschaftstest zu erzwingen.

Wir drei sind zwar bis heute aufgrund sämtlicher Vorkommnisse der Meinung, das Bartek von dieser Frau betrogen wurde, doch endgültige Sicherheit haben wir nicht. Ich weiß zwar, dass das Kind aus der Schweiz eine Halbwaisenrente bekommt, ob legal oder nicht, aber das ist eigentlich nicht mein Problem.

So langsam aber sicher neigte sich auch dieses Jahr dem Ende zu.

Zum ersten Mal seit vielen Jahren freute ich mich darauf, Weihnachten und Silvester nicht arbeiten zu müssen. Die Kurklinik, in der ich arbeitete, schloss zu dieser Zeit die Pforten und alle Mitarbeiter konnten Urlaub nehmen. Natürlich hatten wir drei Angst vor diesem ersten Weihnachten ohne Bartek und etwas wenig Erfreuliches stand auch noch an.
Bei einer Routinekontrolle wurden bei mir Knoten in der Schilddrüse festgestellt und diese sollten schnellstmöglich entfernt werden. Somit sollte das neue Jahr für mich sofort mit einer Operation beginnen. Doch ich war immer noch optimistisch, schlimmer ging ja gar nicht mehr. *Es wird schon werden!*
So brachten wir dann auch dieses Weihnachtsfest halbwegs gut über die Bühne. Die Traditionen, die Bartek eingeführt hatte, wie Mohnkuchen backen und Piroggi kochen, wollten wir beibehalten – das tun wir noch heute. Auch unsere Freunde, die uns während der Feiertage besuchten und einluden, sorgten dafür, dass dieses Fest nicht allzu traurig für uns wurde. Wir lernten bei einem Essen, zu dem wir Tommy und Gisela eingeladen hatten, dass laut Aussage von Joanna eine Ente vier Schenkel hatte und sie einen davon unbedingt essen wollte.
Silvester wollten Michelle und Joanna bei ihren Freunden verbringen. Zwar hatten beide ein schlechtes Gewissen, wollten sie mich doch nicht alleine lassen, doch ich lehnte sämtliche Einladungen ab und machte ihnen auch klar, dass ich dieses Alleinsein bräuchte. Beide Kinder brauchten diese Ablenkung, sollten endlich mal wieder feiern und

lernen, wieder zu lachen. Ich wollte nur meine Ruhe, um das vergangene Jahr Revue passieren lassen.

Es war, soweit ich mich erinnerte, das erste Silvester, das ich allein verbringen würde. Noch nie war ich allein ins neue Jahr gerutscht. Schon nachmittags machte ich die erste Flasche Wein auf, holte mir Schreibblock und Bleistift und entschloss mich, die vergangenen Jahre zu Papier zu bringen, Tagebuchmäßig, nur für mich. Ich ließ meine Gedanken ziehen, es war so viel zu verarbeiten, mit so vielem fertig zu werden, und ich genoss das Alleinsein. Vielleicht würde es mir gelingen, dieses verdammt beschissene Jahr für mich abzuschließen. Es war das schlimmste Jahr meines Lebens, nein, eigentlich waren es ja die letzten zwei Jahre gewesen, seit diesem schrecklichen Weihnachten, an dem alles begonnen hatte. Und das vergangene Jahr: Alles, was ich so geliebt hatte, hatte ich verloren. Im Frühling meinen Vater, dessen Geburtstag zu seinem Todestag wurde. Im Sommer meinen Mann, die Liebe meines Lebens. Im Herbst meinen Schwiegervater. Meinen geliebten Job in der Onkologie hatte ich verloren. Meinen Bruder hatte ich durch diesen blöden Kleinkrieg verloren. Meine besten Freundin Christiane, von der ich nichts mehr gehört hatte. Michelle und Joanna hatten durch den Tod ihres Vaters auch die ganze polnische Familie durch diesen unendlichen Hass verloren.
Und meine Gesundheit? Naja, die war zu der Zeit auch nicht die beste. Ich wünschte mir so sehr, dass das neue Jahr besser verlaufen und ich diese Operation gut überstehen würde.
Dann könnte es eigentlich nur noch aufwärts gehen. Schlimmer als das, was ich im letzten Jahr erlebt hatte,

konnte es nicht mehr werden, so viel Leid auf einmal, das war mehr als mancher in einem ganzen Leben erleiden muss.

Mitternacht!
Ich prostete mir mit einer Flasche Sekt zu und heulte, was das Zeug hielt. Heulte bis ich leer war und füllte immer wieder mit Sekt auf, bis auch diese Flasche leer war. So halb im Delirium schleppte ich mich schließlich ins Bett und war froh, allein zu sein.

Die Schilddrüsenoperation überstand ich dank eines Schutzengels, ich nenne ihn mal Bartek, und Gottes Hilfe gut. Klar, die ersten Tage waren schlimm, aber dann ging es jeden Tag ein bisschen besser und meine Krankenhausentlassung stand für den nächsten Tag an. Ich freute mich riesig auf meine Mädchen und so hatte also das neue Jahr doch positiv angefangen.
Ich war wieder zu Hause.
Noch ein bisschen klapprig, aber es braucht halt doch ein bisschen Zeit, um eine solche OP zu überstehen.
Doch meine Kinder, besonders Joanna, brauchten mich dringend. Joanna litt unter starkem Liebeskummer und bedurfte meiner absoluten Zuwendung. Sie war ihrem Vater so sehr ähnlich, gern verschlossen und alles in sich hineinfressend, sodass es für mich oft sehr schwierig war, an sie heranzukommen.

Hatte ich geschrieben, das Jahr fing positiv an? Ha, ha.
Ich musste wieder ins Krankenhaus.
Ich fragte mich, wie viel ich noch mitmachen müsste, bis ich sämtliche Sünden meines Lebens abgebüßt hätte. Aber

wahrscheinlich komme ich dann wenigstens gleich in den Himmel und kann das Fegefeuer auslassen.
So etwa eine Woche nach meiner Entlassung aus dem Krankenhaus bekam ich einen „dicken Hals“. Dick, hart, rot und entzündet. Also packte Michelle mich ins Auto, ab zum Arzt, der mich wiederum sofort ins Krankenhaus einwies. Dort behielt man mich nach einer kurzen Untersuchung gleich da und um 15.00 Uhr lag ich erneut auf dem OP-Tisch. Die Narbe wurde erneut eröffnet, denn ich hatte einen dicken Abszess entwickelt, alles wurde ausgeräumt und mit Drainagen bestückt. Aus der Traum von einer schönen Narbe.
Scheiße.
Ich lag in diesem blöden Krankenhausbett, musste den Heilungsprozess abwarten, währenddessen ich mir auch noch Sorgen um meine Kinder machte. Würden sie mein erneutes Kranksein auch gut überstehen?
Man soll die Hoffnung nie aufgeben, redete ich mir gut zu. Alles würde gut werden, keine neuen Komplikationen. Trotzdem pflegte ich zwischendrin meine „depressive Phase“: *Warum immer ich? Warum darf ich nicht auch mal wieder ein bisschen Glück haben?*
Nachdem ich endlich von den Drainagen im Hals befreit worden war, konnte auch meine Entlassung geplant werden. Ich wollte nach Hause.
Und ich hatte es tatsächlich geschafft, ich durfte heim.
Zwar musste die Wunde weiterhin offen bleiben, damit der Abszess weiter abheilen und auch täglich gespült werden konnte, doch das übernahm Tim. Jeden Tag kam er, um mich medizinisch zu versorgen.
Ich war ausgepowert, körperlich und psychisch am Ende. Ich war nicht mehr belastbar, die kleinste Kleinigkeit haute

mich aus den Schuhen. Viel zu viel grübelte ich wieder über Barteks Tod und alles, was drum herum passiert war. Michelle und Joanna redeten auf mich ein und überzeugten mich am Ende dann doch: Ich würde eine Kur beantragen. Ich musste wieder auf die Beine kommen. Gleich beim nächsten Arztbesuch wollte ich das Thema ansprechen.
Doch wie immer, es kam anders.
Richtig, ein paar Tage später musste ich erneut ins Krankenhaus. Trotz Tims guter Pflege wollte der Abszess nicht richtig abheilen. Helau, am Rosenmontag wurde ich zum dritten Mal operiert und wieder durfte ich mit diversen Drainagefläschchen im Hals rumlaufen. Ich hatte die OP zwar recht gut überstanden, doch mein Hals sah mittlerweile aus wie der eines Zombies.
Natürlich machte ich mir langsam auch Gedanken um meinen Job. Seit sechs Wochen war ich nun krank und mein Arbeitsvertrag war nur auf ein Jahr befristet. Fraglich, ob man mich nach dieser langen Krankheitsphase übernehmen würde.
Nach einer Woche wurde das Geschirr aus meinem Hals entfernt und halleluja, ich durfte nach Hause. Und, man kann es kaum glauben, ich musste nicht mehr ins Krankenhaus. Die Narbe sah und sieht bis heute scheiße aus, egal, keine 10 Pferde bringen mich noch mal dazu, so eine OP über mich ergehen zu lassen.
Als Nächstes beantragte mein Arzt eine Kur für mich. Ich wollte dringend körperlich wie auch psychisch wieder fit werden. Auch hatte ich mit meinen Freunden abgeklärt, dass diese abwechselnd als Babysitter für die Mädels fungieren sollten.
Leute, ihr werdet es kaum glauben: Die Kur wurde trotz meiner Vorgeschichte abgelehnt. Es bestünde keine

Notwendigkeit für eine stationäre Kur, war die Begründung der Krankenkasse. Hoch lebe das Gesundheitssystem in Deutschland!
Aber was noch viel schärfer war, mein Arbeitsvertrag wurde nicht verlängert. Ich würde ab Sommer mal wieder ohne Job dastehen. Man gönnt sich ja sonst nix.
Ach, ich hatte ja so die Schnauze voll.
Aber das Leben ging trotzdem weiter. Ich hatte zwei wunderbare Töchter, für die sich das Kämpfen lohnte, die auch dringend ihre Mutter brauchten. Also, Augen zu und durch.
Irgendwann würden auch wir wieder das Licht am Ende dieses Tunnels sehen können. Trotzdem begann ich langsam, aber sicher meinen Trost im vermehrten Alkoholkonsum zu suchen. So eine Flasche jeden Abend trank ich dann schon.
Auch die polnische Sippe ließ uns nicht in Ruhe.
Immer wieder kam es zu Ausschreitungen an Barteks Grab. Wir wurden weiterhin angepöbelt, bedroht und beschimpft. Wir trauten uns irgendwann nicht mehr allein zum Friedhof und nahmen jedes Mal Freunde mit zum Grab.
Einmal griff mich sogar Marek am helllichten Tag mitten in der Stadt tätlich an. Gottlob war ich mit Tim und seiner Frau unterwegs, die auch sofort eingriffen, sodass ich mit einem gehörigen Schrecken davon kam.
Seither gingen Michelle und ich auch nicht mehr allein in die Stadt. Wir lebten nur noch in Angst. Schutz von der Polizei bekamen wir keinen.

Zufällig lernte ich in dieser Zeit meine neue Nachbarin etwas besser kennen. Es stellte sich heraus, dass ihr Freund

Polizist war und ich erzählte ihr ein klein wenig von unseren Problemen. Von diesem Zeitpunkt an standen wir unter ihrem „Schutz“. Wann immer die Sippe auftauchte, flüchteten wir in ihre Wohnung und ihr Freund konnte unsere Widersacher erfolgreich vertreiben. Aber diese neue Bekanntschaft barg auch ihre Probleme. Sie war Alkoholikerin, wie ich später erfuhr, und somit verleitete sie mich auch immer mehr zum Saufen. Doch es gelang ihr immer wieder, mich aufzumuntern und mir Mut zu machen. Auch brachte sie mir das Lachen wieder bei.
So langsam musste ich mich um einen neuen Job kümmern. Ich meldete mich beim Arbeitsamt als arbeitslos und harrte der Angebote, die da kommen sollten. So richtig selbst aktiv zu werden, dazu fehlte es mir an Motivation.
Dazu kam noch, das Joanna schulische Probleme hatte und das Gymnasium verlassen musste. Wen wundert’s, dass auch sie bei all diesem Stress nicht mehr weiter konnte.
Wir beschlossen gemeinsam, zunächst auf der Realschule unser Glück zu versuchen, später könnte sie ja immer noch auf einer anderen weiterführenden Schule ihr gewünschtes Abitur nachholen. Gesagt, getan. Alles ging gut.
Meine Jobsuche, ich kam nicht in die „Puschen“, die Zeit wurde knapp, das Arbeitsamt ungeduldig. Nach langem Hin und Her nahm ich ein Stellenangebot in einer psychiatrischen Einrichtung an – ausgerechnet! Erst mal befristet für ein Jahr, länger wollte ich nicht. Was wusste ich, was in einem Jahr sein würde.

So ungefähr im Herbst kam Joanna zum ersten Mal auf den Gedanken, ich müsse diesem Elend hier ein für allemal ein Ende setzen. Ihrer Meinung nach bekäme ich doch hier keine Ruhe mehr, keinen Boden unter den Füßen und ich

solle mir doch mal durch den Kopf gehen lassen, eventuell von hier fortzugehen.
Was? Was für ein Gedanke! Ich laufe nicht weg.
Hier sind meine Wohnung, meine Kinder, meine Freunde, Barteks Grab.
Nie und nimmer wollt ich all das aufgeben.
Trotzdem, ein Gedanke war geboren.

Denn würden wir drei hier jemals unseren Frieden wiederfinden?

12. Heimweh

So irgendetwas an dieser Idee, zurück in meine Heimat zu gehen, ließ mich nicht los.
Nein, es würde nicht gehen.
Wie denn auch? Michelle sollte im kommenden Jahr ihr Abitur machen und Joanna? Sie hätte dann auch noch mindestens ein Jahr Schule vor sich. Ich würde keines der Kinder zurücklassen!

Und trotzdem, der Gedanke grub sich in mir fest.
Meine Arbeit in dieser psychiatrischen Einrichtung machte mir nicht wirklich Spaß. Den ganzen Tag zwischen Halbirren war nicht unbedingt die Erfüllung meiner Tage. Meine Kenntnisse, die ich mir im Laufe der Jahre als Fachkrankenschwester für Onkologie angeeignet hatte, waren dort gar nicht gefragt.
Außerdem hatte ich wiederum nur einen befristeten Arbeitsvertrag für ein Jahr. Spätestens im Spätfrühling müsste ich mich also erneut um eine Arbeitsstelle bemühen.
Auch ließ uns die polnische Familie immer noch nicht in Ruhe. Jedes Mal, wenn wir dachten, es sei endlich vorbei, warf man uns erneut einen Knüppel zwischen die Beine. Dabei war Bartek mittlerweile seit über einem Jahr tot! Da meine Telefonnummer nun nicht mehr bekannt war (ich hatte eine Geheimnummer beantragt und auch bekommen) und nur wirklich gute Freunde und meine Familie die neue Nummer hatten, konnten wir nicht mehr über diesen Weg terrorisiert werden. Doch die Sippe war einfallsreich.
Fabian informierte mich, dass jemand aus Polen bei ihm angerufen und ihn nach meiner Nummer gefragt hatte. Eine Nachbarin aus meinem Haus wurde auf der Straße

vor dem Haus angesprochen und nach unserer neuen Telefonnummer gefragt.
Wir würden hier nie unsere Ruhe finden.
Ich besprach mich mit meiner Familie, meinen Freunden.
Auch Michelle drängte auf einen Umzug.
Ich wurde unsicher. Sollte ich in meinem Alter wirklich noch mal von vorne anfangen? Und was würde aus Joanna werden? Unter keinen Umständen wollte ich sie alleine zurücklassen. Dank unserem hervorragend organisierten Schulsystem in Deutschland würde ihre bis dahin absolvierte Schulausbildung in einem anderen Bundesland nicht anerkannt werden und sie müsste erneut mindestens 1 Klasse wiederholen. Klar, dass sie das unter keinen Umständen tun wollte, noch mal ein Jahr verlieren stand für sie außer Frage.
Und Michelle? Sie wollte sich nach dem Abitur um einen Studienplatz in der Nähe meines Wohnsitzes, der an diesem Zeitpunkt noch völlig unklar war, bewerben.
Aber Joanna, meine Kleine…
Alle vier befreundeten Ehepaare boten an, Joanna entweder bei sich aufzunehmen oder sich intensiv um sie zu kümmern, damit sie nicht allein sein müsse. Es gab also genügend Alternativen für die Kinder, aber ich war noch immer unentschlossen.
Wieder und wieder besprach ich mich mit meiner Schwester Erika und ihrem Mann. Beide waren zu dieser Zeit meine wichtigsten Ansprechpartner, wohnten sie doch selbst unweit meiner Heimatstadt Mainz. Insbesondere Erika ermutigte mich immer wieder, einen Neuanfang zu wagen.
Noch heute bin ich ihr sehr dankbar für ihre emotionale Unterstützung, sie war mir damals eine große Hilfe,

obwohl wir ausschließlich übers Telefon Kontakt hatten. Herbert versprach, mir bei der Wohnungssuche behilflich zu sein und fing an, mir regelmäßig die Zeitung mit Immobilienangeboten zuzuschicken.

Ich begann mich an den Gedanken, nach Mainz zurückzugehen, zu gewöhnen. Aber noch bestand kein Grund zur Eile, es war Herbst und vor dem nächsten Sommer würde ich nicht gehen können. Wenigstens Michelles Abitur wollte ich abwarten. Außerdem wollte ich mir erst mal überlegen, wo genau ich mein neues Domizil aufschlagen und ob ich mir wieder eine Wohnung oder doch lieber ein kleines gemütliches Haus kaufen wollte. Alles auch eine Frage des Preises.
Klar, ich hatte meine Eigentumswohnung, natürlich nicht abbezahlt, auch von der Lebensversicherung war noch etwas übrig. Doch ich hatte mir im Winter des vergangenen Jahres als „Ersatzbefriedigung" einen mörderisch teuren Sportwagen geleistet und dieser hatte ein recht ordentliches Loch in meine Kasse gerissen. Da ich aber schon immer ein ausgesprochener Autofreak war, musste diese Investition sein. Doch die Entscheidung war getroffen, ich würde in meine Heimat zurückgehen. Wohin genau, mal sehen, noch war Zeit. Anfang des neuen Jahres würde ich dieses Projekt in Angriff nehmen.

Zunächst hieß es, mal wieder Weihnachten zu überstehen. Doch halt, habe ich erwähnt, dass ich mal wieder krank war? So Ende Oktober spielte mein rechter Ellenbogen verrückt, eine Schleimbeutelentzündung wurde diagnostiziert und schon wieder musste ich unters Messer.
Toll, ich liebe OPs!

Es war zwar „nur“ eine ambulante OP und ich durfte auch sofort wieder nach Hause, aber trotzdem war ich erneut „out of order“ und zwei Wochen krankgeschrieben.
Ja, mein Arbeitgeber war begeistert, aber was soll’s.

Während all dieser Zeit hatte ich leider immer noch kaum Kontakt zu meinem Bruder. Er konnte mir einfach nicht verzeihen, dass ich unseren Vater damals nicht ins Familiengrab hatte überführen lassen. Ich konnte machen, was ich wollte, ich kam nicht an ihn heran. Natürlich litt ich sehr darunter, sämtliche Informationen über seine Gesundheit, seine Alkoholexzesse, bekam ich nur noch von seinen beiden Kindern. Dorothea hatte sich zwischenzeitlich von ihm getrennt und dachte über eine Scheidung nach. Sie war am Ende ihrer Kraft angelangt und konnte nicht mehr mit Paul zusammenleben. Zu unerträglich war es geworden, die „Trockenperioden“ immer kürzer.
So zog sie eines schönen Tages direkt nach Heidelberg, während Paul sich ins „Ossiland“ verzog und dort ein Haus kaufte.

Von seinem Sohn Mattias erfuhr ich, dass Paul eine neue Lebensgefährtin gefunden hatte und sich daran machte, ein Buch zu schreiben. Dieses Buch bekam ich eines Tages als Geschenk von ihm, doch bis heute habe ich es nicht geschafft, es zu Ende zu lesen. Zu sehr ziehen mich die darin befindlichen Kurzgeschichten herunter.

Das Jahr war zu Ende, Weihnachten vorbei, Silvester überlebt, ein neues Jahr begann.
Bitte, bitte sei positiv!

Ich wollte das Projekt Umzug langsam in Angriff nehmen und eine Entscheidung war schon getroffen: ich wollte mir ein kleines, gemütliches Häuschen irgendwo in Rheinhessen suchen. Ein Haus in der Nähe meiner Heimatstadt wäre unerschwinglich für mich. Außerdem wollte ich irgendwo auf dem Land meine innere Ruhe finden, mich vergraben.
Michelle würde mit mir kommen und auch erst mal bei mir wohnen, wenn sie denn einen Studienplatz in der Nähe bekäme.
Joanna sollte bei Fabian oder Tim in der Nähe eine kleine Wohnung bekommen, sodass sie immer in unmittelbarer Nähe zu unseren Freunden wäre.
Das größere Problem war jedoch Barteks Grab. Natürlich bot sich Christian als Gärtner an, für die Pflege zu sorgen. Doch wir hatten Angst, dass der polnische Clan, wenn sie feststellten, dass wir nicht mehr dort wohnten, das Grab illegal öffnen und die Leiche nach Polen schaffen würden. Also begab ich mich zu einem Bestattungsunternehmen und bat um Hilfe. Mein erster Gedanke war, Bartek zu meinem neuen Wohnort überführen zu lassen. Wir drei Mädels besprachen uns ausführlich darüber und entschieden, ihn nachträglich seebestatten zu lassen, und zwar dort, wo er sich am liebsten aufgehalten hatte. Gran Canaria.
Das Bestattungsunternehmen versprach, alles dafür in die Wege zu leiten.
Zwar muss man normalerweise circa sieben Jahre warten, bis man von der Gemeinde oder den Behörden eine Bewilligung zur Umbettung bekommt, doch in unserem Fall erklärte sich die Gemeinde sofort einverstanden. Sie waren froh und hofften, damit weiteren Problemen

und Störungen durch die polnische Familie ein Ende zu bereiten.
Als Termin wurde ein Datum Mitte Februar vereinbart. Dann wäre es noch kalt genug für die Exhumierung.
Und so geschah es auch.
Für uns drei würde es ein komisches Gefühl sein, nicht mehr zum Friedhof gehen zu können, doch es würde endlich Ruhe herrschen. Außerdem kamen wir überein, auf dem Friedhof meines neuen Wohnortes ein kleines Grabmal zur Erinnerung erstellen zu lassen. Damit könnten wir leben und hätten weiterhin einen Ort, an den wir uns zur Trauer zurückziehen könnten.
Womit ich jedoch nicht gerechnet hatte, war der erneute Aufruhr des Polen-Clans.
Kaum hatten sie das leere Grab entdeckt, nahm der Terror neue Dimensionen an. Diesmal waren wir sogar eine Schlagzeile in der örtlichen Zeitung wert. „Leiche geklaut“ lautete die Überschrift.
Mein Handy klingelte pausenlos (ich hatte es versäumt, auch diese Nummer zu ändern) und ich wurde erneut beschimpft. Auch die Gemeindeverwaltung wurde mit Anrufen bombardiert, um den Verbleib des Sarges zu erfragen. Die Sippe konnte und wollte nicht verstehen, dass die Gemeinde keine Auskunft geben durfte und nur ich als Witwe über den toten Bartek zu bestimmen hatte.
Ätsch!
Die Krönung war jedoch eines Abends ein Anruf der Polizei. Meine Schwiegermutter hatte Anzeige gegen mich erstattet wegen Diebstahls einer Leiche. Am nächsten Tag sollte ich auf dem Revier erscheinen und eine Aussage dazu machen. Kein Witz!
Soll ich jetzt tot umfallen oder noch warten?

Noch am gleichen Abend konsultierte ich meinen Anwalt, der zuerst an einen Witz glaubte, obwohl er ja mittlerweile einiges von unserer Familie gewöhnt war. Er beruhigte mich, ich müsse keine Aussage zu diesem Thema machen. Der Verbleib der Leiche wäre ohnehin nur meine Sache, als Witwe hätte ich alle Rechte auf meiner Seite. Und wieder wurden wir als Sensation im örtlichen Wochenblatt unter dem Polizeibericht ausführlich erwähnt.
Langsam wird's langweilig, das glaubt mir kein Mensch!

Ich intensivierte meine Haussuche und begann, wann immer mein Dienstplan es zuließ, zu Erika und Herbert zu fahren, um mir verschiedene Objekte anzuschauen. Die Suche stellte sich problematischer heraus, als ich dachte. Entweder wurden mir abbruchreife Häuser zu Spitzenpreisen angeboten oder die Wohngegend befand sich im absoluten Nirwana.

Anfang März bekam ich Besuch von meinem Neffen Mattias und seinem Freund. Ich freute mich riesig darauf und wollte das Wiedersehen mit Mattias ordentlich begießen. Trinkfest war ich ja, bei einer Flasche Wein am Tag kommt man schließlich nicht so schnell aus der Übung.
Es war ein gemütlicher Abend und nachdem die Mädels und Mattias' Freund uns beide allein ließen, becherten Mattias und ich tapfer weiter. Ich sollte am nächsten Tag frei haben und so war mir der Alkoholpegel egal. Wie viel wir an diesem Abend tatsächlich tranken, weiß ich nicht mehr, irgendwann torkelten wir jeder in sein Bett.
Am nächsten Morgen war zuerst alles gut. Doch plötzlich wurde mir schwarz vor Augen und ich fiel um.

Was dann geschah, erzählten mir später Michelle und Joanna. Ich muss wohl recht viel Radau bei meinem Sturz gemacht haben, sodass beide aus ihren Betten sprangen, um nachzuschauen, was da passiert war. Sie fanden mich krampfend auf dem Boden. Der von Michelle sofort alarmierte Notarzt stellte bei mir einen großen epileptischen Anfall fest. Ich wurde sofort ins nächste Krankenhaus gebracht – daran kann ich mich auch erinnern, denn ich war wieder ansprechbar -, in dem dann jede Menge neurologischer Untersuchungen vorgenommen wurden.
Es stellte sich heraus, dass ich neben diesem epileptischen Anfall, ausgelöst durch übermäßigen Alkoholkonsum, erneut einen schweren Nervenzusammenbruch erlitten hatte. Auf mein Anfragen hin bekam ich zur Antwort, dass manche Menschen bei einer so enormen Belastung wie Barteks Tod und den dadurch resultierenden Zuständen, verbunden mit übermäßigem Alkoholkonsum, einen Herzinfarkt oder Schlaganfall bekämen. Oder, so wie ich, einen epileptischen Anfall.
Das hatte ich ja wieder gut hinbekommen! Prima, ich war mal wieder im Krankenhaus!
Gegen Mittag kamen Michelle und Joanna, um nach mir zu sehen. Sie waren geschockt und entsetzt über das, was passiert war. Auch sprachen beide mit dem behandelten Arzt und nachdem ich versprechen musste, keinen Tropfen Alkohol mehr zu trinken und am nächsten Tag zu meinem Hausarzt zu gehen, wurde ich schließlich am Nachmittag entlassen.

Und wieder wurde ich krankgeschrieben, Dauer: ungewiss. Zum damaligen Zeitpunkt hatte ich jegliches Gefühl für ein gesundes Leben verloren. Ich trieb keinen Sport mehr,

frische Luft? Was war das? Aber jeden Tag Wein trinken, ja darin war ich gut!
Doch so etwas wie heute, das durfte mir nie wieder passieren. Das schwor ich mir. Nicht auszudenken, wenn ich auch noch den Löffel abgeben würde.
Nein, meine Mädchen brauchten mich noch.

Good bye, Freund Alkohol!

Mein Hausarzt kanzelte mich herunter wie ein kleines Kind. Ja, ich wusste, er hatte Recht. Ich musste etwas in meinem Leben ändern. Wieder auf meine Gesundheit achten, viel spazieren gehen, weniger rauchen, kein Alkohol mehr. Er verschrieb mir als erste Hilfe ein leichtes Beruhigungsmittel, welches ich über einen längeren Zeitraum nehmen sollte und ermahnte mich, auf mich zu achten und meine Ruhe zum Beispiel bei langen Spaziergängen wiederzufinden. Frische Luft sei nicht gesundheitsschädlich und gratis obendrein. Die Idee, mich viel an der frischen Luft zu bewegen, war an und für sich ja gut; aber allein? Wie öde!
Unser kleiner Familienrat wurde einberufen und nach kurzer Beratung die nächste Entscheidung getroffen: damit Mama wieder gesund würde, musste ein Hund her. Spazieren gehen mit Hund macht Spaß und Tiernarren waren wir alle ja sowieso.
Einen Tag später waren Michelle und ich dann unterwegs und klapperten die umliegenden Tierheime nach einem passenden Hund für mich ab. Wir wollten den ersten Hund, der begeistert auf uns zukäme, adoptieren.
Kein leichtes Unterfangen, wie sich herausstellte. Einige Tierheime hatten genau an diesem Tag keine Besuchszeit,

sodass wir stundenlang in der Gegend herumfuhren, bis wir endlich eine kleine Hundepension fanden. Der erste Hund, der auf mich zustürmte, war ein Bernhardiner!
O. k., ich hatte zwar eine sehr große Wohnung, aber im 2. Stock. Nicht unbedingt das richtige Zuhause für ein so großes Tier.
Enttäuscht zogen wir weiter, hatten aber eine neue Adresse von einer kleinen Hundeauffangstation in der Tasche.
Dort angekommen, wurden wir sofort freudig von einer kleinen Meute Hunde begrüßt. Eine Colliemischlingsdame wich mir nicht mehr von der Seite und so fiel die Entscheidung auch nicht schwer. Umgehend wurde Ronja als neues Familienmitglied adoptiert. Zwar war sie etwas größer als geplant, doch dafür würde ich mich mehr anstrengen müssen, um sie zu beschäftigen und das war gut so.
Ronja ist auch heute noch Mitglied unserer Familie. Mittlerweile zwar eine alte Dame, aber immer noch ein Traum von einem Hund. Ich liebe sie abgöttisch und werde ihr nie vergessen, dass sie mir praktisch das Leben gerettet und mir neuen Lebensmut gegeben hat.

Aufgrund meiner erneuten Krankschreibung hatte ich nun genug Zeit, um mich voll auf mein Umzugsprojekt zu stürzen und viele stundenlange Spaziergänge mit Ronja zu unternehmen.
Es war ungemein wichtig, dass die Konstellation stimmte: Meine Wohnung musste verkauft und ein neuer Job für mich gefunden werden und wohnen musste ich ja auch irgendwo.
Als Erstes legte ich das Datum fest: 1. August. So, bis dahin wollte ich alles erledigt haben.

Ich suchte für diesen Zeitpunkt einen Käufer für meine Wohnung, bewarb mich an den verschiedensten Spezialkliniken für Onkologie in Rheinhessen und intensivierte meine Haussuche. Mein Schwager Herbert erwies sich als große Hilfe, er kannte sich in dieser Gegend besser aus als ich und so schaute er sich einige Objekte an und informierte mich anschließend, ob es sich für mich rentierte, einen persönlichen Besichtigungstermin zu vereinbaren.
Fast jedes zweite Wochenende fuhr ich dann auch Richtung Mainz-Bingen, um die von Herbert ausgewählten Objekte in Augenschein zu nehmen. Da ich weiterhin Beruhigungsmedikamente nahm, war ich auch auf ihn als Fahrer angewiesen, ich selbst durfte nicht Auto fahren. An diesen Wochenenden kümmerte sich auch meine Schwester rührend um mich und baute mich immer wieder auf, wenn es mit der Haussuche nicht klappte.
Eines Tages meldete sich mein Abszess in der Brust wieder. Ich musste mich erneut einer Operation unterziehen und dies warf mich psychisch wieder komplett aus der Bahn. Ich bemitleidete mich eine Weile und pflegte meine „depressive Phase“, um dann mit neuem Kampfgeist aufzustehen.

Oh no, ich werde mich nicht unterkriegen lassen. Ich nicht!

So nach und nach trudelten auch Antworten auf meine Bewerbungen ein. Allerdings alles Absagen. Scheiße.
Doch dann standen die Sterne günstig. Ein Anruf, ich möge zum Vorstellungsgespräch kommen. Hurra! Eine Klinik, die ich ohnehin als persönlicher Favorit im Auge hatte, suchte Personal. Also Termin bestätigt, Dorothea

um Besuchsasyl gebeten, denn sie wohnte in der Nähe dieses Ortes, und ab zum Vorstellungsgespräch.

Am Abend vor diesem Gespräch saßen wir beide dann gemütlich zusammen, als es wieder Alarm gab. Michelle rief völlig fertig an, die polnische Sippe stünde unten vor der Haustür und verlange Einlass und ein Gespräch. Ich riet ihr, sofort zu den Nachbarn zu gehen (er war ja Polizist) und um Hilfe zu bitten. Sollte die Gruppe sich trotz Aufforderung des Nachbarn nicht entfernen, wäre umgehend die Polizei zu informieren.
Irgendwann mal bekam für mich die Bezeichnung „Mord im Affekt" eine ganz neue Bedeutung. Späßle am Rande.
Das Vorstellungsgespräch am nächsten Tag lief hervorragend und ich hatte die Zusage auch sofort in der Tasche. Zum ersten August würde ich anfangen können.
Langsam begann sich das Glück also doch auf meine Seite zu schlagen!
So, nun musste ich nur noch ein passendes Haus im näheren Umkreis finden und für Joanna eine Bleibe suchen. Diese war seit einiger Zeit neu liiert, glücklich mit ihrem Freund und zog doch tatsächlich in Erwägung, mit ihm zusammenzuziehen. Diese Idee löste in mir als Mutter nicht wirklich große Freude aus, da er mir nicht besonders sympathisch war. Allerdings hatte ich mir geschworen, nie den gleichen Fehler wie meine Familie zu machen und mich zu sehr in die Beziehungen meiner Töchter einzumischen. Wir sprachen in aller Ruhe über diese Idee und kamen überein, doch zuerst eine kleine Wohnung für Joanna zu mieten. Sollte die Beziehung sich stabilisieren, könne sie immer noch mit ihrem Freund eine gemeinsame kleine Wohnung suchen.

Gott sei Dank waren beide Mädchen durch ihre Halbwaisenrente, die sie aus der Schweiz bezogen, weitgehend finanziell abgesichert, sodass sich Joanna eine schöne Wohnung würde leisten können. Wir wurden auch bald fündig und fanden ein süßes, kleines, schnuckeliges Appartement ganz in der Nähe von Tims Wohnung. So könnte ich beruhigt sein, Tim und auch seine Frau wären in Joannas unmittelbarer Nähe, sofern sie Hilfe bräuchte.
Jetzt fehlte zu meinem Glück nur noch ein kleines Häuschen für Michelle, Ronja und mich.
Ich begann im Internet bei einer Immobilienbörse vermehrt zu suchen. Auch konzentrierte ich mich auf private Angebote, um die Maklergebühr sparen zu können. Leider hatte ich mit dem Verkauf meiner Wohnung kein Glück und musste diese schlussendlich vermieten. Somit waren dann auch meine finanziellen Mittel, die ich eigentlich in ein neues Haus stecken wollte, begrenzt.
Das Glück blieb mir jedoch hold.
Ich fand eine sehr nette Mieterin für die Wohnung, die zu meiner großen Freude auch an einem langfristigen Mietverhältnis interessiert war.
Einige Objekte sprangen mich im Internet an und sofort vereinbarte ich neue Besichtigungstermine.
Diesmal quartierte ich mich bei meiner Nichte Katja ein, denn meine Schwester war ausgerechnet an diesem Wochenende krank und konnte mich nicht aufnehmen.
Die Zeit wurde langsam knapp, es war mittlerweile Anfang Mai und noch kein neues Domizil in Sicht. Meine Wohnung war jetzt zum 1. August vermietet, ich hatte einen neuen Job, aber wohnen sollte ich auch irgendwo. Fünf oder sechs Häuser standen auf meiner Liste, davon müsste eines doch endlich mal dabei sein.

Und tatsächlich, es waren wirklich alles erschwingliche Objekte, zwar zum Teil ein bisschen renovierungsbedürftig, aber dafür alle groß mit schönem Garten.
Katja und ich waren begeistert!
Gleich die ersten beiden kamen in die nähere Auswahl. Doch die „Liebe auf den ersten Blick“ schlug beim letzten Haus ein. In einem kleinen Ort, trotzdem nah genug zu meinem neuen Arbeitsplatz und auch in der Nähe meiner Heimatstadt stand mein Traumhaus. Eher ein Hexenhäuschen, etwas verträumt, aber mit einem riesengroßen Grundstück und unverbaubarer Sicht auf die Weinberge.

Das Glück stand eindeutig auf meiner Seite!
Da gab es nicht mehr viel zu überlegen. Ich besprach mich mit meiner Nichte und sagte gleich am nächsten Tag dem Verkäufer bzw. seiner Ehefrau zu. Leider musste ich sofort wieder nach Hause fahren und so vereinbarten wir für das nächste Wochenende erneut einen Termin, um die Verkaufsmodalitäten zu besprechen.

Glücklich und zufrieden kam ich daheim an. Michelle und Joanna freuten sich genauso wie ich, dass meiner neuen Zukunft nun nichts mehr im Weg stand. Eifrig begannen wir nun Pläne zu schmieden, um einen geregelten Umzug zu gewährleisten. Doch am allerwichtigsten war es, das nächste Wochenende abzuwarten, ob auch alles so klappen würde, wie wir es gerne hätten.
Meine Sorge war unbegründet. Mit Herbert zusammen fuhr ich erneut zu meinem Traumhaus, auch er war begeistert, und mit dem Verkäufer wurde ich recht schnell einig. Der Preis stimmte und das Verkaufsdatum legten wir auf den

1. Juli. So hätte ich genügend Zeit, zu renovieren, ein paar neue Möbel zu kaufen und zur Eingewöhnung vor meinem ersten Arbeitstag.
Auch der Notartermin konnte auf ein für mich bequemes Datum gelegt werden.

Es ging endlich, endlich wieder aufwärts!

Wieder zu Hause konnten die Mädels und ich nun voller Tatendrang unsere Umzugspläne in die Tat umsetzen. Außerdem wollten wir uns auch mit einer großen Abschiedsparty von all unseren Freunden verabschieden.
Der einzigste Wermutstropfen war, dass meine Joanna nicht mit uns kommen würde. Irgendwie hatte ich die Hoffnung bis zum Schluss nicht aufgegeben, dass sie sich vielleicht kurzfristig doch umentscheiden und mit uns mit ziehen würde. Sie blieb dabei, sie wolle hier bei ihrem neuen Freund bleiben. Es half nichts, ich musste schweren Herzens ihre Entscheidung akzeptieren.
Meine Freunde versprachen mir hoch und heilig, sich um sie zu kümmern und ich wusste, ihnen konnte ich vertrauen.
So feierten wir Mitte Juni eine fantastische Abschiedsparty, zu der ich auch meine alten Freunde und meine Familie aus der alten-neuen Heimat einlud. Sie kamen alle, außer meinem Bruder und meiner Schwester, die mal wieder krank war.
Und es flossen viele Tränen, denn so einfach war es für mich nun auch wieder nicht, nach einer so langen Zeit zu gehen.
Doch es musste sein, hier zu bleiben wäre für mich unmöglich, ich brauchte dieses neue dritte Leben.

Je näher der Umzugstermin kam, desto schwerer wurde der Abschiedsschmerz für uns drei.
Es war geplant, dass ich mit Michelle und ihrer Freundin zusammen mit den Tieren, Michelles Katze, Joannas Kater und Ronja, mit unseren zwei Autos – Michelle hatte ja auch den Führerschein und ein eigenes Auto) ohne die Möbel zum neuen Haus fahren sollte. So könnten wir in aller Ruhe renovieren, bevor ich eine Woche später nochmals zurück fahren und mit dem Umzugswagen unter Mithilfe von Ronny und Fabians Bruder endgültig einziehen wollte.
Und so geschah es auch.
Um der Gluthitze zu entgehen – es war dieser mörderische Sommer im Jahre 2003 – fuhren wir denn morgens um 5.00 Uhr los, 500 km gen Norden.

Back to the roots! Hinein in mein drittes Leben!

13. Ich bin wieder da – Geburt meines dritten Lebens

Nach circa sechs Stunden waren wir dann endlich angekommen, ich war mehr als nur glücklich, da erlitt Michelle den ersten „Kulturschock“ ihres Lebens: „Mama, hier gibt’s ja keine Berge!“
Krasser ging’s wirklich nicht!
Vergleich mal die Landschaft in der Schweiz mit Rheinhessen!
Nachdem sie sich jedoch erst einmal gefangen hatte, verliebte sie sich auch sofort in das schnuckelige kleine Häuschen. Es stand zwar noch viel Arbeit bevor, aber es sollte mit Hilfe ihrer Freundin Ariane und meinem Schwager Herbert zu bewältigen sein.
Auch Ronja war begeistert, so ein großer Garten und ganz für sie allein. Sie tobte und sprang umher. Endlich keine Wohnung mehr – ein Traum für jeden Hund. Unsere Katzen hatten wir auf Anraten des Tierarztes für die lange Fahrt mit Diazepam schlafen geschickt, denn eine so lange Autofahrt ist keine Freude für einen Stubentiger, und so dösten sie noch wie Junkies vor sich hin. Denen war erstmal alles egal.

Herbert bereitete uns einen lieben Empfang und versorgte uns mit einem leckeren Frühstück.
So frisch gestärkt wollten wir uns auch unverzüglich an die Arbeit machen. Die Mädels beschlossen, die Autos auszupacken und die Gegend etwas zu erkunden, während ich mit Herbert losziehen wollte, um Farbe, Pinsel usw. zum Streichen zu kaufen. Auch sollte der Kühlschrank, ich hatte die Einbauküche zu einem günstigen Preis mit übernehmen können, ausreichend gefüllt werden.

So war für den ersten Tag genug zu tun und im Handumdrehen ging es auf den Abend zu, Herbert verabschiedete sich und wir Mädels fielen bald nach dem Abendessen müde und total erschöpft in unsere Schlafsäcke.
Die nächsten Tage verbrachten wir ausschließlich mit Putzen und Renovieren. Wir lernten dabei auch, dass man Tapete mit Stecknadeln befestigen kann, so getan vom Vorbesitzer, und beim gründlichen Putzen sogar noch Oster– und Weihnachtsgeschenke aus vergangenen Jahren finden kann.
Wir hatten viel Spaß dabei und die Zeit flog nur so dahin. Aber bis zu meiner Abfahrt in die alte Heimat waren wir mit allem fertig.
Mir stand nun der für mich schwierigste Teil dieser Operation bevor. Den Möbelwagen packen, die Wohnung putzen und meiner Mieterin übergeben und der Abschied von Joanna und meinen Freunden, die doch mittlerweile so etwas wie eine zweite Familie für mich geworden waren.
Doch, ja, meine Entscheidung, „back to the roots“ war richtig, aber über 20 Jahre in „der Ferne“, mein zweites Leben, das konnte ich nicht so einfach in eine Schublade packen. Dafür war in all den Jahren zu viel passiert.
Mit einem mulmigen Gefühl fuhr ich nun an einem Mittwoch zum letzten Mal zurück.
Samstags sollte dann der volle Möbelwagen mit Ronny und Fabians Bruder als Fahrer den Weg nach Rheinhessen antreten.
Ich hätte nie und nimmer gedacht, dass mir der Abschied doch so schwer fallen würde. Ich heulte Rotz und Wasser und konnte mich kaum von Fabian und Tim trennen, ganz zu schweigen von meiner Joanna. Sie versprach, uns so bald wie möglich zu besuchen.

Doch morgens um 7.00 Uhr waren wir dann doch abfahrbereit und brachen auf.
Gegen Mittag war dann auch diese Etappe geschafft und wir wurden von vielen lieben Helfern empfangen: Herbert mit meinen beiden Neffen Hermann und Stefan, Andy und Lisa, meine Nichte Julia übernahm das kulinarische Wohl. Mit so viel Hilfe war der Transporter auch recht schnell leer und alle Jungs begannen mit dem Aufbau der Möbel, sodass wir bereits am Abend mit dem größten Teil fertig waren.

Ich war so glücklich, ich war wieder da!

Michelle und ich lebten uns sehr schnell ein und nun fieberte ich meinem ersten Arbeitstag entgegen. Nach zwei Jahren endlich wieder Onkologie. Ich konnte mein Glück kaum fassen.

Für meine Tochter hingegen begann die Zeit des Abwartens. Sie wollte unbedingt Betriebswirtschaft studieren und hoffte auf einen Studienplatz hier in unmittelbarer Nähe, denn sie wollte mich unter keinen Umständen alleine lassen und auch nicht allein wohnen. Sie war halt ein „Mamakind", auch machte sie sich immer noch sehr viel Sorgen um mich, denn meinen epileptischen Anfall hatte sie noch in schlechter Erinnerung. Ich habe allerdings aus meinen Erfahrungen gelernt und bis heute bin ich, was Alkohol angeht, sehr zurückhaltend. Natürlich trinke ich mittlerweile wieder ab und zu ein Gläschen Wein, man kann nicht in einer Weingegend leben und nur Wasser trinken, doch ich achte stets darauf, es bei einem „ab und zu" zu belassen.

Doch ich war und bin bis heute ein unverbesserlicher Optimist: Wenn man nur will, geht alles. Irgendwann geht es immer aufwärts.
Ich war auch froh, meine Familie jetzt in unmittelbarer Umgebung zu haben, besonders meine Schwester Erika. Sie hatte mir so viel moralische Unterstützung gegeben, auch gerade nach dem Zerwürfnis mit unserem Bruder war sie doch meine einzige echte Blutsverwandte. Aber irgendwie kamen wir uns jetzt nicht wirklich näher, obwohl wir nur etwa 30 km voneinander entfernt wohnen, wir beide waren halt doch zu unterschiedlich. Sie, die gnadenlose Pessimistin, fing an, ihre eingebildeten Krankheiten tapfer auszuleben, während ich Optimistin mich voller Energie in ein neues Leben stürzte.
Mein neuer Job, so viel Glück gibt's gar nicht.
Sehr nette Arbeitskollegen, zwei tolle Chefs, alles in allem ein wirklich klasse Arbeitsklima. Ich lebte mich auch da sofort ein, fühlte mich pudelwohl.
Auch Michelle bekam endlich ihren so sehnlichst erwarteten Brief: einen Studienplatz in BWL.
Bei so viel Glück könnte man schon irgendwie langsam misstrauisch werden.

Wann und wie sich Michelle und Joanna sich dann gegen mich verbündet haben, weiß ich nicht mehr.
Auf jeden Fall eröffnete meine Älteste mir eines schönen Tages, sie und ihre Schwester hätten beschlossen, ich sei nun lange genug allein gewesen und der Tag sei gekommen, dass ich mir einen neuen Mann suchen sollte. Na, da schaute ich erst mal ziemlich blöd. Mit dieser Eröffnung hatte ich nun gar nicht gerechnet. *Ein neuer Mann? Ich? Wie soll das gehen? Und warum überhaupt? Zugegeben,*

frau hat zwar ihre Bedürfnisse, aber wie sollte ich einen neuen Mann herbeizaubern? Meine Güte, ich wusste doch nicht mehr, wie frau das anfängt. Flirten? Ich?
Hm, darin hatte ich nun wirklich keine Übung mehr.
Single-Börsen im Internet? Was? Wie? Ich?
„Also Mama, entweder du tust jetzt was und schaltest selbst so eine Anzeige, ich zeig dir, wie das geht, oder Joanna und ich machen das!" war der Ausspruch meiner Tochter bezüglich meiner Zurückhaltung.
Na, das war mal eine Ansage.
Ich traute meinen Kindern ohne Weiteres zu, solche Anzeigen zu schalten, um einen passenden Mann für mich zu finden. Mit Sicherheit brächten sie es auch fertig, Blind Dates für mich zu arrangieren.
Einerseits fand ich es ja schon goldig, dass sie sich solche Gedanken um mich machten, andererseits zog ich es doch vor, mich selbst auf dem „Männer-Markt" umzuschauen. Neugierig geworden, begann ich also, mich in verschiedenen Singlebörsen umzuschauen, auch, um meinen „Marktwert" festzustellen.
Boa, was ein Angebot! Männer ohne Ende! Einer attraktiver, reicher und intelligenter als der andere! Und alle warteten nur auf mich! Ha, da fiel einem die Auswahl ja richtig schwer.
Ich entschied mich, einem attraktiven Mann namens Jan zu schreiben. Er wohnte weit genug von mir entfernt, um mir nicht auf die Nerven zu gehen und trotzdem nah genug, um sich vielleicht mal zu einem Date zu treffen.
Noch nie zuvor hatte ich so etwas getan. Einen Mann anschreiben, ich kam mir irgendwie doof vor. Doch Michelle beruhigte mich, dies sei heutzutage eine ganz normale Angelegenheit. Also gut.

Ich schrieb diesem Jan eine kleine Mail und wartete dann aufgeregt wie ein Teenager auf Antwort. Die traf auch recht zügig ein.
Ich war begeistert, er hatte ja so lieb geschrieben. Umgehend antwortete ich.

So schrieben wir einige Tage hin und her, bis Jan mich um meine Handynummer bat. Bereitwillig gab ich sie ihm und wartete nervös auf seinen ersten Anruf. Als dieser dann auch kam, fiel ich vor Schreck fast um. Wow, so eine sympathische Stimme! Ich war hin und weg.
Recht schnell vereinbarten wir auch ein erstes Treffen. Am darauf folgenden Sonntag sollte es so weit sein. Wir verabredeten uns für den Nachmittag, um genügend Zeit zum Kennenlernen zu haben.
Vor lauter Aufregung konnte ich die Nächte bis Sonntag kaum schlafen. Fast fing ich an, wie ein Teenie die Stunden zu zählen.
Wenn man so viele Jahre wie ich mit ein und demselben Mann verheiratet war, ist das ein ganz komisches Gefühl, das man auch nicht mehr kennt, mit jemand neuem verabredet zu sein.
Michelle lachte sich fast schlapp, als sie mir dann an dem von mir so heiß ersehnten Sonntagmorgen bei der Wahl meines Outfits behilflich war. Sie hatte schon mehrere solcher Blind-Dates hinter sich und versorgte mich mit Verhaltensmaßregeln und allen möglichen guten Ratschlägen, worauf ich achten sollte, ich müsse generell vorsichtig sein, man wisse ja nie, was für ein Typ da ankäme. Sie wollte mich auch sicherheitshalber nach ungefähr einer Stunde anrufen und nachfragen, ob bei mir alles O. K. sei. Würde ich ein verabredetes Code-Wort

gebrauchen, so sollte ein fingierter Notfall mich sofort nach Hause zurückbeordern.
Meine Güte, mir kam es vor, als ob Michelle und ich die Rollen getauscht hätten.
Ich fuhr rechtzeitig los, um ja nicht zu spät zu kommen. Natürlich musste ich noch etwas warten, bis Jan dann endlich kam. Ich war einer Ohnmacht nahe, als er auf einmal vor mir stand. Wow, die Stimme hatte nicht zu viel versprochen, sah der gut aus!
Wir waren uns sofort sympathisch und so vergingen Nachmittag und Abend viel zu schnell. Ich wollte gar nicht mehr nach Hause, ich hatte mich Hals über Kopf verliebt. Ein Gefühl, das ich schon viele Jahre nicht mehr kannte. Jan ging es wohl ähnlich und so verabredeten wir uns auch sofort wieder für ein nächstes Treffen. Auf dem Heimweg fühlte ich mich wie im siebten Himmel.
Oh Gott, war ich verliebt!
Es kam, wie es kommen musste: Auch das nächste Date wurde zum vollen Erfolg und wir beschlossen, es gemeinsam zu versuchen. Ich erlebte ein Feuerwerk der Gefühle und längst tief im Inneren verstaubte Emotionen tauchten wieder auf.
Der Himmel schien grenzenlos zu sein.
Die Entschädigung für all das erlebte Leid war nahe.
Besser ging's nicht.
Michelle war nun auch zufrieden und wollte Jan natürlich auch endlich kennen lernen. Damit wollte ich mir allerdings noch ein bisschen Zeit lassen, bloß nichts überstürzen und eine neue Beziehung planen. Jan sah das allerdings etwas anders und begann, über eine gemeinsame Zukunft zu sprechen. Nur die Entfernung zu Frankfurt störte ihn. Ob ich denn bereit wäre, mein Haus zu verkaufen und zu ihm

nach Frankfurt zu ziehen? Nun, davon war ich nicht so begeistert, war ich doch gerade erst hierhergezogen und hatte auch gerade mit dem neuen Job angefangen. Das ging mir dann doch alles ein bisschen zu schnell und so verblieben wir, es vorerst einmal bei dem momentanen Zustand zu belassen. Allerdings wollten wir den nächsten Urlaub gemeinsam verbringen.

Ich schwebte immer noch auf Wolke sieben.

Nun sollte auch Michelle meine neue Liebe kennen lernen. Es war an der Zeit. Sie fand ihn zwar ganz nett und doch hielt sich ihre Begeisterung in Grenzen. Naja, war auch irgendwie verständlich, schließlich war Jan nach ihrem Vater der erste Mann in meinem Leben. Aber sie akzeptierte ihn, denn er machte mich schließlich glücklich. Er gab mir mein schon längst verlorenes geglaubtes Selbstwertgefühl zurück, ich fühlte mich wieder als Frau, ich wurde begehrt! Langsam begann ich, Vertrauen zu ihm aufzubauen, war ich mir doch seiner Liebe sicher.

Und Joanna? Einerseits freute sie sich für mich, andererseits war dieser Mann nicht ihr Papa. Für sie war es wohl recht schwierig, sich mit dieser neuen Situation anzufreunden. Aber auch sie akzeptiere es.

Und dann, eines schönen Tages kam der Tag der Tage, alles war wieder anders.

Nach nur zwei Monaten beendete Jan unsere Beziehung und mein Himmel stürzte mal wieder ein. Ich fiel aus allen Wolken, verstand die Welt nicht mehr.

Warum? Warum schon wieder ich? Dachte ich doch, alles ist gut, eine neue Liebe, Zukunft planen und jetzt ist alles aus?

Nun war ich komplett am Boden zerstört, das brachte das Fass zum Überlaufen, ich brach emotional zusammen,

bekam massive Panikattacken und wusste, dass ich jetzt nicht mehr allein aus dieser Krise herauskommen würde. Dafür war in mir zu viel kaputtgegangen, dieser neue Schlag unter die Gürtellinie war einer zu viel.
Ich brauchte professionelle Hilfe und zwar schnell.
So ließ ich mir einen guten Psychiater empfehlen und bekam auch recht schnell einen Termin für ein erstes Gespräch. Endlich konnte ich all das, was sich über die letzten Jahre angestaut hatte, „auskotzen". Und das war ja eine ganze Menge.
Viele Stunden verbrachte ich nun heulend in dieser Praxis. Auch musste ich von nun ab eine medikamentöse Dauertherapie beginnen, um meine Panikattacken in den Griff zu bekommen. Schließlich musste ich doch auch arbeiten gehen und funktionieren.
Im Anschluss sollte eine Langzeit-Gesprächs- und Verhaltenstherapie bei einer Psychotherapeutin erfolgen, um all meine Erlebnisse der letzten Jahre aufzuarbeiten.

Heute bin ich unendlich froh, mir damals professionelle Hilfe geholt zu haben. Allein wäre ich aus dieser Krise nicht mehr herausgekommen. Ich dachte immer, ach, es geht schon, du schaffst das. Aber irgendwann ist mal fertig. Dann geht gar nichts mehr. Ich hatte eingesehen, dass ich mit meinen traumatischen Erlebnissen in die Hände eines Therapeuten gehörte.
Es ist doch keine Schande, mit einer kranken Seele zum Psychiater zu gehen. Wenn der Arm gebrochen ist, sucht man doch auch einen Spezialisten auf.
Diesbezüglich muss unsere Gesellschaft noch viel lernen. Krankheiten wie die meine, posttraumatisches Stress Syndrom oder auch Depressionen sind mit guter Therapie

in den Griff zu bekommen und heilbar. Wir müssen nur endlich lernen, zu diesen Krankheiten zu stehen und Hilfe zuzulassen, anzunehmen und, was noch wichtiger ist, darüber sprechen.
Ich denke, es gibt viel mehr Menschen, als wir ahnen, die ein „schweres Päckchen zu tragen“ haben und die ohne Hilfe allein da stehen. Sich nicht trauen, darüber zu reden und einen Arzt hinzuzuziehen. Irgendwann fallen diese Menschen in ein tiefes Loch und wissen keinen Ausweg mehr. Entscheiden sich in ihrer Verzweiflung für den Freitod. Und gerade davon könnten so viele verhindert werden, wenn unsere Gesellschaft endlich ein offenes Ohr für diese Krankheiten finden könnte. Diese Krankheiten haben doch nichts mit „verrückt sein“ zu tun.
Ich weiß, wovon ich rede, hatte ich mich doch auch nicht getraut, mit meinem Arbeitgeber darüber zu reden aus Angst, entlassen zu werden. Eine Krankenschwester, die in psychiatrischer Behandlung ist? Das geht gar nicht! Bis heute wissen meine Arbeitskollegen nichts von meiner damaligen Krankheit und können somit auch nicht verstehen, warum ich manchmal so reagiere und nicht anders.
Auch unser ehemaliger Nationaltorhüter, den ich als leidenschaftlicher Fußballfan sehr verehrt habe, könnte wahrscheinlich noch leben, wenn er den Mut gehabt hätte, darüber zu reden, und wenn wir alle als Gesellschaft seine Krankheit akzeptiert hätten.
Ich kann nur an jeden appellieren, der ein schweres Schicksal hat erleiden müssen: lasst euch helfen. Es gibt Hilfe.
Wenn ihr jemanden kennt, der krank ist, versichert ihm eure Unterstützung.

Meine Tochter Michelle begann damals kurz nach mir mit einer Therapie, um ihre Erlebnisse aufzuarbeiten, Joanna erst ein paar Jahre später, als sie in ein Re-Trauma fiel. Doch auch die beiden sind mittlerweile froh, professionelle Hilfe zugelassen zu haben.
Auch heute noch gehe ich ab und an zu meiner Therapeutin. Nicht regelmäßig, aber immer dann, wenn ich das Bedürfnis nach einem helfenden Gespräch habe.

Ich bin ein klein wenig vom Thema abgeschweift, doch ich wollte dies unbedingt erwähnt wissen.

Das erste Jahr meines dritten Lebens in der neuen-alten Heimat neigte sich dem Ende zu und ich wollte diesmal ein ganz besonderes Weihnachten feiern.
So lud ich meine ganze Familie ein und freute mich ganz besonders auf meine Schwester Erika, mit der ich seit Jahrzehnten kein Weihnachtsfest mehr gefeiert hatte. Bei dieser kurzen Entfernung stellte dies doch sicher kein Problem dar. Alle Eingeladenen sagten auch erfreut zu, natürlich außer meinem Bruder und meiner Schwester. Die Fahrt sei ihr zu beschwerlich, sie könne die lange Fahrt (30 Minuten) aufgrund ihrer Krankheiten nicht mehr auf sich nehmen. Außerdem stellte sich später auch heraus, dass sie beleidigt war, weil ihre Kinder zum Feiern zu mir kamen und nicht zu ihr.
Verstehen konnte ich ihr Verhalten zwar nicht, aber ich hatte nicht viel Zeit, um mich zu ärgern oder sauer zu sein. Zuviel musste vorbereitet werden.
Es wurde auch ein wunderbarer Heilig Abend. Die ganze Familie so zusammen zu haben, war ein wunderbares Gefühl.

Und so plätscherte ich in das Neue Jahr; was würde es mir bringen?

Auf jeden Fall keinen neuen Mann. Dieses Thema hatte ich für mich endgültig abgehakt; ich schwor mir, mich nie, nie wieder zu verlieben!
Zwar wollte ich mich schon ab und zu mal wieder mit einem männlichen „homo sapiens" treffen, aber nur „just for fun". Mal zum Quatschen, um danach über ihn abzulästern. Oder vielleicht auch, wenn meine Hormone eine Party veranstalteten und mich nicht einladen wollten, diesem Zustand durch einen potenziellen „One-Night-Stand" ein Ende zu bereiten.
Aber verlieben? Oder gar eine gemeinsame Zukunft planen?
Nie, nie, wieder. Nee, da bleib ich lieber allein.
Doch auch da hatte ich die Rechnung ohne den Wirt gemacht! Das allerdings konnte ich zu diesem Zeitpunkt noch nicht ahnen.
Auch dieses Jahr sollte ich von Krankheiten nicht verschont bleiben. Mein Abszess in der Brust meldete sich wieder zurück – so langsam wurden wir richtige Freunde – und zwei weitere Operationen wurden fällig.
Wie war das? Man gönnt sich ja sonst nichts!
Für den Frühsommer plante Michelle, sich endlich auf eigene Beine zu stellen und das heimische Nest zu verlassen. Sie wollte ausziehen. Um nicht ganz alleine zu sein, suchte sie sich eine Studenten–WG in der Stadt, wurde recht schnell fündig und so war ihr Auszug beschlossene Sache.
Nun suchte ich nach einem Ersatz für sie, denn das Haus schien mir auf einmal so leer. Auch Ronja fühlte sich ein

bisschen einsam. So entschied ich mich, mir noch einen Hund zu zulegen. Meine Wahl fiel natürlich wieder auf einen Neufundländer.
Nach kurzer Suche fand ich einen Züchter in der Nähe und so zog Luna im Alter von sechs Wochen bei mir ein.
Mein Glück war vollkommen, wozu brauche ich einen Mann, wenn ich einen Hund haben kann? Kein Mann kann mich so lieb wie Luna anschauen.

Ungefähr zu dieser Zeit stieg Mainz 05 zum ersten Mal in die 1. Bundesliga auf. Zufällig waren Michelle und ich an diesem Tag des Aufstiegs in der Stadt, allerdings unwissend, was da gerade passiert war. Noch verfolgten wir die Bundesliga nicht so genau. So eine Party, wie sie da in Mainz stattfand, hatten wir noch nie erlebt und eine neue Leidenschaft wurde entfacht: Wir beide wurden zu begeisterten Mainz 05-Fans. Bis heute hält diese Liebe an und wir verpassen kaum ein Heimspiel.
Auch Joanna soll nicht unerwähnt bleiben. Sie machte ihren Schulabschluss und erwog ein Studium in der Nähe ihres Wohnortes. Fortgehen, gar in meine Nähe, kam für sie nicht in Frage. Sie war zu ihrem Freund gezogen und wollte bei ihm bleiben. Zu meinem Leidwesen, denn ich mochte ihn immer noch nicht sehr, obwohl er sich alle Mühe gab, mir gegenüber nett zu sein. Nun ja, man kann nicht jeden mögen. Und Joanna schien glücklich zu sein, meinte ich jedenfalls damals.
Meine Therapiestunden nahm ich weiterhin regelmäßig wahr und ich merkte auch, dass es mir immer besser ging. Die Panikattacken ließen nach und ich lernte auch, all meinen Problemen eine neue Sichtweise zu verpassen. Lernte wieder, richtig mit mir und meinen Gefühlen umzu-

gehen. Ich hatte neuen Lebensmut gewonnen, konnte wieder lachen und Spaß am Leben haben. Auch hatte ich gelernt, alles nicht mehr so furchtbar ernst zu nehmen und entspannter an manche Dinge zu gehen. Somit wurde auch meine Medikamentendosis langsam reduziert.

Leider konnte ich das Verhältnis zu meiner Schwester nicht intensivieren. Ständig flüchtete sie sich in neue Krankheiten und begann, mir und auch leider ihrer Familie immer mehr damit auf die Nerven zu gehen. Anfangs besuchte ich sie noch häufig, doch sie zog sich immer weiter in ihre von Krankheiten bestimmte Welt zurück. Auf mein Nachfragen bei Herbert und Julia bekam ich vermehrt zur Antwort, dass auch sie sich keinen Rat mehr wussten. Laut Auskunft der behandelten Ärzte sei sie völlig gesund und suche nur nach neuen Vorwänden, ihre Umwelt zu beschäftigen. Mit ihr vernünftig zu reden, wurde schwieriger und unsere Gespräche endeten meist im Streit.

Mich machte das schon recht traurig. Zu meinem Bruder hatte ich gar keinen Kontakt mehr, er hatte eine neue Lebensgefährtin und soff sich langsam zu Tode, und meine Schwester lernte medizinische Fachliteratur auswendig und erprobte neue Krankheiten.

Meine Familie!

Tröstlich war allerdings, dass sich das Verhältnis zu meiner Nichte Julia langsam zu einer richtig guten Freundschaft entwickelte. Waren wir früher aufgrund der Entfernung den Umgang miteinander nicht gewöhnt, so begannen wir jetzt, gemeinsame Unternehmungen zu planen und durchzuführen. Ab und zu schloss sich Michelle uns beiden verrückten Hühnern an und so waren wir auf vielen Weinfesten als durchgeknalltes Trio unterwegs.

Nach und nach kamen auch unsere Freunde aus der alten Heimat uns besuchen. Es bereitete mir die größte Freude, ihnen meine Heimatstadt und das Umland zu zeigen. Jeder einzelne Besuch war ein Freudenfest für mich, denn ich vermisste alle sehr. Selbst mal runter zu fahren, um ihnen einen Besuch abzustatten, kam für mich jedoch nicht in Frage. Ich war noch nicht so weit, mit der Vergangenheit konfrontiert zu werden.
Auch Joanna kam ab und zu. Allerdings verschlechterte sich unser Mutter-Tochter Verhältnis und wir beiden fanden keinen gemeinsamen Weg zu einander. Ob das an ihrem Freund lag, weiß ich nicht. Über ihn durfte ich nicht sprechen, sie schien auch nicht mehr sehr glücklich zu sein.

Noch eine kleine Anekdote dieses Sommers wäre zu erwähnen, die noch heute beim Erzählen für allgemeine Erheiterung sorgt.
Irgendwann eines Tages schwärmte ich Michelle von meiner wunderbaren stürmischen Jugend vor, die ich in den 70ern voll ausgelebt hatte. So kam das Gespräch auch auf den damaligen und heutigen Umgang mit Cannabis. Ich erzählte, dass meine Generation auch ihre Erfahrungen mit Joints hatte und auch ich so ab und an bei passender Gelegenheit mitgeraucht hatte. Ich schwelgte in Erinnerungen und sagte, eigentlich mehr aus Spaß, dass ich gern mal wieder einen Joint rauchen würde.
„Kein Problem, Mama, ich finde es zwar nicht gut, aber wenn Du unbedingt willst; nächste Woche bekomme ich Besuch von einem Freund, der raucht selbst Gras, er bringt Dir bestimmt was mit, dann könnt ihr zusammen kiffen“.
Yeah, back to the seventies.
Gesagt, getan.

An einem lauen Nachmittag kam Michelle mit ihrem Freund im Schlepptau zu mir. Voller Begeisterung drehten wir uns einen Joint, setzten uns in den Garten und rauchten. Ja, ich genoss jeden Zug.
Dann ging es nur noch bergab. Ich war ja so was von high! Gott, ging's mir schlecht! Mein Puls muss wohl so bei 200 gewesen sein, ich dachte, mein Herz explodiert, ich konnte noch nicht einmal mehr aufstehen.
Mir ging es nur noch schlecht.
Michelle und ihr Freund brachten mich voller Sorge ins Bett und ließen mich nicht mehr aus den Augen.
Sie riefen sämtliche Bekannte an, um zu fragen, wie man mir helfen könne.
Den Notarzt zu rufen, traute sich Michelle nicht: „Was hätte ich dem sagen sollen? Meine Mutter hat gekifft? Gott, wie peinlich!"
Und so pumpten die zwei mich mit Vitamin C voll in der Hoffnung, mein Trip möge bald zu Ende sein.
Ich überlebte diese Eskapade, aber auch am nächsten Tag litt ich noch.
Und die Moral von der Geschichte?
Ich war eindeutig zu alt für so einen Scheiß!
Nie wieder wollte ich dieses Teufelszeug anrühren!
Und dabei bleibe ich bis heute.

Auch dieses Jahr neigte sich mit Riesenschritten dem Ende entgegen. Es wurde Winter.
Mehr und mehr bekam ich mein Leben wieder in den Griff, es lief wieder in geregelten Bahnen. Dachte ich.
Bis, ja, bis zu diesem nächsten Tag der Tage.
Eigentlich hätte ich darauf vorbereitet sein müssen, aber als der Anruf kam, zog mir mal wieder jemand den Boden

unter den Füssen fort. Mein Neffe Mattias teilte mir mit, dass mein Bruder Paul am Morgen verstorben war. Seine Lebensgefährtin hatte ihn morgens erfroren vor der Haustür gefunden. Er war wohl wieder betrunken gewesen, gestürzt, erlitt einen Herzinfarkt und erfror mangels Hilfe. Aus, vorbei.

Nun hatte ich auch den letzten geliebten Mann in meiner Familie verloren. Meinen Vater, meinen Mann, meinen Schwiegervater und jetzt auch meinen Bruder. Wahrscheinlich sitzen jetzt alle zusammen im Himmel auf einer Wolke, spielen Harfe, singen Hosianna und essen Manna.
Toll.
Und wieder oblag es mir, den kläglichen Rest unserer Familie von Pauls Ableben in Kenntnis zu setzten. Für Michelle und Joanna erneut ein rechter Schlag, sie hatten Paul immer sehr gern gemocht, meine Schwester war sehr gefasst, hatte sie doch schon seit vielen Jahren keinen Kontakt mehr zu ihm gehabt, ich weiß nicht, ob sie es überhaupt groß interessierte.
Katja und Mattias, Pauls Kinder, waren natürlich völlig aufgelöst und auch für Dorothea stand die Zeit einen Moment still.
Ich versuchte, so gut es ging, für die drei da zu sein und versprach auch, in den nächsten Tagen nach Ossiland zu fahren, um bei den Beerdigungsvorbereitungen zu helfen. Dass in unserer Familie eine Bestattung nicht ganz einfach ist, versteht sich von selbst. So kam es denn auch zu einem massiven Streit zwischen Katja und Pauls Lebensgefährtin. Katja wollte ihren Vater unbedingt in der Nähe von Mainz bestatten lassen, schließlich sei die ganze Familie hier und

könne sich um das Grab kümmern. Der letzte Wille meines Bruders war jedoch, an seinem letzten Wohnsitz begraben zu werden. Die Wogen zu glätten war sehr schwierig, denn Katja war ein rechter Hitzkopf und so fielen ihr auch jede Menge Beschimpfungen und Drohungen für die neue Frau ein (kam mir irgendwie bekannt vor). Wie dem auch sei, Pauls Wunsch wurde entsprochen, Dorothea war schließlich seine Witwe, da es niemals zu einer Scheidung gekommen war, und in Ossiland beigesetzt.
Ich schaffte es nicht, an der Beerdigung teilzunehmen. Nach Rücksprache mit meiner Therapeutin blieb ich zu Hause. Ich weiß nicht, ob ich bei einer Teilnahme nicht wieder zusammengeklappt wäre. Dafür hatte mir mein Bruder, trotz unseres Zwistes, zu viel bedeutet.

Noch heute denke ich oft an ihn und vermisse ihn auch sehr. Schließlich war er mein großer Bruder!
Aber das Leben geht weiter, man kann sich sein Schicksal nicht immer aussuchen. Man muss nur versuchen, das Beste daraus zu machen.
Ja, ich weiß, das ist nicht immer einfach, aber es funktioniert.
Noch ein paar Wochen und auch dieses Jahr würde zu Ende sein. Leider mit einem traurigen Abschluss.

Und wieder stand Weihnachten vor der Tür. Michelle und ich planten, alleine zu feiern. Joanna wollte erst am ersten Feiertag zu uns kommen und Heilig Abend mit ihrem Freund verbringen. Wir hielten an unseren alt hergebrachten Traditionen fest, buken und kochten, was das Zeug hielt und verlegten auch die Einbescherung auf den Tag, an dem Joanna da sein wollte.

Silvester ging vorüber – das neue Jahr war da, wie würde mein Leben weitergehen?
Wird das Glas halbvoll bleiben?

Dieses Geheimnis nehme ich jetzt mit ins nächste Kapitel.

14. Das Glas bleibt immer halbvoll

Wie ihr seht, neigt sich dieses Buch langsam dem Ende entgegen.
Doch noch ist es nicht so weit und ich möchte unbedingt erzählen, welche Überraschungen das Leben noch für mich bereithielt und was mich dazu veranlasste, dieses Kapitel „Das Glas bleibt immer halbvoll“ zu nennen.
Jeder von uns hat „sein Päckchen zu tragen“, der eine ein schwereres, der andere ein leichteres. Doch wir alle haben unsere Probleme, haben Schicksalsschläge zu verarbeiten. Das ist nun mal so im Leben. Wir können es uns nicht immer aussuchen, aber wir können selbst bestimmen, wie wir damit umgehen.
Egal was passiert, seht es als Chance für einen Neuanfang. Es gibt immer einen Grund, warum etwas passiert.
Macht das Beste daraus. Lasst euch nie unterkriegen! Es gibt immer einen Ausweg, für jedes Problem eine Lösung. Man muss es nur wollen, an sich glauben.

Ich habe zwei wunderbare Kinder, für die es sich lohnt, weiterzumachen, nicht aufzugeben.
Dass das für mich oft verdammt schwer war, konntet ihr lesen. Aber aufgeben? Nein. Das winzig kleine Licht am Ende des Tunnels hat immer geleuchtet.
Und ich wollte weiterleben.
Und ich wollte wieder glücklich sein und lachen können.
Und das habe ich geschafft!
Zwar nicht ganz allein, aber mein Wille war immer da.
Und ich war bereit, Hilfe anzunehmen.
Stellt euch mal ein Weinglas vor, zur Hälfte gefüllt.
Ist dieses Glas nun halbleer oder halbvoll?

Der Pessimist sagt: „Das Glas ist halbleer“ – eine negative Sicht des Weinglases.
Der Optimist sagt: „Das Glas ist halbvoll“ – eine positive Sicht des Weinglases.
Merkt Ihr was? Hey, positiv denken.

Genug geschwafelt, ich wollte doch weiter erzählen.
Anfang des neuen Jahres ging mir meine Tochter Michelle gehörig auf die Nerven, weil ich noch immer kein Interesse am anderen Geschlecht zeigte. Ich bräuchte unbedingt wieder einen Mann und außerdem wollte sie nicht, dass ihre Mama weiterhin alleine lebte. Wenn mir was passieren würde, wäre keiner für mich da.
Brauche ich dafür einen Mann zu Hause? Nein.
Also beschloss ich, mir einen Mitbewohner zu suchen. Das Haus war schließlich groß genug und so könnte ich doch ein Zimmer vermieten. Natürlich klappte das nicht, wer will schon auf so einem kleinen Dorf mitten im Nirwana leben?
So fing ich mal wieder an, in den Single-Börsen im Internet zu stöbern. Nur so zum Gucken, was es Neues auf dem Männermarkt gäbe. Das meiste war, wie schon vor 1 1/2 Jahren (Episode Jan), Sperrmüll oder Restmüll. Nur ein „Angebot“ fiel mir ins Auge: „Vom Himmel gefallen und hart aufgeschlagen“. Mal was anderes, dachte ich mir und sah mir diese Seite genauer an. Hey, der Typ konnte ja richtig gut schreiben und sah auch noch niedlich aus. Der wäre noch mal einen Versuch wert. Also schrieb ich hin. Er hieß Jürgen.
Es entwickelte sich ein reger E-Mail-Kontakt und irgendwann fingen wir auch an zu telefonieren. Jürgen schien recht nett zu sein, nicht so ein durchgeknallter Voll-Horst,

und so stimmte ich nach ein paar Wochen auch einem Date zu.
Ich war nervös und hatte auch ein bisschen Sorge, dass sich dieser nette Jürgen in der Realität doch als Alien entpuppen könnte. Nur Show und das Photo von was weiß ich wem. Meiner Meinung und Erfahrung nach waren alle netten Männer „besetzt" oder entwickelten sich als „Griff ins Klo".
Also war ich aufgeregt; aber ich wollte ja sowieso nichts von ihm.
An einem Sonntagabend Anfang März war es so weit. Wir wollten uns in einer Pizzeria zum Essen treffen.
Wider Erwarten war dieser Jürgen sehr nett, wollte nicht sofort mit mir ins Bett und stöhnte mir auch nichts von irgendwelchen „Verflossenen" vor. Es war ein ganz entspannter Abend, wir unterhielten uns richtig gut miteinander. Gleich beim Abschied vereinbarten wir ein erneutes Date. Schon lange hatte ich mich nicht mehr so gut gefühlt und mich nett mit einem Mann unterhalten. Ich freute mich schon auf unser nächstes Treffen.
Eine Woche später verabredeten wir uns zu einem Altstadtbummel und wieder war der Abend ein voller Erfolg. Langsam tauten wir beide auf und erzählten ein bisschen mehr von uns und unserem Leben. Ich hatte den Eindruck, dass Jürgen auch ein Problem mit sich rumschleppte, wollte ihn aber nicht darauf ansprechen. Als der Abend dann langsam zu Ende ging, gestanden wir uns ein, den anderen sympathisch zu finden und uns näher kennen lernen zu wollen.
Ja, wir wollten uns wiedersehen.
Mein Herz hielt ich weiterhin ganz fest, mit beiden Händen. Unter keinen Umständen wollte ich mich wieder

verlieben; aber Jürgen war wirklich sehr nett; und ihn wieder zu sehen war O. K. für mich.
Doch irgendwie schlief der Kontakt ein, wir telefonierten zwar noch ein paar Mal miteinander, schrieben auch noch die eine oder andere Mail, aber das war's dann auch.
Auch gut, dachte ich mir. Ich hatte genug zu tun, langweilig war mir nie und ich hatte auch einen tollen Job, der mir mit meinen netten Kollegen sehr viel Spaß machte. Ich vermisste nichts.
Michelle und ich gingen immer häufiger zum Fußball und zitterten bei jedem Heimspiel mit unserer Mannschaft.
Habe ich eigentlich erzählt, dass ich wahrscheinlich der einzige Mainz 05 Fan bin, der quasi direkt am Bruchweg geboren wurde? Wirklich direkt neben dem Bruchwegstadion gab es damals eine kleine Einfamilienhaussiedlung, in der auch meine Eltern mit meinen Geschwistern gewohnt hatten. Und genau da wurde ich geboren. Heute steht auf diesem Gelände der Südwestfunk, die Häuschen wurden Ende der 60er Jahre dem Erdboden gleich gemacht. Es gibt sie nicht mehr.
Auch mein Bruder hat übrigens bei Mainz 05 Fußball gespielt, allerdings in einer anderen Liga.

So im Frühsommer ritt mich der Teufel und ganz spontan brachte ich mich bei Jürgen per Mail in Erinnerung. Umgehend hatte ich Antwort; er schien sich darüber zu freuen, dass ich mich gemeldet hatte. Wieder entwickelte sich ein reger E-Mail-Kontakt und eines schönen Tages lud er mich zum Pizza-Essen ein. An diesem ersten Wiedersehen erzählte er mir ein wenig von seinen Problemen mit einer vergangenen Beziehung und ich verstand die „Funkstille" der letzten Monate.

Von diesem Abend an trafen wir uns regelmäßig und stellten viele Gemeinsamkeiten fest. Eine Beziehung wollten wir beide nicht – ja, ja, die schlechten Erfahrungen –, aber wir wurden gute Freunde.

In diesem Sommer beendete Joanna ihr Studium. Da sie noch zwecks Anerkennung ein Auslandspraktikum machen musste, entschied sie sich, für 6 Monate auf die Kanarischen Inseln zu gehen, um auch ihre Spanisch-Kenntnisse zu verbessern. Von ihrem Freund hatte sie sich schon vor einer Weile getrennt und so freute sie sich auf das Singleleben in der Kanarischen Sonne.
Ich plante, sie im Herbst zu besuchen, als alter Kanaren-Fan eine Selbstverständlichkeit.
Wie ging's mit Jürgen weiter? Irgendwann merkte ich, dass mir diese Freundschaft nicht mehr genügte. Es kam, was kommen musste: Ich hatte mich verliebt! Und Jürgen? Ich hatte nicht den Eindruck, dass es ihm genauso ging. Immer hübsch auf Abstand bleiben! Männer!
Selber aktiv werden traute ich mich aus Angst vor einer Abfuhr nicht. Also hieß es, sich in Geduld zu üben und abzuwarten. Mit der Geduld hatte ich mich schon immer schwergetan, aber ich hatte keine andere Wahl.
Außerdem stand mein Urlaub vor der Tür und ich freute mich auf die Woche mit meiner Kleinen.
Danach plante ich, bei Jürgen zum Angriff überzugehen.

Ich genoss die Ferien; Sommer, Sonne, Strand und Sangria. Joanna und ich versuchten, neben ihrem Praktikum so viel Zeit wie möglich miteinander zu verbringen.
Erholt und guter Dinge fuhr ich nach einer Woche wieder heim.

Nun stand das Projekt Jürgen bevor. Jetzt musste endlich was passieren.
Und so geschah es auch; Ende des Herbstes wurden wir ein Paar.

Nein, wir wollten beide keine Beziehung!
Und was ist jetzt?
Es ist wieder anders gekommen, als es geplant war.
Ich musste feststellen, dass nicht alle Männer sich in „Aliens" verwandeln. Mädels, es gibt noch Hoffnung – die Ausnahmen!
Jürgen ist die zweite große Liebe meines Lebens und die erste große Liebe meines jetzigen dritten Lebens. Ich werde ihn nie wieder hergeben. Bei ihm habe ich das Gefühl, nach einer langen Reise endlich zu Hause angekommen zu sein.
Meine beiden Kinder verstanden sich auf Anhieb mit ihm und sehen jetzt sogar so etwas wie eine „Stellvertretung für Papa" in ihm.
Mein Leben könnte gar nicht mehr besser verlaufen.
Und so kamen und gingen mal wieder Weihnachten und Silvester.
Beides verbrachte ich natürlich erstmals mit Jürgen zusammen.
Ein perfekter Start in ein neues Jahr!
Immer seltener fuhr Jürgen in seine Wohnung und immer mehr seiner Klamotten hielten Einzug in mein Haus. Ganz langsam begannen wir, über eine gemeinsame Zukunft zu sprechen. Nein, heiraten wollten wir nicht, ich bekomme eine gute Witwenrente und die will ich auf keinen Fall verlieren, aber zusammenziehen, ein gemeinsames Leben, ja, das wollten wir uns trauen. Bei ihm oder bei

mir, das war die Frage, die sich jedoch schnell von selbst beantwortete: er hatte eine kleine Wohnung, ich ein Haus. Mich von meinen Viechern zu trennen, käme nie in Frage. Abgesehen davon beteten die Hunde Jürgen abgöttisch an. Also planten wir, es zwar nicht zu überstürzen, aber bis Ende des Jahres sollte Jürgen hier endgültig eingezogen sein.

So ging die Zeit dahin. Joanna kam von den Kanarischen Inseln zurück und zog erst mal außerplanmäßig wieder bei mir ein, den Kopf voll neuer Ideen. Ein neuer Job? Oder doch lieber erst noch eine Ausbildung? Jeden Tag wurde ein neuer Plan geboren.

Sie entschied sich, erst einmal in einer Kneipe kellnern zu gehen und etwas Geld zu verdienen, bis sie eine endgültige Entscheidung für ihr Leben würde treffen können.

Dann, wie aus heiterem Himmel, fiel diese auch. Sie wolle für ein Jahr als Au-Pair in die USA gehen. Erkundigungen waren schon eingezogen und sie stellte mich mehr oder weniger vor vollendete Tatsachen. Wirklich glücklich war ich darüber nicht. Ich hätte sie gern bei mir in der Nähe gewusst. Aber gut, sie hat ihren Dickkopf von mir geerbt und setzte diesen natürlich auch durch.

Sie bekam eine Au-Pair-Stelle in der Nähe von New York angeboten und sollte Mitte September dort anfangen. Sie entschied sich auch für diese Familie und begann mit ihren Vorbereitungen.

Doch zuvor war mein erster gemeinsamer Urlaub mit Jürgen geplant.

Wir wollten zwei Wochen nach Gran Canaria und ich war aufgeregt wie ein Teenager. Nach so vielen Jahren mit einem Mann gemeinsam in Urlaub zu fliegen war etwas ganz besonderes für mich.

Ich freute mich riesig darauf, auch sollten diese Ferien quasi zum „Probelauf“ für unser gemeinsames Zusammenleben werden.
Es wurde fast so etwas wie Flitterwochen. Wir genossen die Nähe des anderen; es gab nie Streit, keine Spannungen zwischen uns, es war einfach nur wunderschön.
Die Generalprobe war also bestanden.
Jürgens Einzug bei mir stand nun nichts mehr im Wege und konnte zügig in die Tat umgesetzt werden.

Der Tag, an dem Joanna für ein Jahr abreisen sollte, war gekommen.
Jürgen, Michelle und ich brachten unsere Kleine zum Flughafen. Der Abschied fiel uns Mädels ungeheuer schwer und wir heulten Rotz und Wasser. Ich versprach, im Januar des kommenden Jahres, welches ja nun auch nicht mehr so fern war, nach New York zu fliegen, um Joanna zu besuchen. Trotzdem konnten wir uns kaum trennen und nachdem sie hinter der Zollabfertigung verschwunden war, heulten wir tapfer weiter.
So schleppte Jürgen dann uns zwei flennende Mädchen zum Auto und fuhr IKEA an, wo wir dann einen ordentlichen „Frustkauf“ bewältigten. Danach war unsere Weltordnung wieder halbwegs hergestellt und der Tränenfluss versiegt.

Das Zusammenleben mit Jürgen gestaltete sich für mich einfacher, als ich erwartet hatte.
Wir beide respektierten unsere gegenseitigen Freiräume, ich ging weiterhin zum Fußball, Jürgen genoss dann seine Ruhe zu Hause.
Klar, jeder von uns hat seine Macken, aber wir gehen bis heute respektvoll damit um.

Und ich bin sicher nicht unbedingt pflegeleicht. Ich bin immer noch aufbrausend und temperamentvoll, doch Jürgen mit seiner Ruhe und Ausgeglichenheit schafft es meist, mich von der „Palme“ wieder herunterzuholen. Er ist das Netz, mein doppelter Boden in meinem Leben geworden.
In diesem Winter fingen die Probleme mit meinem Rücken an. 25 Jahre als Krankenschwester forderten ihren Tribut. Mein Orthopäde schimpfte mit mir und empfahl mir dringend, einen neuen Job zu suchen. Mein Körper sei nicht geschaffen für diesen schweren Beruf – bei 160 cm wog ich nur 50 kg. Auf Dauer sei ich nicht mehr körperlich belastbar. Schwere Patienten heben, lagern, Betten rauf und runter machen, Reanimationen, all diese Dinge schlagen irgendwann auf den Rücken.
Klar, das alles leuchtete mir ein. Aber hatte ich eine andere Wahl? In meinem Alter etwas Neues suchen? Was denn? Ich hatte doch nichts anderes außer meinen Fachkenntnissen in Onkologie.
Also ließ ich mich erst einmal wieder krankschreiben, um mich mit Hilfe von Krankengymnastik auszukurieren.
Bis Weihnachten musste ich unbedingt wieder fit sein, denn gleich zu Anfang des neuen Jahres plante ich doch, zu Joanna in die USA zu reisen.

Die Feiertage gingen vorbei und aufgeregt fing ich mit dem Kofferpacken an. Ich freute mich „wie Bolle“ auf meinen USA-Trip und auf das Wiedersehen mit meiner Kleinen. Ich hätte nicht gedacht, dass ich sie so vermissen würde. Endlich war es so weit und ich konnte sie wieder in die Arme schließen. Joanna bereitete mir einen unvergessenen Urlaub. Sie hatte sehr viele Ausflüge für mich geplant und

ich genoss jeden Tag mit ihr. Natürlich durfte auch die Shopping-Tour in New York City nicht fehlen. Für mich jedes Mal ein Highlight, Manhattan ist einfach nur toll!
An einem anderen Tag besuchten wir ein Musical: Mamma Mia!
Mein Urlaub verging wie im Flug und mir graute vor dem Abschied. So nahe wie in den letzten Tagen waren Joanna und ich uns seit Jahren nicht mehr gewesen. Wir redeten sehr viel miteinander und konnten viele in den letzten Jahren entstandene Missverständnisse aus dem Weg räumen.
Unsere Mutter-Tochter-Beziehung war endlich wieder im Lot und darüber war ich unendlich glücklich.

Die Tage, Wochen, Monate kamen und gingen.
Joanna kam nach Deutschland zurück und zu meinem Leidwesen ging sie nach Süddeutschland zurück. Sie fand recht schnell einen guten Job und beschloss, mittels Abendstudium zusätzlich einen Abschluss in Volkswirtschaft zu machen.
Michelle entschied in diesem Sommer, ihr BWL-Studium hinzuschmeißen und etwas komplett anderes zu studieren. Ein Schock für mich, so kurz vor dem Examen etwas Neues anzufangen. Aber was soll's, sie war alt genug, es war ihr Leben. Ab einem gewissen Alter hat man halt kaum mehr Einfluss auf seine Kinder. Eigentlich ist das auch gut so, irgendwann müssen sie lernen, für sich selbst Verantwortung zu übernehmen.
Das Verhältnis zu meiner Schwester verschlechterte sich immer mehr. Sie jammerte und klagte über ihre Krankheiten. Über ein anderes Thema konnte man nicht mehr mit ihr sprechen. Hilfe nahm sie allerdings auch

keine an. Ihre ganze Familie litt darunter. Julia erzählte mir, dass sie gar nicht mehr ihre Eltern besuchen wollte, da die Mutter sich nur noch wie ein keifendes, altes Waschweib benahm. Alle müssten sich nur noch um sie kümmern und sollten nach ihrer Pfeife tanzen.

Mittlerweile ist der Zustand so schlimm geworden, dass der von meiner Schwester mehrmals wöchentlich herbeigerufene Notarzt beinahe selbst Beruhigungsmittel braucht, bevor er zu meiner Schwester in die Wohnung geht. Wichtig zu wissen wäre, dass sie tatsächlich kerngesund ist bzw. heute unter Osteoporose leidet, aber als Hypochonder wohl einen „Oscar" gewinnen würde.

Des Weiteren wäre zu erwähnen, dass sich unsere Familie um drei weitere Mitglieder vergrößert hatte.

Jürgen wünschte sich zum Geburtstag endlich eine eigene Katze – alle anderen „Viecher" gehörten ja eigentlich mir. Michelle und Joanna rissen sich fast ein Bein aus, um ihm ein kleines, junges Kätzchen zu besorgen. Doch wie meistens, wenn man etwas zu einem bestimmten Zeitpunkt sucht, findet man es nicht. Dann wurde Joanna doch noch fündig. Die Katze ihrer Freundin bekam drei Junge. Eine davon reservierte sie für Jürgen. Am Abend, bevor sie mit dem Katzenbaby kommen wollte, rief sie mich an, um zu fragen, ob wir auch zwei nehmen könnten. Kein Problem. Wir hatten schließlich genug Platz. Am nächsten Tag stand Joanna dann mit einem Korb vor der Tür. Doch in dem Korb lagen drei süße, kleine Wollknäuel. Drei? „Weißt du Mama, da hat jemand abgesagt. Und da dachte ich, wenn ihr zwei nehmt, dann sicher auch drei!"

Und so leben wir hier mit zwei Hunden und vier Katzen. Auch egal, alle werden satt. Ich kann bei Tieren halt nicht nein sagen.

Irgendwann zu dieser Zeit holte die Vergangenheit uns leider ein.
Joanna und Michelle bekamen eine E-Mail von unserer gemeinsamen Freundin, der „Russen-Uschi“, und fast, aber nur fast, drohte unsere kleine Welt wieder einzustürzen.
Nach so vielen Jahren dachten wir doch, all dieser Müll wäre endlich vorbei. Sie forderte die Kinder auf, sich unverzüglich bei ihr zu melden. Blöde Kuh, die hat sie wohl nicht alle.
Und überhaupt, wo hatte sie die E-Mail Adresse her? Ein Hoch auf alle „Suche alte Freunde“-Portale im Internet. Sofort wurden alle angelegten „Profile“ von Michelle und Joanna gelöscht. Solche Kontakte brauchten die beiden nicht. Doch dieser Schock saß erst mal wieder und es dauerte erneut einige Zeit, bis wir alle uns davon erholt hatten.

Was war zwischenzeitlich noch passiert?
Oh, Mainz 05 war in die 2. Bundesliga abgestiegen. Wir Fans waren unendlich traurig und vergossen sehr viele Tränen. Der Aufstieg ein Jahr später klappte nicht und unser „Kloppo“ verließ unseren Verein Richtung Dortmund. Wieder flossen bei den Fans die Tränen. Doch schon ein Jahr später schaffte Andersen mit dem Club die Rückkehr in die „Königsliga“ und in der Stadt fand eine riesige Aufstiegsparty statt. Ich natürlich mittendrin! Bis tief in die Morgenstunden wurde gefeiert und getanzt.
Was war noch?
Nach 4 ½ Jahren kündigte ich meine Arbeitsstelle, um in einer anderen Fachklinik für Onkologie neuen Ufern entgegenzuschwimmen.
Mit mehr oder weniger großem Erfolg.

Noch immer bin ich ständig krank, mein Abszess in der Brust meldet sich regelmäßig. Doch mit dem hab ich mich angefreundet, ich lasse mich nicht mehr operieren, fünf Mal ist genug, mit guter Pflege geht er auch alleine weg. Meine Hände und Ellenbogen geben langsam den Geist auf und ich bin jetzt schon wieder seit über einem Jahr krankgeschrieben, weil ich meine Gelenke nicht mehr belasten kann. „Abnutzungserscheinungen durch jahrelange Überbelastung im Beruf", so die Aussagen der Ärzte. Drei Operationen an der Hand hab ich schon wieder hinter mir, eine noch vor mir. Hurra!
In meinem Beruf kann ich nicht mehr arbeiten, was anderes hab ich nicht gelernt. Umschulung? In meinem zarten Alter von fast 53 Jahren? Ha, ha, wer's glaubt.
Keine Ahnung, wie es jetzt weiter geht. Denn irgendwie sollte ich halt doch schauen, dass Geld in die Kasse kommt. Von Luft und Liebe allein kann auch ich nicht leben.

Und so kam ich denn eines schönen Tages, teils auch aus Langeweile, auf die Idee, dieses Buch zu schreiben. Meine Finger kann ich Gott sei Dank gut bewegen, nur die Hände nicht mehr belasten.
Außerdem habe ich ja Zeit genug.

In der Zeit nach Barteks Tod hatte ich Tagebuch geführt und dieses konnte ich hier gut einfügen. Und wenn dieses Buch ein Bestseller wird, hat sich die Anstrengung auch gelohnt.

Jetzt fällt mir nichts mehr ein. Mein Leben ist zwar noch nicht zu Ende, aber da ich noch nicht weiß, wie es weitergeht, kann ich auch nichts mehr schreiben.

Ich hoffe, meine Erzählungen haben euch ein bisschen unterhalten und ihr könnt die eine oder andere Erfahrung für euch nutzen.

Danke fürs Lesen und vergesst nicht, ganz dringend noch auf den Nachschlag zu achten!
Ich bin einigen Lesern noch eine Erklärung schuldig.

Tschüss
Eure Christiane

Was ich noch sagen wollte

Ganz klar, dass ich hier in meinem „Nachschlag“ noch etwas loswerden möchte.

Zuerst einmal wäre da noch etwas klarzustellen und somit richte ich mein Wort jetzt an alle polnischen Mitbürger.
Bitte, bitte fühlt euch durch mein Buch nicht angegriffen! Bitte verzeiht, wenn Ihr euch in eurem Nationalstolz beleidigt gefühlt habt. Das ist niemals meine Absicht gewesen. Ich bin weder eine Polen- noch eine Russenhasserin!

Meine Wut und mein Zorn entstanden nur und ausschließlich durch diese eine beschriebene Gruppe, die mir das Leben so schwer gemacht hat.
Ich weiß doch, dass nicht alle Menschen gleich sind!!
Es gibt bei jeder Nationalität „schwarze Schafe“, auch bei uns Deutschen. Da wäre als bestes Beispiel meine damalige Nachbarin – ihr erinnert Euch? Ruth! – zu nennen.
Michelle, Joanna und ich haben heute wieder einige Polen in unserem Bekanntenkreis und sind auch sehr froh darüber.
Übrigens, auch die Mutter unseres lieben Freundes Fabian ist Polin. Ich verstehe mich ausnehmend gut mit ihr und jedes Mal, wenn wir uns wiedersehen, haben wir uns viel zu erzählen.
Schließlich bin auch ich eigentlich eine halbe Polin, mein Vater stammte doch aus Wrodslaw.
Auch spreche ich immer noch gerne Polnisch und bin darauf sehr stolz, auch wenn es mit der Grammatik etwas hapert.

Viele Traditionen, die ich von Bartek gelernt habe, sind in unser Leben mit eingeflossen. Zum Beispiel backen Michelle und ich zu Weihnachten regelmäßig „Ciasto Makowy“ (Mohnkuchen) und „Pierogi z Kapusta“. Der Mohnkuchen ist unter unseren polnischen Bekannten das ultimative Highlight und wird uns praktisch aus den Händen gerissen.
Auch Bigos und Kopytka essen wir alle leidenschaftlich gerne und wird von allen Polen gelobt.
Michelle hat mittlerweile wieder Kontakt zu Barteks Kusine Brigitta in der Schweiz und hat sie im vergangenen Jahr auch besucht.
Es war und ist mir völlig egal, welcher Nationalität ein Mensch angehört. Entweder wir mögen uns oder eben nicht.

Also noch mal, liebe polnischen und russischen Mitbürger: ihr könnt nichts für die schwarzen Schafe in eurer Mitte! Ich weiß, welch gute Freunde ihr sein könnt und hoffe, ihr alle nehmt meine Entschuldigung an.

Leider lässt die Familie in Polen uns bis heute nicht in Ruhe. Über einen alten Bekannten hat meine Schwiegermutter versucht, mit Michelle und Joanna in Kontakt zu treten. Und wieder bekamen wir Magenschmerzen.
Für uns drei ist es nicht möglich, so einfach zu vergessen, was man uns damals angetan hat. Meine Töchter können nicht verzeihen, zu schlimm waren die Vorwürfe am Grab des Vaters.
Auch unsere Adressen sind weiterhin unbekannt, kein Eintrag im Telefonbuch, die Angst, gefunden zu werden, ist immer noch da.

Dabei wollen wir doch nur in Ruhe unser Leben leben. Wir wissen auch bis heute nicht, wer der Vater des Kindes ist. Es ist zwar nicht meine Sache, aber für Michelle und Joanna wäre es wichtig zu wissen, ob sie eine Schwester haben oder nicht.
Auch wenn die Vaterschaft aus ärztlicher Sicht so gut wie ausgeschlossen wurde, eine 100%ige Antwort ist das nicht.

Joanna ist weiterhin in therapeutischer Behandlung, hat jedoch mittlerweile einen sehr lieben Freund gefunden, der sie immer wieder auffängt, wenn sie zu stürzen glaubt. Ihr Abendstudium möchte sie in eineinhalb Jahren beenden.

Michelle studiert tapfer weiter und hofft, in etwa zwei Jahren ihren Abschluss in Mathematik machen zu können. Außerdem sucht sie immer noch nach der großen Liebe, aber sie ist halt sehr wählerisch und möchte sich am liebsten ihren Traummann backen.

Joanna und Michelle. Meine beiden super-tollen Traumtöchter. Meine beiden Mädchen.
Unsere harten Schicksalsschläge und unsere tiefe Liebe zueinander haben uns zu einem unschlagbaren Team zusammengeschweißt. Wann immer eine von uns auf dem Boden lag, haben die anderen beiden sie wieder aufgerichtet.
Wir haben gemeinsam Höhen und Tiefen gemeistert, zusammen gelacht und geweint, waren immer füreinander da. Dafür liebe ich euch beide von ganzem Herzen. Ihr seid das Beste, was einer Mutter passieren kann, euer Vater wäre unendlich stolz auf euch.

Ich weiß nicht, ob ich ohne eure Liebe zu mir nicht doch irgendwann damals durchgedreht wäre und mich durch den Alkohol kaputtgesoffen hätte.
Danke, dass es euch gibt.

Was machen meine Freunde in Süddeutschland?
Uns verbindet noch immer ein sehr inniges Verhältnis. Diese Freundschaften sind für mich unbezahlbar. Sie waren in unseren schweren Zeiten immer für mich und meine Mädchen da.
Tim und Stefanie, Fabian und Marianne, Martina und Christian, Tommy und Gisela, danke für alles, was ihr für uns getan habt!

Ronny, mein lieber, lieber Ronny. Was gäbe ich darum, wenn du mein Schwiegersohn wärest. So jemand wie du ist heutzutage sehr selten. Du bist für mich ein Teil meiner Familie geworden. Seit so vielen Jahren bist du immer für Michelle und Joanna da, so wie ein großer Bruder. Du hast dich stets um die beiden gekümmert, Freud und Leid mit ihnen und auch mit mir geteilt. Dafür möchte ich dir danken.

Dorothea, meine Schwägerin, ist eine meiner besten Freundinnen und wohnt ganz in meiner Nähe. Auch ihr bin ich zu großem Dank verpflichtet. Sie ist auch wieder glücklich und hat einen lieben Partner gefunden. Wir treffen uns fast alle zwei Wochen, um gemeinsam auf den Bruchweg zu unseren 05ern zu gehen.

Ihre Tochter Katja hat im vergangenen Jahr geheiratet und lebt mit ihrem Mann in den USA.

Mattias, mein Neffe, ist ein Globetrotter und tourt derzeit durch Argentinien, anstatt sein Studium fortzusetzen.

Meine Schwester Erika ist immer noch mein „Sorgenkind“ und piesackt ihre Familie weiterhin mit ihren Krankheiten. Ich habe sie und ihren Mann Herbert leider seit vier Jahren nicht mehr gesehen. Sie verlässt ihre Wohnung überhaupt nicht mehr und hat ihrem Mann auch den Umgang mit mir verboten. Warum, weiß ich nicht. Ich würde ihr so gerne helfen, aber sie nimmt meine Hilfe nicht an.
Trotzdem gilt mein Dank auch den beiden. Sie waren für mich da, als ich sie brauchte und haben mich bei meiner Rückkehr in die alte Heimat sehr unterstützt.

Meine Nichte Julia gehört auch zu meinen besten Freundinnen. Wir können endlose Telefongespräche über Männer führen und so richtig gut „ablästern“.
Irgendwie ist sie auch Schuld daran, dass ich dieses Buch zu Ende geschrieben habe. Immer wieder ermutigte sie mich, weiterzuschreiben.
Auch wird sie es sein, die Kapitel für Kapitel auseinandernehmen und grammatikalisch halbwegs korrekt wieder zusammensetzen wird.
Danke für deine Hilfe und Unterstützung in den letzten Jahren, lass uns bloß weiterhin so gut verstehen.

Meine lieben „Uralt“-Freunde; Sissi und Werner, Andy und Lisa, Ulla und Fritz, wie lange kennen wir uns jetzt? Bald 40 Jahre? Richtig. Und wir sind immer noch richtig gute Freunde. Auch euch möchte ich nicht unerwähnt lassen. Ihr wart immer für mich und meine Kinder da. Dafür will ich mich auch bei euch bedanken.

Meine Stiefmutter Hera erfreut sich trotz ihrer 86 Jahre noch immer bester Gesundheit. Wir telefonieren regelmäßig und ab und zu fahre ich sie in ihrem Haus in der Eifel besuchen.

Meine Ronja, meine liebe alte Hündin, eine alte Dame ist sie mittlerweile. Hast mir damals das Leben gerettet. Danke, dass du da bist und bleib mir bitte noch eine Weile erhalten.
Meine Luna, auch Neufundländer werden älter. Bist mein kleines Mädchen. Danke, dass du da bist.

Als Tierfreund muss ich natürlich auch die Katzen erwähnen. Keine Sorge, ich geh nicht auf jede einzelne ein. Hey, ihr seid 'ne tolle Truppe! Danke für die Unordnung und den Spaß mit euch.

Meine Therapeutin, auch sie ist maßgeblich daran beteiligt, dass es mir wieder so gut geht. Fast zwei Jahre lang hat sie mich betreut und mit mir gearbeitet. Auch heute gehe ich noch zu ihr, wenn ich mal ein größeres Problem habe und reden möchte. Danke.

Und „last but not least" …
Mein Jürgen. Meine große Liebe.
Fast unglaublich, ein zweites Mal im Leben die große Liebe zu finden.
Du bist das Beste, was mir in meinem dritten Leben passieren konnte.
Du erträgst meine Launen mit Fassung.
Du erträgst meine Wutausbrüche und Tränen, wenn Mainz 05 mal wieder verloren hat.

Du holst mich von der Palme.
Du bist für meine Kinder so etwas wie ein „stellvertretender Papa“ geworden.
Du hast mir neuen Lebensmut gegeben.
Du bringst mich zum Lachen.
Du singst morgens voller Inbrunst im Bett ein Lied für mich.
Du bringst mir manchmal den Kaffee ans Bett.
Du machst mich unbeschreiblich glücklich.
Dafür liebe ich dich von ganzem Herzen.
In diesem Jahr feiern wir unser „Fünfjähriges“ und ich wünsche mir nichts mehr, als mit dir alt und grau zu werden.
Danke für deine Liebe.

Langsam komm ich zum Ende meines „Nachschlages“ und es bleibt nicht mehr viel zu sagen.

Ich hab viel gelernt in den vergangenen Jahren. Vor allen Dingen, Wichtiges von Unwichtigem zu unterscheiden. Unwichtige Dinge bleiben unwichtig und sind es nicht wert, sich darüber den Kopf zu zerbrechen. Das Leben ist doch so schön, warum es also mit Unwichtigem belasten? Natürlich ist auch die Lebenseinstellung wichtig. Ich hatte schon immer eine positive Einstellung zum Leben und diese hat mir auch vielen Situationen weiter geholfen.
Probleme gibt es immer wieder, das geht jedem von uns gleich. Doch ich habe gelernt, damit umzugehen.
Auch versuche ich, mir ein positives Umfeld zu schaffen, indem ich mich zum Beispiel fast nur mit Leuten umgebe, die ich mag. Das geht im Privatleben sehr gut, im Beruf ist das eher schwierig. Es gibt schließlich keinen

Grund, Menschen, die man nicht leiden kann, zu seinen Bekannten zu machen. Dafür pflege ich meine bestehenden Freundschaften.
Auch mische ich mich nicht mehr in die Probleme anderer ein, wenn sie mich nichts angehen. Warum soll ich mir die Probleme von Fremden aufhalsen, das brauche ich nicht.
Meine Grenzen zu ziehen, ist mir wichtig, zu sagen: bis hierher und nicht weiter. Meine Grenze ist mir heilig und gehört mir.
Ich kann mittlerweile auch „Nein“ sagen, egal, wenn es manchmal unhöflich erscheint.
Doch es geht um mich, um meine Person, und der soll es gut gehen.

So tue ich manchmal Dinge, die nur mir guttun. Ob das jetzt Shopping ist, ein außerplanmäßiger Friseurbesuch oder einfach mal wieder „Pink Floyd“ voll aufgedreht zu hören und in Erinnerungen zu schwelgen. Egal. Mir was Gutes tun. Auf meine Seele hören und diese pflegen. Das ist wichtig.

Ich bin glücklich, mein Glas wird immer halbvoll bleiben. Ich liebe das Leben, auch wenn es manchmal schwierig ist.
Ich will kein anderes.

Genug jetzt; ich habe fertig!

WAHRE GESCHICHTEN –
aus Leidenschaft geschrieben.

Ursula und Katrin Busch - ISBN 978-3-939478-19-5 **€ 17.90**

Zurück nach Ägypten

Die wunderbare Ehe von Isabell und ihrem ägyptischen Mann wurde viel zu früh durch den plötzlichen Tod von Mahmoud beendet. Gerade hatte sich das junge Paar eine Existenz in Hurghada aufgebaut, wünschte sich ein Kind und war glücklich. Der Schock saß tief und dennoch wollte Isabell in ihrem geliebten Ägypten bleiben. Mit den elementaren Kräften ihrer Mutter schaffte es Isabell, ihr Reisebüro und die Gästevilla am Laufen zu halten – wenn da nicht der beste Freund Mahmouds gewesen wäre...

Janine Nicolai - ISBN 978-3-939478-17-1 **€ 17.90**

Das Glück schrieb die Rechnung

Tiefe Liebe und eine unglaublich große Anziehungskraft veranlassen Juliane, alle Brücken in Deutschland abzubrechen, um ihrer scheinbar großen Liebe nach Sri Lanka zu folgen. Diese wahre Geschichte geht ins Herz und vermittelt einmal mehr die bittere Erkenntnis, dass gegen Liebe kein Kraut gewachsen ist. Die Autorin schreibt in ihrem Debütroman so emotional und hingebungsvoll, dass man das Gefühl hat, selbst dabei gewesen zu sein.

Evelyne Kern - ISBN 978-3-939478-04-1 **€ 18.00**

Sand in der Seele – Unser 1000fach verkaufter Verlags-Bestseller!

Die tragische Geschichte einer deutschen Journalistin, die glaubte, in Tunesien das große Glück gefunden zu haben, aber am Ende nicht nur ihr gesamtes Vermögen verliert, sondern auch vergeblich um ihre Rechte in einem frauenfeindlichen Land kämpft. Aus purer Angst, zutiefst verletzt und gedemütigt muss sie schließlich ihr Traumhaus verlassen, und ein harter Kampf gegen einen riesigen arabischen Familienclan beginnt...

Hannelore Di Guglielmo - ISBN 978-3-939478-11-9 **€ 17.90**

Bucht der trügerischen Leidenschaft

Gebeutelt vom viel zu frühen Tod ihres geliebten Ehemannes zieht sich Anna immer mehr in ihre Trauer zurück, bis sie sich eines Tages zu einer Schiffsreise in die Türkei entschließt, die ihr zum Verhängnis werden soll. Auf dem Boot trifft sie auf den Mann, der sie aus ihrer Einsamkeit reißt und dem sie mit Leib und Seele verfällt. Erst viel zu spät erkennt sie, dass sie einer Illusion aufgesessen ist...

Anita Wasmundt - ISBN 978-3-939478-08-9 **€ 16.90**

Der Heuchler aus dem Morgenland

Die wahre Geschichte einer Ehe mit einem Marokkaner, der nur seine unbegrenzte Aufenthaltsgenehmigung und finanzielle Vorteile im Sinn hatte. Schonungslos und offen berichtet die Autorin über ihr Leben mit einem Mann, der sie für seine Zwecke jahrelang missbraucht. Dass dabei ihr gewohntes Umfeld, ihre Sicherheit und ihre eigene Familie in den Hintergrund treten, bemerkt sie erst, als es zu spät ist...

Michael Dunkel - ISBN 978-3-939478-02-7 **€ 14.90**

Der Teufel kochte tunesisch

Die wahre Geschichte des Aussteigers Mike, der in Tunesien leben und arbeiten wollte, stattdessen aber immer tiefer in nicht durchschaubare Aktivitäten eines Glaubensfanatikers und Betrügers hineingezogen wurde. Diese kosteten ihn am Ende nicht nur sein Vermögen, sondern fast auch sein Leben, wären ihm nicht im letzten Augenblick ein beherzter Tunesier und eine mutige Reiseleiterin zur Hilfe gekommen.

Unser komplettes Programm finden Sie unter: www.verlag-kern.de